Hanna Johansen
TROCADERO

Roman

Carl Hanser Verlag

ISBN 3-446-13152-3
Alle Rechte vorbehalten
© 1980 by Carl Hanser Verlag München Wien
Umschlag: Klaus Detjen
Herstellung: Mühlberger, Augsburg
Printed in Germany

Ach, ging es mir durch den Kopf, hier stehe ich und befasse mich mit Präliminarien aller Art und habe das Wesentliche aus den Augen verloren. Traurig hob ich die Hände, die sich bis jetzt in den Schürzentaschen ausgeruht hatten, um mir an dieser Verpackung zu schaffen zu machen, die vor mir auf dem schon durchtränkten Holz der Arbeitsplatte lag und darauf wartete, aufgemacht zu werden. Es war alles wieder ganz und gar zusammengerollt und umgebogen und zugeklebt. Nur der zerdrückte und stellenweise feuchte Anblick des Zeitungspapiers enthielt einen Hinweis darauf, daß es nicht so war.
Meine Hände waren kalt und müde, als hätten sie bereits gezittert und zitterten jetzt nicht mehr.
Ich hatte auch eine genaue Erinnerung daran, wie mir bei meinen früheren Versuchen, dieses Paket aufzumachen, das Herz geklopft hatte, zuerst vor Freude darüber, daß jetzt etwas ein gutes Ende finden würde, und später vor Aufregung und Angst, ob ein Versuch, der bereits mehrmals fehlgeschlagen war und das, was ich da auspacken wollte, eher verletzt als freigegeben hatte, doch noch zu einem brauchbaren Ergebnis führen konnte. Diesmal fühlte ich kein Herzklopfen mehr. Es kann sein, daß ich mich daran gewöhnt hatte, falls ich nicht nur den Schein wahren wollte vor mir selber. Statt dessen fühlte ich etwas in meinem Hals, das diesen ganz zusperrte bis auf einen winzigen Durchgang, durch den ich gerade das notwendige Minimum von Atemluft herein- und wieder hinauslassen konnte, und auch das nicht zu oft.
Ich ließ meine Hände wieder sinken, denn wußte ich nicht längst, was jetzt kommen würde? Diese widerliche Hoffnung im ersten Augenblick, wenn sich die ersten Lagen von Zeitungspapier ganz leicht ablösen lassen, und die Vorwegnahme des glücklichen Innehaltens beim Abnehmen der äußeren Schicht. Dann

das Innehalten selber. Auch wenn niemand zusieht, ist es schön, einen Arbeitsvorgang so zu Ende zu bringen, wie man es sich vorgestellt hat. Nach einem kurzen Blick auf das Papier mit seinen vermischten Nachrichten, auf die ich mich jetzt nicht einlassen kann, falte ich sie zusammen, die Zeitung, mit dem bekannten Gefühl von Sorgfalt und Zuverlässigkeit, zügig, aber ohne jede Hast, und dann liegt sie da im Kleinformat, rechtwinklig, die Spuren des Gebrauchs zwar nicht ausgelöscht, aber auf ein notwendiges und insofern beglückendes Minimum beschränkt – alles in allem ein befriedigender Ausdruck meiner Fähigkeiten. Dann noch einmal dieses Innehalten angesichts eines Erfolgs und der unwiderstehliche Wunsch, an diesen Erfolg die Hoffnung auf weitere zu knüpfen, inständig angefeuert durch den alten Optimismus, der besagt: Wenn es das eine Mal nicht gegangen ist, so geht es eben das andere Mal.

In diesem Augenblick klingelte es an der Haustür, die in einem andern Stockwerk lag, denn nicht umsonst befanden wir uns in einer Villa. Und auch wenn ich mir die ganze Zeit über die Tatsache im klaren gewesen war, daß das hier nicht mein Haus war, jedenfalls nicht in dem Sinne, wie man das gewöhnlich versteht, mußte ich mir doch überlegen, ob es nicht an mir war, die Tür zu öffnen. Sonst tat es anscheinend niemand, denn es klingelte jetzt wieder. Darum machte ich mich auf den Weg.

Ich ging also ohne Schuhe den Korridor entlang, nicht in Richtung auf den Dienstboteneingang, sondern dorthin, wo ich den Haupteingang vermutete, über den splitternden Dielenboden. Wenn wieder ein Stück Linoleum kam, atmete ich auf. Das waren Bruchstücke eines glänzenden und unverkennbar orientalisch gemusterten Belags, die auch jetzt noch nach Bohnerwachs rochen und meinen Füßen jedesmal die Illusion einer überstandenen Gefahr vermittelten. So erreichte ich die Tür zur Halle, deren Flügel einladend offenstanden. In der Halle sah ich fünf oder sieben Herren vom gemieteten Bedienungspersonal, die in zwei Gruppen zu beiden Seiten der Anrichte lehnten und zu mir herüberstarrten, und zwar ohne Ausnahme, so daß man für den

Augenblick vergessen oder ignorieren konnte, daß sie soeben noch ihre Energien auf etwas verwendet hatten, das wie eine lebhafte Diskussion aussah. Anders jetzt, wo ihnen wieder dieser eindeutige Blick zustatten kam, den sie sich zugelegt hatten angesichts der Pflichten, die in meinen Kompetenzbereich fielen, einer wie der andere, zwar mit individuellen Nuancen, das muß ich zugeben, aber das sind Details, nichts weiter. Nichts gegen Details, aber es gibt Momente, wo ich mich überfordert fühle, darauf einzugehen. Das war so ein Moment, denn eben klingelte es zum drittenmal, und zwar unten, das war von hier aus deutlich zu hören. Ich hatte den Eindruck, daß die Herren in ihren Livreen einerseits entrüstet blickten, weil ich jetzt im Begriff war, die Tür zu öffnen, statt meine sonstigen Aufgaben zu erfüllen, und zugleich brüskiert, weil ich ihnen nicht die gebührende Aufmerksamkeit zukommen ließ, und außerdem ungehalten darüber, daß die Tür nicht schon längst aufgemacht war, nachdem es nun bereits zum viertenmal geklingelt hatte. Daß ich die Treppen hinuntergehen mußte, hatte ich begriffen, und schon war ich unterwegs, nahm eine Marmorstufe um die andere, so schnell ich konnte. Aber Stufen zu überspringen, dazu fehlte mir der Mut, denn ich war barfuß und mit den Proportionen der Anlage nicht vertraut.

Jeweils ein Treppenabsatz öffnete sich zu einem großangelegten Feld von Fensterscheiben zum Hinaussehen oder, um genau zu sein, nicht zum Hinaussehen, und der nächste zu einem unbelebten Saal, ganz ähnlich dem oberen. Zu beiden Seiten dieser getäfelten und mit dunkel gewordenen Ölgemälden geschmückten oder ausgestatteten Säle entfernten sich die Korridore, in welche nur dann Licht fiel, wenn man mit Leuchtern hindurchging oder wenn sich die Türen zu den angrenzenden Zimmern öffneten. Und wenn es nicht Zimmer waren, so waren es doch wenigstens Kammern, von denen man annehmen darf, daß sie Fenster hatten, um Licht von außen hereinzulassen. Mit dem Gefühl, als hätte ich durch halbgeöffnete Türen auf gebrauchten Betten Fremde liegen sehen, kam ich am unteren Ende dieser

Treppen an, barfuß und atemlos, und so machte ich von innen einen geschnitzten Türflügel des Haupteingangs auf. Es ging ganz leise.
Und wenn es jetzt auch lange still gewesen war und ich nur noch mein Keuchen und kein Klingeln mehr gehört hatte, so war doch der Mann, der geklingelt hatte, noch da. Es war ein Bote des Telegraphenamts. Die unverkennbare Tasche, die er an einem Gurt über der Schulter trug, war nicht offen, aber die Schnalle, mit der sie hätte verschlossen sein sollen, war es. In der Hand hielt er einen Umschlag, den er mir übergab, ohne zu fragen, ob er überhaupt an der richtigen Adresse war.
Ein Telegramm für Sie, sagte er.
Danke, sagte ich, immer noch atemlos.
Ich brauchte das Telegramm gar nicht anzusehen, um zu wissen, daß es nicht für mich sein konnte. Aber ich ließ ihn in dem Glauben. Denn schließlich stimmte der Name, jedenfalls im großen und ganzen, und das war für ihn der springende Punkt.
Dann verabschiedete er sich, nicht gerade überschwenglich, was ich verstehe, denn hatte er nicht mit Klingeln und Warten mehr Zeit als nötig verloren, kostbare Zeit, die eigentlich für die Ausführung weiterer Aufträge des Telegraphenamts vorgesehen war und nicht für Organisationsfehler meinerseits? Ich sah noch, wie er, schon im Gehen, die Schnalle seiner Schultertasche zumachte, vornübergebeugt, was in mir den Wunsch auslöste, ihm meine Hilfe anzubieten. Aber da war er schon gegangen.
Also machte ich betreten diesen Türflügel, der den Haupteingang darstellen sollte, wieder zu und merkte erst jetzt, daß es ein außerordentlich schwerer Flügel war, von dem ich mir kaum vorstellen konnte, daß es seine Bestimmung war, täglich mehrmals auf- und zugemacht zu werden.
Das Telegramm in der Hand, stieg ich dann nachdenklich und naturgemäß immer noch atemlos die marmornen Treppen wieder hinauf, um mich unter meinen Tisch zu kauern. Aber noch war es nicht so weit.
Auf einem Treppenabsatz sah ich meine Schuhe stehen, in einer

zufälligen Position, als wären sie dort verloren worden. Ich habe mich nicht gewundert, obwohl es erstaunlich war, wenn nicht überhaupt unerträglich, sie so weit unten zu finden. Ich nahm also meine Schuhe, denn hier konnten sie nicht gut bleiben, und stieg weiter hinauf, bis ich endlich in jenem Saal ankam, den ich als unsern erkennen mußte. Es war an diesem Bedienungspersonal zu erkennen, das sich dort aufhielt.

Das Telegramm habe ich an einen Leuchter aus Silber gelehnt, aus schwerem Silber, will ich hinzufügen, der auf einer angeschmutzten Tischdecke von weißem Damast stand und so etwas wie einen Anhaltspunkt dafür hergab, daß diese Stelle sich als Schauplatz für zukünftige Ereignisse eignete.

Die Männer, die ihren Streit wieder unterbrachen, um mich mit ihren unausgesprochenen Erwartungen und Richtlinien zu unterhalten, die wollte ich jetzt nicht sehen. Ich hielt mir deshalb die Augen mit meinem rechten Ellbogen zu, da ich ja in jeder Hand noch einen Schuh trug, und erreichte so den Korridor, der mir in diesem Augenblick wie eine Zuflucht erschienen ist, nachdem ich ihn vorher noch als bedrohlich erfahren hatte. Aber jetzt war ich dankbar. Und mit Gefühlen der Dankbarkeit eilte ich diesen Korridor entlang und über seine zahllosen Linoleuminseln hinweg zu meinem Tisch, um wieder zur Besinnung zu kommen.

Das hier soll also ein Haus sein.

Ich habe so etwas noch nie gesehen. Von außen ja, aber nicht von innen. Ich will es ein Gebäude nennen, denn es ist kein Haus, eher eine Anlage, womöglich ein Palast, von der Art, wie es in den vergangenen Jahrhunderten üblich war, Paläste zu bauen. Eine beträchtliche Anzahl von Stockwerken, ein ausgedehntes Treppenhaus von weißem Marmor und mit einem phantastischen Lichteinfall jeweils auf den Treppenabsätzen zwischen den Stockwerken, Säle von herrschaftlichem Zuschnitt, das muß man sagen, geschnitzte Türen von doppelter Mannshöhe, verschlossen, aber auch kleine Türen in den Seitengängen, oft nur angelehnt oder halb offen, und dann Ölgemälde von unschätzbarem Wert, aufgehängt, wohin das Auge reicht. Das alles gibt es hier.

An mir ist es, das Festessen vorzubereiten für eine Delegation aus dem Osten, die zu geheimen Verhandlungen hergekommen ist und aus Anlaß von deren glücklicher Beendigung einen festlichen Höhepunkt erwarten darf. Wie viele es sind, ist noch nicht bekannt.

Ich weiß auch noch nicht, wo ich die notwendigen Rohstoffe auftreiben soll; denn als ich meine Aufgabe übernommen habe, habe ich nicht damit gerechnet, daß das Haus bis zu diesem Zeitpunkt nicht bewirtschaftet und aus diesem Grunde schlecht ausgerüstet war. Was es gegeben hat, sind zwei kleine Fische, frisch und eigens eingeflogen aus Mexiko, eingepackt in alte Zeitungen und was dergleichen mehr ist. Sonst nichts.

Nebenan erwarten mich sechs oder sieben Herren im Frack, alles natürliche Personen, die hier sind, um unsere Gäste zu bedienen, und auch dafür bezahlt werden.

Diese Männer im Haupttrakt, die dort herumstehen und sich an die ungedeckten Tische lehnen, warten, bis der Zeitpunkt gekommen ist, wo sie ihre Kompetenz einsetzen und sich nützlich machen können. Das letztere ist vielleicht ein unglücklich gewählter Ausdruck. Darüber muß ich noch nachdenken. Sie unterhalten sich miteinander, über Themen aus verschiedenen Bereichen der Informationswelt. Natürlich können sie nichts für ihren Informations- und Nützlichkeitsbegriff, denn er ist ihnen aufgedrängt worden. Ich wäre die letzte, die nicht bereit wäre zu verstehen, daß es ihnen unzumutbare Schwierigkeiten machen würde, sich davon auch nur bis zu einem gewissen Grade zu lösen. Denn ist es nicht so, daß sie davon leben? Man sieht es deutlich, auch jetzt, wie sie da so beieinanderstehen und das Neueste austauschen. Allerdings tauschen sie es nicht eigentlich aus, sondern sie zeigen ihr Blatt, aber nicht gleich, sondern erst, nachdem sie möglichst viele Punkte gesammelt haben mit Hilfe dieses Blatts; es mag aussehen, wie es will, meistens läßt sich unter Zuhilfenahme von einigen Tricks noch etwas Eindrückliches daraus arrangieren.

Mitunter kommt der eine oder andere von ihnen in die Küche, sieht mich hantieren, sieht mich an, sieht zu, und dabei gehen ihm die verschiedensten Gedanken durch den Kopf. Die Herren sehen, daß ich meine Aufgabe noch nicht gemeistert habe, und ihre Gedanken beginnen zu wandern. Wohin? Es gibt verschiedene Wege. Einmal Spekulationen über die Effizienz als solche, ein Irrweg, wie ich meine, aber sie meinen das durchaus nicht. Zum andern kreisen ihre Gedanken um allerlei Möglichkeiten, den Wissensstand aufzubessern. Sie sind sicher, daß meine bis jetzt vorherrschende Unfähigkeit, meine Arbeit zu Ende zu bringen, mit einem Mangel an Information zu tun hat. Und dann gibt es noch einen geheimnisvollen dritten Weg, wo wir uns finden könnten, wenigstens glauben sie das, und ich habe es früher auch geglaubt und den Gedanken immer noch nicht ganz aufgegeben, obwohl ich wenig Ermutigendes erlebe.

Jeder von ihnen hat seine eigene Art, in die Küche zu treten, mir zuzusehen, sich zu wundern, daß ich immer noch nicht fertig bin, immer noch mit Auspacken befaßt, sozusagen verzweifelt befaßt, obwohl ich diese Seite der Sache nicht zu zeigen versuche. Und jeder hat seine eigene Art, mir zu verstehen zu geben, ob man nicht die ganze Sache auf sich beruhen lassen und sich gesünderen, phantastischeren, lebendigeren, leidenschaftlicheren Bereichen zuwenden sollte. Ich gebe zu, daß ich das auch manchmal denke. Ich habe allen Grund dazu. Und sie haben es auch, denn schließlich langweilen sie sich, da sie zur Zeit keine Funktion haben, die sie erfüllen, und keinen Wunsch, der ihnen erfüllt werden könnte außer vielleicht diesem. Im übrigen werden sie ja auch nicht müde zu betonen, daß es ihnen ein Bedürfnis ist. Jeweils zwischen den Diskussionsrunden kommt ihnen das in den Sinn.

Auf der andern Seite ist es mir kein Bedürfnis, mich hier mit diesen Fischen herumzuschlagen, beziehungsweise, um genau zu sein, mit dem Papier, in das sie eingewickelt sind.

Zur Zeit diskutieren sie, und zwar über Fragen der Abrüstung. Es geht dabei um Verhandlungspositionen, das kann man immer

wieder hören, bis herüber zu meinem Arbeitsplatz. Ich komme jedesmal in Schwierigkeiten, wenn es darum geht, mir die strategischen Grundbegriffe zu merken. Noch schlimmer wird es dann bei all den technischen Werten. Sie dagegen handhaben diese Dinge mühelos. Da es bei einer solchen Gesprächsrunde aber nicht einfach um eine Lösung oder um den Beweis von Sachkenntnissen geht, wie man meinen könnte, sondern um das Herausarbeiten von Standpunkten im weiteren Sinne, nehmen sie alle bei der ersten Gelegenheit ihre verschiedenen Standpunkte ein, wenn man das so sagen darf. Ich höre, sie sind sich nicht einig. Ich höre es an ihren Stimmen und an den kraftvollen Einsätzen. Nur in einem sind sie einig, nämlich darin, daß man nicht aus einer Position der Schwäche verhandeln darf.
Mich überrascht dieser Gedanke, da ich mir immer vorgestellt habe, an Verhandlungen wären mindestens zwei Parteien beteiligt, und daß deren Lebensumstände je ganz gleichmäßig verteilt sind, kann ich mir schon aus Gründen der Wahrscheinlichkeit nicht denken.
Was für einen Begriff mögen sie von Verhandlungen haben? Man kann es vermuten und sich dann ausrechnen, wie das zugehörige Menschenbild aussieht. Meiner Meinung nach ist das der Grund dafür, daß allen ihren Beteuerungen zum Trotz der Eindruck entsteht, die Unterhaltung drehe sich um periphere Probleme. Dabei können die jeweiligen Fragen so lebensentscheidend sein, wie sie wollen.
Man sieht übrigens gleich, wer von den Beteiligten die meiste Erfahrung hat in diesen Dingen. Auf ihm ruhen mehr Blicke als auf jedem andern der Anwesenden, womit aber nichts über den Charakter dieser Blicke gesagt sein soll. Und man sollte auch nicht sagen, daß sie ruhen. Sie ruhen nicht.
Im Geiste errichten sie hier schon Podeste für die Siegerehrung. Das ist mein Eindruck.
Mein Arbeitsplatz im Seitenflügel lehnte am Verputz und war dunkelbraun, aus bereits gebrauchten und verdorbenen Möbeln zurechtgezimmert. Angesichts dieser Tatsache muß man zuge-

ben, daß er noch einen glänzenden Eindruck machte. Seine Oberflächen schimmerten, und nur die Kanten hatten stellenweise etwas Frisches an sich, herausgebrochen aus gut verleimten, aber zerstoßenen Schreibtischen oder Schrankmöbeln. Lattenkreuze aus weichem, splitterndem Holz hielten die Konstruktion zusammen.
Unter diesen Tisch kauere ich mich, wenn es nicht anders geht. Aber nie lange. Ich habe zu tun.
Natürlich möchte ich wissen, was in dem Telegramm steht. Wenn es wirklich für mich wäre, würde ich es aufmachen.
Aber so, wie die Dinge lagen, zog ich erst einmal meine Schuhe wieder an, um den Kopf frei zu haben, und ging von neuem an die Arbeit.
Sonst habe ich immer alles bei mir, was man für eintretende Varianten des Normalfalls bis hin zu kleineren Unglücksfällen braucht. Ausgenommen davon sind Katastrophen, für die auch ich nicht vorsorge und dementsprechend nicht ausgerüstet bin, wenn sie dann eintreten. Aber davon will ich jetzt nicht reden.
Es ist schließlich keine ungewöhnliche Sache, sagte ich zu mir, ein Essen herzurichten. Daß mir die Umstände nicht gefallen, das muß ich mit mir selber ausmachen.
Für die Herren, die nebenan darauf warten, das Essen zu servieren, besteht kein Anlaß, sich darum zu kümmern, ob der Tisch gedeckt ist. Das ist normal und kein Grund, den Mut sinken zu lassen. Ich fange also von vorne an.
Dieses Paket hier vor mir, das ist das Hartnäckigste, was mir je vorgekommen ist. Es widersetzt sich jeder Vernunft, sofern Vernunft das ist, was uns den schrittweisen Durchgang durch die Realitäten möglich macht. Aber muß ich deswegen aufhören, an dieser alten Vernunft festzuhalten, der ich, wenn mich meine Erinnerung nicht täuscht, so manches Erfolgserlebnis verdanke?
Jeder hat die Erfolgserlebnisse, die er verdient. Und wenn ich so weitermache, werde ich eines Tages das haben, was man einen Schatz von Erfahrungen nennt.

Also schiebe ich meine Ärmel hoch, mit Energie, und mache mich an die Arbeit, an diese hier. Man kann jetzt, wenn man genau hinsieht, bereits der äußeren Verpackungsschicht ansehen, daß das, was darin ist, schon so manchen Versuch über sich hat ergehen lassen müssen. Ich möchte nicht sagen fehlgeschlagene Versuche, höchstens vorübergehende Fehlschläge, wie sie üblich sind, und kein Grund, zu endgültigen Formulierungen zu greifen. Es hat keinen Sinn zu leugnen, daß die diversen Schichten von Zeitungspapier mit den neusten Nachrichten aus Südamerika aufgeweicht sind, aber die äußere Hülle ist immerhin aus solidem, anscheinend plastifiziertem Material, und wenn man ihr etwas ansieht, dann höchstens dezente Spuren, und auch das nicht ohne besonderen Scharfblick und einschlägige Erfahrungen. Zu meiner Freude knistert das Zeug sogar noch, so daß ich mich wie beim ersten Mal mit dem Gefühl an die Arbeit machen kann, daß es sich hier um die erste Phase einer lösbaren Aufgabe handelt.
Und was wird später sein, wenn dieses Knistern auch aufgehört hat? Wenn ich am Ende einer weiteren fehlgeschlagenen Versuchsreihe nur noch mit Mühe diese äußere Haut um die aufgeweichten Isolierschichten wickeln kann? Natürlich bin ich schon jetzt imstande, mir auszumalen, wie bald keine neue haltbare Faltung mehr darin anzubringen sein wird, weil sie alle schon ausprobiert und angewendet und rückgängig gemacht und wieder von neuem angelegt worden sind, so daß das Ganze eigentlich nur noch auseinanderfallen und sich mit den Säften vollsaugen kann, die bis dahin aus dem Innern auf meinen einstmals lackierten Tisch geflossen sein werden.
Ein Grund mehr, mich darüber zu freuen, wie das Verpackungsmaterial knistert und mit einer gewissen frohen Widerspenstigkeit darauf reagiert, daß ich es jetzt anpacke.
Alle meine Gedanken waren bei meiner Kochbuchsammlung. Ich fühlte mich auf sie angewiesen, als stünde etwas darin, was ich jetzt wissen mußte. Ein so reichhaltiges Material findet man in der Tat nicht oft, ich erinnere mich an Analysen der spezifi-

schen Kochkunst aus hochzivilisierten Ländern, aber auch an liebevolle Beschreibungen von unverfälschter Regionalität, sowie an zahllose Hinweise für die Bewältigung von Haushaltsproblemen, wie sie bei uns anfallen. Und dann natürlich all die naturgetreuen Abbildungen von wirklichen Menüs, an denen man ermessen kann, daß keine Kosten gescheut werden. Das habe ich gesammelt. Andererseits möchte ich nicht sagen, daß diese Sammlung sich sehen lassen konnte. Dazu fehlte ihr etwas. Sie war zwar in langen arbeitsintensiven Jahren zusammengetragen worden, bestand aber zum großen Teil aus losen Blättern von naturgemäß verschiedenen Formaten und oft sogar widersprüchlichem Gestaltungswillen, die entweder aufgeklebt wurden auf Bögen, die gerade zur Verfügung standen, oder, so wie sie waren, ihren Platz gefunden haben in plastifizierten Ringbüchern, Klemmappen und ausrangierten Aktenordnern. Die Sammlung hat infolgedessen nie die Merkmale einer wirklich prächtigen Kollektion angenommen.
Aber darauf kommt es nicht an. Was ich jetzt brauche, ist meine Ringbuchtrilogie mit Rezepten für die Fischküche. Wozu habe ich das alles gesammelt, wenn es jetzt nicht da ist? Wo ist das Rezept, wie man mit zwei kleinen, aber exquisiten Fischen eine anspruchsvolle Gesellschaft befriedigen kann? Ich will nicht beschwören, daß es unter meiner Sammlung ist, denn ich kann nicht alles im Kopf haben. Aber ich gehe davon aus, daß es das gibt, denn ich habe es schon einmal gehört oder gelesen und dann in meinem Leichtsinn aus der Hand gelegt, als wäre es nicht von Bedeutung.
Das tut mir jetzt leid.
Daß ich nicht alles im Kopf habe, wirkt sich unter gewöhnlichen Umständen nicht nachteilig aus, da es bekanntlich ausreicht zu wissen, wo man die Weisheiten findet, wenn man sie braucht. Hier ist das anders.
Weiter vorne, wo der Korridor etwas heller ist, sehe ich ein paar Zeitungen liegen. Das Papier ist noch weiß, nicht vergilbt, mit einem Faltenwurf, der keinen ganz frischen Eindruck macht, als

wären sie schon gebraucht und dann nicht geradezu weggeworfen, sondern einfach liegengelassen worden. Dabei ist so gut wie sicher, daß etwas Wichtiges darinsteht.
Das muß ein glücklicher Mensch sein, denke ich mir, der das alles schon gelesen und dann ruhigen Gewissens liegengelassen hat.
Sobald ich die Zeitungen zu mir herübergeholt und sorgfältig neben der Wand aufs Linoleum gelegt habe, um sie später zu lesen oder auch etwas anderes damit zu machen, gehe ich wieder ans Auspacken.
Gerade habe ich die äußere Isolierschicht von meinem Päckchen abgenommen, eine vierfache Lage von Informationszuteilungen aus der dritten Welt, als einer von den ausgewählten Hilfskräften herüberkommt. Er trägt jetzt eine Brille und strahlt Hilfsbereitschaft aus, so jedenfalls deute ich seine Bereitschaft, einen Blick auf den Teil der Veranstaltung zu werfen, der in meinen Kompetenzbereich fällt. Schließlich muß er dazu ja seinen Posten drüben im Saal verlassen, und was das bedeutet, kann jeder ermessen, der schon einmal selber seinen Posten im Saal verlassen oder versucht hat, sich in einen Mann einzufühlen, der das tut.
Wie ich ihn ansehe, muß ich bemerken, daß seine Augen hinter den Gläsern unsichtbar sind. Sie sind über und über beschlagen. Warum? Ist seine Trauer so groß? Soll ich ihm die Hand aufs Haar legen?
Es ist aber nicht das, was ich zunächst dachte. Es hat natürliche Gründe.
Es ist feucht hier bei Ihnen, sagt er.
Er nimmt seine Brille ab und wischt die beschlagenen Gläser mit einem Tuch, das er aus seinem linken Ärmel zieht.
Sobald er damit fertig ist, das Tuch in den Ärmel zurückgeschoben hat und aufblickt, sehe ich seine Augen doch noch. Sie sind blau und nicht ganz so groß, wie ich erwartet hatte. Trotzdem sind sie groß.
Wie Sie hier nur arbeiten können, sagte er, in dieser Luft.

Es geht, sagte ich.
Ich glaube Ihnen kein Wort, sagte er.
Mit einem Seufzer der Erleichterung erlaubte ich meinem Kopf, aus seiner vorgeschobenen Lage sich ein wenig auf die Seite zu legen, und ich hätte ihn voraussichtlich später auch irgendwo angelehnt, wenn mein Nachbar nicht folgendermaßen fortgefahren wäre:
So geht das nicht. Wir müssen das ändern. Außerdem stinkt es.
Ja, sagte ich, das ist der Fisch.
Welcher Fisch, fragte er, denn man konnte ihn nicht sehen.
Der hier, sagte ich.
Er sah aus wie jemand, der ein Fenster sucht, um den Gegenstand des Anstoßes hinauszuwerfen. Glücklicherweise war weit und breit kein Fenster.
Dabei waren diese beiden Fische die Hauptstützen meines Menüs. Das traute ich mich allerdings nicht zu sagen. Schließlich hatte ich mir trotz meiner Schwierigkeiten ein Gefühl für das bewahrt, was auf Außenstehende schlechtweg lächerlich gewirkt haben würde. Das ist immer so gewesen. Daran, daß die Vorstufen gewöhnlich diese Aura von Lächerlichkeit hatten, habe ich mich gewöhnt, denn was zählt, ist das, was dabei herauskommt. So auch hier.
Er setzte seine Brille wieder auf, weil es so dunkel war. Als das auch nichts nützte, begannen seine Bewegungen sich zu verlangsamen. Er hielt dann den Kopf wieder ruhig und sah gleich weniger entscheidungsfreudig aus.
Ich war erleichtert, denn so konnte ich mein Geheimnis für mich behalten.
Es ist wohl nicht sehr schön hier für Sie, sagte ich dann, weil ich gern etwas sagen wollte. Mit den Terminunsicherheiten und der Dunkelheit.
Ach, sagte er, es geht. Ich habe schon interessantere Aufträge gehabt. Aber ich bin nicht empfindlich.
Das hat mich gefreut. Ich habe angenommen, daß er meint, was er sagt.

Dann zog er seine Frackschöße hoch und wandte sich zum Gehen. Freiwillig versprach er mir, bei Gelegenheit wiederzukommen. Dann ging er davon, um in der Halle nach dem Rechten zu sehen. Jedenfalls machte er den Eindruck.
Ich war darauf gefaßt, daß es eine Weile dauern konnte.
Wie mag das Wetter draußen sein? Vielleicht ist alles voll Sonnenschein, und ein liebevoller Frühlingswind geht um. Hier drinnen ist kein Wetter, und das ist gut so, denn unter diesen Umständen kann die Lust, sich zu Schiff davonzumachen, gar nicht erst aufkommen. Ich wüßte auch nichts Neues über Schiffsreisen zu sagen, da alles schon gesagt ist, und es ist nicht gut, die gleichen Dinge immer zu wiederholen, da das Leben ja nicht stillsteht.
Aber darum geht es jetzt nicht. Ich muß mich um die Speisefolge kümmern. Darf man nicht irgendwo in diesem stattlichen Haushalt die Vorräte vermuten? Ohne Zweifel darf man das. Ich werde mich also auf den Weg machen und etwas Passendes auftreiben. Das kann nicht so schwer sein, wie ich es mir vorstelle, bloß weil ich es noch nicht versucht habe.
Ich werde mich auch nicht einschüchtern lassen von den Herren, die vorne im Rittersaal stehen und genau wissen, was sie zu tun haben. Sie sind alle gebildet. Den Eiffelturm haben sie längst bestiegen, schon vor Jahren. Manche berichten auch von Zweit- und Drittbesteigungen. Andere wiederum von ganz einzigartigen Erfahrungen angesichts besonderer Beleuchtungseffekte, wie gewissen Mondphasen, Wintergewittern, einem Stromausfall über dem ganzen weiten Großstadtpanorama oder lautlos brennenden Fabrikanlagen im Hintergrund. Aber so viel sie auch erlebt haben mögen, werde ich mich ihnen doch für diesmal nicht als Publikum zur Verfügung stellen, denn mein Weg führt an ihnen vorbei, nach unten, wo in gewöhnlichen Quartieren die Vorratskammern untergebracht sind.
Mitten in der größten Wand des Saals gab es eine kostbar verzierte und ausgeschmückte Tür, hinter der allgemein ein angrenzender Saal vermutet wurde, der jetzt als Konferenzzimmer

diente. Er hatte Doppeltüren, gepolstert und wahrscheinlich von innen mit metallnen Schmucknägeln ausgerüstet, denn es drang kein Laut heraus.

Wir alle, wie wir da waren, lebten in der Erwartung des Augenblicks, in dem die Flügel dieser Tür sich öffnen und die Tagungsteilnehmer heraustreten würden. Dabei hatten wir diesen Augenblick zu fürchten, denn wir waren nicht vorbereitet. Das allerdings war ganz und gar meine Schuld, und die anwesenden Kellner haben auch nichts dabei gefunden, mich das fühlen zu lassen.

Der bloße Gedanke hat mich jedesmal aufgerüttelt und wieder zurückgetrieben an meinen Platz, wo die unerledigte Arbeit auf mich wartete. Ich nahm mir nun aber vor, den letzten Versuch mit meinen verpackten Leckerbissen auf später zu verschieben und mich jetzt mit aller Unverdrossenheit, die ich aufbringen konnte, um weiteren Nachschub zu kümmern.

Ich hatte eben mein kleines Küchenmesser und den Löffel in die Tasche gesteckt und wollte, so vorbereitet, den ersten Schritt tun, als einer von ihnen aus dem Rittersaal zu mir herüberkam. Er trat herein und lehnte sich gegen die Kante des Tisches, der mein Arbeitsplatz war.

Sie sind eine bemerkenswerte Frau, sagte er.

Das hat mir gut getan. Wer weiß, ob etwas daran ist, aber so viel läßt sich doch sagen, daß er das Bedürfnis hatte, mir etwas Nettes zuzuflüstern. Daß er sich selber auch etwas davon versprochen hat, spricht ja nicht dagegen, ganz im Gegenteil, denn ist nicht auch das eine Form von Zuwendung?

Schön, daß Sie das sagen, erwiderte ich. Gerade jetzt, wo ich es besonders nötig habe.

Der Mann hatte eine einzigartige Kindheit, das hat er mir erzählt. Bis in die feinsten Verästelungen hat er mir davon erzählt, daß es eine Freude war. Ihm hat es etwas bedeutet, und mir auch.

Es hat ihn zwar irritiert, daß ich ein- oder zweimal den Versuch machte, während seiner Erzählung doch noch mit meiner Arbeit fortzufahren, und das heißt, diese beiden Lebewesen aus ihrer Umhüllung zu lösen, was mir ja immer noch nicht gelungen war. Aber jeweils nach einem Augenblick der Irritation, ja der Enttäuschung hat er sich dann wieder seiner Kindheit zugewandt, und seine Laune besserte sich. Er wirkte mitreißend. Und meine Hände lagen im Schoß und die Fische auf dem Tisch. Und seine Kindheit lag weit zurück und war einzigartig gewesen. Ich gebe zu, daß ich auch versucht habe, mehr darüber aus ihm herauszuholen, schon allein wegen des Wunsches, überhaupt etwas aus ihm herauszuholen. Und wenn es nicht etwas anderes war, dann war es eben das.

Die Situation, in der ich mich befand, war nicht gut. Sie war auch ganz anders als die Situation, in der er sich befand, trotz gewisser verbindender Merkmale. Man muß sich das so vorstellen: Ein Mann mit weitgehend ungestörtem Körpergefühl und einem ebenso ungestörten, aber von den Realitäten nicht ausreichend bewiesenen Gefühl für seine Wirkung, immer auf der Suche nach Beweisen. Hier, in diesem düsteren Korridor, waren die Aussichten für Beweise im üblichen Sinne nicht eigentlich glänzend, und er war auch bereit, für den Augenblick darauf zu verzichten und die Beweise auf einem Feld zu suchen, um das es ihm eigentlich nicht ging; wenn es nun einmal das war, was sich anbot, dann war er auch bereit, darauf einzugehen. Er sah aus wie jemand, der in Gedanken die Möglichkeiten durchspielte, meiner Unterwäsche näherzukommen.

Ich gebe auch zu, daß der Gedanke in mir Freude ausgelöst hat. Und wenn es zugleich noch etwas anderes war, dann deshalb, weil es in mir diese verzweifelte Instanz gab, die bereits jede Hoffnung auf Vorfreude dadurch im Keim erstickte, daß ich mich mit diesen unseligen Kreaturen befassen mußte und zu befassen nicht aufhören durfte, bis ich die Aufgabe gelöst hatte. Und die Aufgabe war unlösbar, denn waren die Fische nicht bereits zerrissen? Und die unteren Hautschichten von den Leibern gelöst? Ich konnte es so vorsichtig anstellen, wie ich wollte, sie würden sich nie mehr mit der bloßgelegten weißen Oberflä-

che verbinden, sondern für immer diese klebrige Verbindung mit dem Zeitungspapier bilden, die ich nicht wahrhaben wollte. Ich weiß gar nicht, warum ich es immer wieder versucht habe.
Er hatte so eine Art, sich gegen die Tischkante zu lehnen, die mich an etwas erinnerte, das sich in den längst ausgeblendeten Teilen meiner Erinnerung abgespielt haben muß.
Er hat sich nicht draufgesetzt. Das hätte in mir wohl auch jede Erinnerung und jede Vorfreude gestört, wenn nicht überhaupt ausgelöscht.
Er machte die nebensächlichsten Bemerkungen, die man nur machen kann, und mir hat das gefallen. Ich war sogar ganz und gar hingerissen.
Ach, dachte ich, ich stehe hier, beschäftigt mit etwas, das mich noch den Kopf kosten wird, das kann man den einfachsten Sätzen der Logik entnehmen, und doch ist es mir nicht erlaubt, die Hoffnung aufzugeben, jedenfalls nicht, was diese Speisung der durchreisenden Gäste angeht. Und wenn ich recht sehe, so werde ich trotz allem immer noch von der Zuversicht aufrechterhalten, daß das großartige Vorhaben gelingen kann.
Was diese meine Situation anging, hatte er allerdings keine Ahnung. Er muß geglaubt haben, daß ihn das nichts anging, und damit hatte er ja auch nicht unrecht. Seine Aufgaben waren genau definiert und standen für den Moment nicht auf der Tagesordnung. Für meine Aufgaben galt das Gegenteil. Mehr als eine vage Zielvorstellung war nie entwickelt worden, und die Einzelheiten waren meine Sache. Wie ich da so stand und die Zeit verging, denn den gewöhnlichen Termin für ein Mittagessen hatte sie überschritten, stieg in mir immer wieder die Frage auf, wie ich mich auf so etwas überhaupt hatte einlassen können. Dabei weiß ich warum. Vielleicht hat mich die Freude am Spielraum verlockt, der bei so einem Arrangement bleibt. Ich muß wohl kurz die Liste meiner bisherigen Erfahrungen durchgegangen sein und dann gefunden haben: ja, das läßt sich machen. Denn auf dem Gebiet waren auf der Liste keine Fehlschläge verzeichnet. Insofern hatte ich gute Gründe. Daß ich es

versäumt habe, die Bedingungen zu prüfen, bloß weil bisher noch keine Fehlschläge registriert waren, das muß ich mir zuschreiben. Ja, dachte ich, ein Akt der reinen Selbstüberschätzung. Aber das dachte ich nicht in diesem Augenblick, sondern erst später.
Er lehnte sich also an die Tischkante und machte Witze über das Leben im allgemeinen. Mit der Situation hatte das nichts zu tun. Ich war begeistert, vielleicht deshalb. Außerdem benutzte ich jede Gelegenheit, trotzdem nach Zusammenhängen zu suchen, denn ich dachte mir, so ganz ohne Zusammenhang mit etwas Tatsächlichem kann das nicht sein, was er von sich gibt, während er einen Platz sucht für sein Spielbein. Und es stört ihn auch gar nicht, wenn er nichts Passendes findet.
Dann war die Vorstellung zu Ende.
Mach's gut, Schneewittchen, sagte er zum Abschied.
Klingt das nicht gut?
Er reihte sich wieder ein bei seinen Kollegen, und nun machte ich mich auf den Weg.
In der Mitte der Wand, die zum Treppenhaus hinübersah, befand sich, flankiert von zwei schwer beschlagenen Waffenschränken aus Eichenholz, wie gesagt der Eingang zum Konferenzsaal. Es waren zwei Flügel von starkem altem Holz, ausgerüstet mit handgeschnitzten Begegnungen aus der Überlieferung der germanischen Antike, Szenen einer Ära, an die ich mich nicht gern erinnern lasse. Die Türflügel waren fest geschlossen.
Ich stellte mir vor, daß man das Portal, so gut seine eisernen Beschläge auch geölt sein mochten, bei der leichtesten Bewegung würde hören können. Irgendein Ächzen oder wenigstens ein Stöhnen oder ein Flüstern würde sich kaum unterdrücken lassen, und so war ich sicher, den großen Moment nicht zu verpassen.
Über dem Portal schwebte ein Baldachin, ebenfalls aus Holz, wo sich in mehreren Etagen naturgetreue Wiedergaben von Monumentalbauten aus der Vergangenheit übereinander erhoben.

In einem gewissen Sicherheitsabstand vor diesem Portal, den ich gewohnheitsmäßig Höflichkeitsabstand nenne, stehen die Anwesenden, einer neben dem andern. Wollen sie den Haupteingang schützen?

Auf den Zehenspitzen schleiche ich mich heraus aus meinem Revier. Gelegentlich hört man auf dem blanken Marmorboden das leise Schleifen meiner Zehen, aber das ist alles. Schweigend sehe ich mir die Kunstwerke an, die ringsum an den Wänden aufgehängt sind. Das Licht ist nicht gut, aber so viel kann ich doch erkennen, daß es sich um Kunstschätze handeln muß. Vielleicht gewöhnt man sich daran.

Was sollen diese Bilder hier? Sollen sie meinen Neid erwecken, weil ich nie und nimmer etwas so Schönes malen könnte? Soll ich mich freuen?

Wenn ich jetzt so davorstehe, wie angewurzelt, könnte man sagen, aber das entspricht nicht den Tatsachen, und voller Ehrfurcht mit dem Kopf nicke, überwiegt allerdings das Gefühl der Bewunderung. Ein halbvolles Glas Weißwein hinter einem zusammengeknüllten Perserteppich so zu malen, daß einem keine Zweifel an der Echtheit der dargestellten Besitztümer kommen, das will etwas heißen.

Was will es heißen? Das muß man sich fragen. Wollen sie meine träumerischen Komponenten aktivieren? Meinen kunsthistorischen Ehrgeiz anstacheln, den es ja auch geben muß wie bei andern Menschen? Oder doch ganz einfach meinen Neid wachhalten? Auf etwas anderes?

Nehmen wir nur diesen prächtigen Nautilus da oben auf seinem ziselierten Ständer, der, eingefaßt mit bronzenen Schmuckbändern, über dem Ganzen leuchtet als submarines Mondboot aus den indonesischen Küstenmeeren. So etwas findet man nicht auf der Straße. Und dazu noch mit der winzigen Statue eines nackten Helden, der einen Teil seiner Muskulatur dazu benutzt, seine zierliche Lanze zu stützen, und den ganzen Rest, um sein eigenes Gleichgewicht auf der höchsten Wölbung des Nautilus zu halten. Wer kann sich so etwas leisten? Und dann zu allem

Überfluß noch abgemalt mit Ölfarben, die auch ihren Preis haben?
Vor diesem historischen Hintergrund stehen sie zu fünft in ihren Bratenröcken, erwartungsvoll nebeneinander aufgereiht, andächtig, möchte ich sagen, wenn ich sie so von der Seite ansehe.
Ich stelle mir vor, daß sie gleich schützend ihre Hände vor die Stelle legen, wo sie ihre Geschlechtsteile verbergen. Oder wollen sie, daß Schneewittchen sich jetzt den Schönsten von ihnen aussucht?
Inzwischen haben sie mich entdeckt.
Es muß bald so weit sein, sagte der dritte von links, ein angekrauster Brünetter, ohne seinen strahlenden Blick abzuwenden von einem Jagdstilleben in schimmernden Oliv- und Purpurtönen, das unter anderen die Wand schmückte, vor der ich gerade stand.
Ich weiß trotzdem, daß mit seinen Worten ich gemeint bin, und werde infolgedessen meine Wahl ein andermal treffen, nicht jetzt, denn jetzt tauche ich vor aller Augen unter seiner Blicklinie durch, um ihn in seiner hingerissenen Betrachtung eines vorbiedermeierlichen Lebensgefühls nicht zu beeinträchtigen.
Ob sich in dem Papier da hinten, denke ich, das mit den neusten Nachrichten von vor drei Jahren bedruckt und nun kaum noch lesbar ist, vielleicht doch mehr verbirgt als die zwei Fische, die ich bis zu diesem Augenblick gefühlt habe? Dann wüßte ich, was ich täte. Schon zwei Kilo wären eine Erleichterung, und ich könnte mir Gedanken machen über den Sud, der sie in einen vielversprechenden Auftakt des Menüs verwandeln würde, wie ich ihn mir vorstelle. Dazu brauchte ich dann nur noch elsässischen Weißwein, grünen Pfeffer und ausgekochte Tamariskenzapfen, abgesehen vom Salz und den frischen Lorbeerblättern, die sich von selbst verstehen, aber nicht überall zu bekommen sind. Beim Würzen habe ich meine Geheimnisse. Das zahlt sich aus. Wie ich die Butter präpariere, bevor sie über die Zwiebeln kommt, das würde ich niemandem erzählen.
Bloß nicht auf die Uhr sehen, sage ich mir, so lange es möglich

ist. Ich merke aber auch so, daß die Zeit vergeht, und es ist gar nicht nötig, daß die Sekunden gezählt werden.
Jetzt kommt die Treppe. Erst noch ein Stück durchbrochene Brüstung aus schlichtem Marmor, die mich bewahren soll vor einem unbeabsichtigten Sturz in die Tiefe, und dann all die Stufen. Diesmal wartet unten niemand auf mich, und ich habe Zeit, mir die vergoldeten Marmorschnecken anzusehen, auf die das Treppengeländer jeweils in den Biegungen hinausläuft. Einzeln und liebevoll sind sie herausgemeißelt aus nichts als einem unbestimmten Steinblock, und dann hierher geschleppt und festgemacht, um den Benutzern der Treppenflucht eine Freude zu machen. Nun sitzen sie da, mit Kopf und Bauch und Haus, und sehen mir lächelnd entgegen. Sogar ihre Fühler haben sie unerschrocken herausgestülpt, so daß ich nicht anders kann, als meine Hände mit Rührung vom Geländer zu nehmen, wenn die nächste Schnecke kommt, um sie nicht zu erschrecken. Und auf dem Gesicht tragen sie ein Lächeln von altertümlicher Weisheit, dem ich unwillkürlich mit einem ähnlichen Ausdruck antworte. Aber man darf sich nicht umdrehen. Denn wenn man von unten kommt, kann man sehen, wie sie dabei sind, sich mit einer unerträglichen Sorge einzurichten. Das hat der Steinmetz so gewollt.
Es ist still hier in dem ausladenden weißen Treppenhaus. Die Stufen sind leergefegt. Nichts ist mehr da von all dem Unrat, der sich im Lauf der Zeit hier eingefunden haben mag. Hier wird sich nichts finden, weder eine Mohrrübe noch die armseligste Zwiebel.
Aber von weit her höre ich Hühnergeräusche. Ob das von der Stille kommt? Ich unterscheide ein Scharren, ein Flügelraschcln, das Picken eines Schnabels im Sand und dann und wann einen leisen langgezogenen Laut der Zufriedenheit. Also darf ich mir Hoffnung machen auf das eine oder andere Ei, eine voreilige Hoffnung zwar, aber der Mensch verfügt ja über die Gabe der Geduld und kann sie anwenden, wann immer es ihm paßt.

Jetzt öffnet sich die Treppe abermals auf einen Saal hin. In ihm sind statt der Tische Vitrinen aufgestellt mit Schiffsmodellen darin, lauter schwimmfähige Bauwerke, zum Befördern von Personen oder Lasten auf dem Wasser bestimmt und zusammengefügt aus Kiel, Spanten und der äußeren Bekleidung. So manches von ihnen sieht aus wie ein Beitrag zur Geschichte der Hominiden. Ich sehe zum erstenmal, wie sie unter Wasser mit einem Überzug von Kupferblech ausgestattet sind zum Schutz gegen die Bohrmuscheln. Sie haben auch Schautafeln aufgehängt, wo ich mich über Einzelheiten der Seitenbeplankung oder der Takelage belehren lassen kann, wenn mich das interessiert. Es interessiert mich, aber jetzt ist nicht der Augenblick dafür. Auch um Schiffahrtsstraßen, die Einführung des Kompasses und die Geschichte der Übersee-Expeditionen will ich mich nicht kümmern. Das kann ich ein andermal tun. Jetzt verlasse ich die nautische Abteilung, gehe weiter, hinein in einen Seitengang, weil ich hoffe, hier meinen Hühnern auf die Spur zu kommen.
Ich habe Hühner so gern. Sie könnten der Inbegriff des guten Lebens sein, wenn man sie ließe. Sie hacken auch gar nicht die ganze Zeit aufeinander herum, wie man immer meint.
Das erste, was ich bemerkte, als ich mich an die Dunkelheit gewöhnt hatte, war eine Unzahl von Büchern, welche die Regale auf der einen Seite des Ganges bis auf den letzten Platz ausfüllten. Wer kann das alles lesen, war mein erster Gedanke. Aber da meine ersten Gedanken erfahrungsgemäß immer dazu angetan sind, den ordentlichen Ablauf des Programms zu stören, will ich mich nicht damit aufhalten und gleich zum zweiten Gedanken übergehen. Wenn schon so viele Bücher hier sind, stelle ich mir vor, dann könnte auch etwas für mich darunter sein, sagen wir das eine oder andere Kochbuch, das ich mir später, wenn ich so weit bin, heraussuchen werde, um darin Anregungen zu finden für Gerichte, mit denen ich mich vor den Gästen sehen lassen kann. Warum sollte es hier nicht eine Bibliothek über Fische geben? Ein großes Thema, über das schon

die dicksten Bücher geschrieben worden sind und immer wieder geschrieben werden. Sollte man nicht meinen, das Thema wäre allmählich erschöpft? Aber das Gegenteil ist der Fall. Es gibt bekanntlich Themen, denen der Mensch sich immer wieder zuwendet, obwohl sich mit der Zeit herausgestellt hat, daß sie gar nicht befriedigend zu behandeln sind. Irgend jemand muß die Sache dann jeweils auf den gegenwärtigen Stand der Forschung bringen und uns das gültige Werk liefern. So möchte man den Status quo in den Griff bekommen.
Ich will es mir merken für später. Jetzt müssen zuerst die Zutaten aufgetrieben werden.
Von Hühnern ist hier nichts zu hören. Schweigend blicken die Türen auf der linken Seite des Ganges zu den Büchern hinüber, die mit einem ähnlichen Schweigen antworten.
Weiter hinten sehe ich im Halbdunkel etwas liegen, das hell aussieht. Es liegt neben einem einzelnen Stuhl, der dort steht, auf dem Boden, und zwar einen Schritt von der Wand entfernt, als müßte das so sein. Dankbar vermerke ich die liebenswürdige Fähigkeit des Auges, sich an die Dunkelheit zu gewöhnen. Und wie ich näherkomme, erkenne ich, daß es sich um ein gerupftes Huhn handelt. Jemand muß es hier deponiert haben, mit Kopf und Kamm und Füßen, aber ohne Federn. Seine Augen blicken von mir weg in die Richtung, wo durch eine halb offene Tür ein Streifen etwas helleren Halbdunkels hereinfällt.
Also auch hier eine halb geöffnete Tür, denke ich, hinter der etwas sein muß, und wenn es nur ein verlassener Raum wäre. Aber das ist es nicht, denn hin und wieder höre ich Schritte. Es ist die Akustik eines fast leeren Raums mit Parkettfußboden. Und diese Akustik ist es, die mich teilhaben läßt an der Tatsache, daß ein Mensch durch das Zimmer geht und dann wieder zurück, mehrmals, wie jemand, der eben ein Projekt erarbeitet oder auf seine Art versucht, mit einer Erfahrung fertigzuwerden.
Natürlich möchte ich gern wissen, warum der Raum leer ist. Hat man die Möbel hinausgetragen? Oder besitzen die Insassen keine?

Hier auf dem Flur dagegen steht ein Stuhl.
Und während ich so dastehe, meine Ohren den Klängen des angelehnten Zimmers zugewandt und meinen Blick dem Tier zu meinen Füßen, erkenne ich, daß es ein Hahn ist. Seine Schwanzfedern liegen zwar schimmernd über das Parkett verteilt, aber seine Flügel sind unversehrt. Ein ungelöster Krampf preßt sie an den vergilbten Körper, so daß man davor zurückschreckt, von schillerndem Federschmuck zu sprechen, und doch sieht es so aus und nicht anders.
Dazu gehört eine wissende Alte, die mit geschlossenen Lidern auf diesem Stuhl gesessen, ihre Gedanken in die Zukunft gewendet, verloren an dem Tier gerupft und sich dann erhoben hat, um fortzugehen, ohne einer Menschenseele ihre Prophezeiungen zu verraten.
Darum ist der Stuhl jetzt leer.
Nur die Brille, die noch unter dem Stuhl liegt, will zu dieser Frau nicht passen.
Gut, sage ich mir, es hat keinen Sinn, mich hier noch länger aufzuhalten.
Weiter unten, wo es in den Seitengängen keine Bücherregale und auch keine Bücher mehr gibt, sieht man hin und wieder gebrauchte Publikationsorgane. Sie liegen auf Mauervorsprüngen oder einfach am Boden, als sollten sie noch abgeholt werden, und gelegentlich auf einem der gläsernen Schaukästen. Von weitem geben sich manche von ihnen den Anschein, daß etwas in ihnen eingewickelt sein könnte, aber wenn man dann auf sie zugeht und nachsieht, sind sie leer. Dabei stoße ich jeweils auf eine solche Fülle von Meldungen, die wichtig aussehen, daß ich das Blatt nur schweren Herzens wieder hinlegen kann.
Früher, als ich hier um eines Telegramms willen vorbeigekommen bin, hat an einem Säulenfuß eine Plastiktüte gelehnt, in der etwas Eßbares gewesen sein kann. Jedenfalls ist sie bis oben hin voll gewesen.
Eßbar oder nicht eßbar, das frage ich mich jetzt.
Dabei hätte das gar nicht gereicht. Die Sachen, die ich auf den

Tisch bringe, müssen genießbar sein. Ich bin sicher, daß sie Muscheln serviert haben im alten Trocadero, auch Austern und Meerestiere aller Art, ob sie nun rückwärts laufen oder seitwärts oder überhaupt nicht. Man kennt solche Kreaturen aus den Aquarien, die in guten Häusern in der Nähe des Eingangs aufgestellt werden. Vor denen stockt dann der Gast und verweilt mit dem Gefühl, ein soeben eintretender oder auch eingetretener Gast zu sein. Ohne Zögern beginne ich jeweils zu warten, ob sich unter Wasser etwas ereignet, eine Begegnung, eine Auseinandersetzung oder wenigstens ein einfacher Aufbruch. Ich bin es so gewöhnt. Irgendwo mitten in meinem Kopf gibt es diese Angewohnheit, die Ereignisse als Handlungsfragmente anzusehen, so daß ich überall nach solchen Dingen suche. So steht der Gast und wartet. Wohl wissend, daß hier mein Appetit angeregt werden oder auch meine Überzeugung gestärkt werden soll, daß ich mich am rechten Fleck befinde, erlebe ich in den entscheidenden Nischen meines Denkvermögens etwas ganz anderes. Wer würde in dieser Situation der Versuchung widerstehen, ans Glas zu klopfen oder Grimassen zu schneiden, um der aufkeimenden Hoffnung auf ein Abenteuer nachzuhelfen, so gut es geht? Gewöhnlich tue ich das auch, aber nicht ohne mich vorher kurz zu vergewissern, daß ich nicht beobachtet werde.
Mit solchen Anlagen wird außerdem noch der Zweck verfolgt, die Umgangsformen des Gastes unauffällig dem Stil des Hauses anzupassen. Man muß sich das so vorstellen, daß zwar heimlich ans Glas geklopft werden darf, aber mit dieser Übertretung ist dann auch die Grenze des guten Geschmacks bereits markiert. Mit schlechtem Gewissen lassen wir uns danach unsern Platz anweisen und haben die besten Vorsätze für die Zukunft, so daß das Hantieren mit den Bestecken und die Entscheidung über das Trinkgeld nach allen Regeln der Kunst erfolgt und Regelwidrigkeiten beim Umfang der Bestellung ganz ausgeschlossen sind, denn da möchte man sich dann nichts mehr zuschulden kommen lassen.
Und nun? Entweder bin ich an der Plastiktüte mit dem Nach-

schub schon vorbeigelaufen, oder sie ist inzwischen wieder abgeholt worden. Aber der Zufall will es, daß ich in einem der unteren Seitengänge, wo gerade keine Tür offenstand, aber die eine oder andere Bodenkachel herausgebrochen war, ein Sortiment von kleinen und kleinsten Sämereien entdeckt habe, wie ich sie von früher kannte, zusammengeweht an den Stellen des Bodens, wo es keine Fliesen mehr gab.
Ich blieb stehen, machte die Augen zu, um mich ganz und gar aufs Zuhören zu konzentrieren, als bestünde die Aussicht, daß es mich wider Erwarten auf eine bewohnte Insel verschlagen hatte.
Wo sind die Vögel?
In den Schlaglöchern zu meinen Füßen diese Sämereien, über mir in einiger Höhe ein mit mäßigen Stukkaturen verzierter Plafond, den ich so nenne, weil es keine gewöhnliche Zimmerdecke war, und am Ende des Ganges, wo es schon dunkel war, das Porträt eines gutangezogenen Pragmatikers im Halbprofil, das alles hatte ich im Kopf, als ich meine Stirn in die Fingerspitzen stützte, um besser zu hören. Mir kam das ganze Arrangement so unglaubwürdig vor wie es ist, als ich es mir noch einmal durch den Kopf gehen ließ, aber es hatte sein legitimes Gegenstück in der Realität, wie sie mich hier als ein handfestes Beweismittel einschloß.
Noch hörte ich nichts.
Um mich zu vergewissern, machte ich kurz die Augen auf. Es war alles da, einschließlich der zertretenen Hirsekolben und was dergleichen mehr ist. Wenn es das hier gibt, dachte ich, dann muß es auch Vögel geben, weil die Anwesenheit dieser Dinge sonst keinen Sinn hätte. Wo sind sie? Oder es hat wirklich keinen Sinn. Darauf muß man sich auch gefaßt machen.
Natürlich kann man Vögel essen. Aber dafür bin ich nicht zu haben. Das ist nicht der Grund, warum ich sie suche.
Immer noch nichts?
Wie dem auch sei, denke ich nach längerem ergebnislosem Horchen, Körner sind jedenfalls da, und ich muß mir eine Meinung

darüber bilden, ob das Materialien sind, aus denen ich etwas machen kann oder nicht. Das ist nicht leicht zu entscheiden. Vogelfutter ist ein Grenzfall. Unter bestimmten Umständen ist es möglich, auch Menschen damit zu ernähren. Aber das setzt Spezialkenntnisse voraus, was die Vorbereitungen betrifft. So ohne weiteres wird das von den menschlichen Verdauungsorganen nicht vertragen. Weiß ich genug über diese Vorbereitungen, nachdem ich mich noch nie damit befaßt habe? Und habe ich noch Zeit, all diese Vorbereitungen rechtzeitig abzuschließen? Ich werde die Entscheidung über diese Fragen aufschieben bis zu einem späteren Zeitpunkt, wo sie mir möglicherweise leichter fällt oder durch eine Wendung des Schicksals sogar abgenommen wird, und sammle fürs erste meinen Fund ein, um ihn zu meinem kleinen Küchenmesser in die Tasche zu stecken, Stück für Stück. So halte ich mir alle Wege offen.
Und dann geht es weiter die Treppe hinunter. Um all die Kunstschätze an den Wänden kann ich mich jetzt nicht kümmern, und es ist glücklicherweise auch niemand da, der mir das als Desinteresse auslegen könnte.
Übergangslos ist es vorbei mit dem Wandschmuck. Die Stufen sind nicht mehr aus Marmor, sondern aus einem genügsameren Stoff, langlebig, nachgedunkelt und ausgetreten und nicht frei von Unrat. Staubbäusche, Kotkugeln und ausgespieene Nagetierknöchelchen bekomme ich zu Gesicht, aber nichts, das mir weiterhelfen könnte. Die Wände sind aus notdürftig zurechtgeschlagenem Stein und ohne jedes Anzeichen von Prachtentfaltung. Statt dessen finden sich stellenweise kleine Löcher in den Wänden, auf die ich mir keinen Reim machen kann. Wozu können die Menschen in der Zeit vor der Erfindung des Heimwerkers solche Löcher gebraucht haben? Hat man etwas darin verstecken wollen? Aber was, wenn auch die Sprengladung noch nicht erfunden war? Ich werde einen Kunsthistoriker danach fragen müssen oder einen andern Fachmann. Und einen Biologen werde ich zu Rate ziehen, denn warum sollten hier nicht hungrige Bohrmuscheln am Werk gewesen sein?

Wie lange werden es die Fundamente unter diesen Umständen noch machen? Muß ich mich unsicher fühlen? Ein langes Leben ist kein Beweis für die Unsterblichkeit.

Es muß ein ganz besonderer Anblick gewesen sein, wie sie die sieben Untergeschosse des alten Trocadero aus dem Boden gekratzt haben, denn das müssen sie ja wohl, wenn sie sich entschlossen haben, die herausragenden Teile abzubrechen, bevor sie sich auf natürliche Art in eine Ruine verwandeln konnten. Eben erst hatten die Väter ihn aufbauen lassen, beflügelt von dem Gedanken, immer mehr Menschen anzustecken mit ihrer Freude an historischer Größe und Prachtentfaltung. Da war er den Söhnen schon nicht mehr recht. Nicht daß sie etwas gegen Baudenkmäler gehabt hätten. Sie wollten etwas Zeitgemäßes in die Welt setzen. Und all das Getier, das sich dort im Dunkeln eingenistet hatte, konnte es sich noch in Sicherheit bringen? Bei den Ratten und Mäusen darf man wohl davon ausgehen, daß sie einen Sinn haben für die Bedeutung der Geräusche, wenn sich der Maschinenpark des Abbruchunternehmens Stockwerk für Stockwerk in die Tiefe fräst. Aber wie ist es bei den Kellerasseln, Tausendfüßlern und Würmern aller Art, kennen sie die Kategorie des Untergangs? Ich meine, merken sie, wenn es ihnen an den Kragen geht? Können sie sich überhaupt beunruhigen? Vertrauen sie darauf, daß die Baggerschaufel sie irgendwo wieder absetzen wird, zusammen mit Schuttpartikeln aller Art, vielleicht lädiert, aber gefaßt wie immer? Es ist auch denkbar, daß sich bereits in dem Augenblick, als ganz oben die Türme abgetragen wurden, unter dem Boden die gewohnten Druckverhältnisse in den unterirdischen Geschossen so dramatisch verändert haben, daß alle Lebewesen, die geglaubt haben mochten, dort einen Platz fürs Leben gefunden zu haben, ohne jedes Zögern die neue Lage durchschaut und in panischer Flucht den Schauplatz ihrer Vergangenheit verlassen haben. Der Mensch weiß so wenig über diese Tiere. Hier unten ist es still wie überall im Haus. Nur manchmal, wenn ich mich für eine Weile an die feuchte Wand lehne und die

Augen zumache, um nachzudenken und womöglich Entschlüsse zu fassen in Hinblick auf mein weiteres Vorgehen, dann höre ich Lärm durch die Wand, unterirdische Geräusche. Sie müssen von Menschen stammen, die sich auf den Weg gemacht haben, zu Fuß, den jeweils solidesten Leiterwagen beladen mit dem Notwendigen sowie mit denen, die nicht selber gehen können, und unterstützt von ihrem gesündesten Pferd, falls sie eines haben. Es geht vorwärts, so gut es geht, das kann man hören. Sie haben es eilig, sie wollen weiterkommen, anderswohin und weg von da, wo sie herkommen. Ich erkenne den abgekämpften Schritt der Pferde auf dem Kopfsteinpflaster, als wäre ich selber dabeigewesen. Ihre Schuhe müssen längst durchgelaufen sein. Und woher nehmen sie die Kraft, nach einer so langen Reise immer noch weiterzugehen, nachdem auch bereits viele am Straßenrand liegengeblieben sind, nicht ohne vorher den Weiterziehenden das Versprechen abzugeben, sie würden ihnen nachfolgen, sobald sie wieder zu Atem gekommen wären? Was gibt ihnen diese unerklärliche Kraft? Etwa der Wunsch, anderswo noch einmal von vorne anzufangen? Warum geben sie angesichts der Tatsachen nicht den Gedanken auf, etwas aus ihrem Leben zu machen? Wäre das unnatürlich? Ich möchte wissen, was ich unter den Umständen täte. Das gleiche wie sie?
Sie haben immer noch Pferde, wenn auch nicht mehr so viele wie zu Anfang. Sie finden sogar jetzt, nachdem ihre Vorräte doch längst umkämpft und aufgebraucht sind, immer noch etwas zu essen. Vielleicht nicht für alle. Wie sie das wohl machen?
Hier an die Wand zu klopfen, hat keinen Sinn. Sie ist zu dick. Es lösen sich zwar die äußeren Schichten, blättern herunter und liegen dann auf meinen Füßen und auf dem Pflaster, als ob ich sie dort verstreut hätte, aber das geschieht alles ganz lautlos.
Darum habe ich mich wieder auf den Weg gemacht.
Mit meinen Gedanken war ich noch anderswo, bei all den Geräuschen, die man hört, wenn man den Kopf an die Wand legt, und mit meinen Füßen doch schon wieder so geistesgegenwärtig, daß ich nicht gegen die einzelnen herausgebrochenen Pfla-

stersteine schlug. Das einst liebevoll zusammengesetzte Bogenmuster war nicht mehr vollständig, mußte ich bemerken. Vielleicht ist es auch gar nicht so liebevoll zusammengesetzt, wie man sich das vorstellt, sondern widerwillig oder sogar qualvoll. Damit muß man auch rechnen, wenn man seinen Fuß auf einen Bodenbelag setzt.

Und die Luft hier unten ist anders. Sie riecht älter, und auf die Gefahr hin, daß man mir nicht glaubt, möchte ich sagen, daß sie sich noch für keinen Motormäher oder Preßluftbohrer hergegeben hat. Sie fühlt sich schwer an von all den Jahren, in denen sie ein- und ausgeatmet worden ist. Generationen sind es gewesen, Generationen von Bedürftigen, die diese Luft hungrig herangefächelt haben, hereingeschlungen, ausgesogen und dann fortgejagt ohne Unterlaß und ohne zu wissen, was sie tun, wenn sie, dem Wasser kaum entronnen, sich über die Luft hermachen, diese unendlichen Familien von Spinnen, Spitzmäusen und häusertragenden Gartenschnecken, während sie ganz unbeirrbar durch den Lauf einer namenlosen Geschichte steuern.

Es ist nichts als natürlich, daß die Luft erschöpft aussieht, nach so viel Zeit.

Ich habe mich eben auf eine steinerne Stufe gesetzt und bleibe noch einen Augenblick sitzen, weil sie viel weniger kalt ist, als ich dachte.

Bloß weg hier, dachte ich dann. Ich will das nicht auch noch atmen. Es ist besser, wenn ich oben an meinem Platz bleibe und mich an das Gegebene halte.

Ich begann mich sogleich auf das Treppenhaus zu freuen, auf den ganzen Aufstieg, erst über gewöhnliche Steinstufen und dann über nichts als weißen Marmor, stellenweise überflutet von schwachem buntem Licht, verziert mit einer Parade von Zeugnissen aus einer großartigen Vergangenheit, und immer begleitet von marmornen Handläufen bis zur jeweils nächsten Schnecke.

Zärtlich strich ich den Tieren über die lebensnahen Rillen in ihren Gehäusen, weil ich ihnen nicht ins Gesicht sehen wollte.

Was ich oben antraf, sah aus wie immer.

Für einen Augenblick hatte ich den Eindruck, daß die dort wartenden Herren jetzt Aktentaschen unter dem Arm trugen, die sie, sobald sie mich kommen sahen, unauffällig abstellten, als hätten sie nur auf mein Erscheinen gewartet. Aber so war es nicht. Sie blickten auf aus ihrer Runde. Einer von ihnen schien zu fehlen. Ich konnte hören, wie er mit Tennisschuhen hinter mir die Treppe heraufkam. Falls er auch Tennisschläger und weiteres Zubehör bei sich gehabt hatte, so mußte er es irgendwo deponiert haben, denn jetzt erschien er mit leeren Händen auf dem oberen Treppenabsatz.

Da bist du ja, sagten die Wartenden.

Er antwortete mit einem ausdrucksvollen Blick.

Wie war's denn so, wollten sie dann wissen.

Ich habe seine Antwort nicht abgewartet. Ich bin nicht neugierig. Schon stand ich an meinem Platz und beugte mich über meine Arbeit. Da mir die Ärmel inzwischen wieder heruntergerutscht waren, schob ich sie von neuem hoch.

Und so stand ich dann bei der Wasserlache auf diesem Arbeitstisch und ging in Gedanken noch einmal alle Möglichkeiten durch, das Problem auf eine Weise zu meistern, die mir bis jetzt nicht in den Sinn gekommen war. Und was soll ich sagen, jedesmal sind meine Gedanken wieder an dem Punkt angekommen, wo es sich als das Einleuchtendste erwies, mich trotz allem erst einmal an das Nächstliegende zu halten, gleich hier in der Küche, und das war der Fisch. Denn war es nicht so, daß vor mir zwei frisch eingeflogene Fische bereits lagen und nicht erst noch herbeigeschafft werden mußten wie so manches andere, und daß sie nur darauf warteten, ausgepackt, ausgenommen, aufgeteilt und eingelegt zu werden, so daß es dann nur noch eine Frage der Zeit war, sie auch zu kochen?

Und konnte ich mich nicht darauf verlassen, daß die Summe meiner praktischen Erfahrungen mir dabei zustatten kommen würde? Schließlich sind diese Erfahrungen ja durch eine Reihe von überwundenen Irrtümern und gelegentlichen Erfolgserleb-

nissen zustande gekommen, und deshalb halte ich auch an dem Gedanken fest, daß sie mir eine Stütze sein sollten, wenn die Umstände es erfordern. Und die Umstände hier waren in jedem Sinne so, daß ich eine Stütze brauchte.
Die Umstände waren da, die Erfahrungen waren da, und die Frage war die, wie ich beides miteinander in Einklang bringen sollte. Die Sache hatte sich bis jetzt nicht gerade vielversprechend angelassen, aber meine Fähigkeiten zur Unverdrossenheit waren ungebrochen. Ich wappnete mich also mit dieser Unverdrossenheit und mit Geduld, wenn auch nicht mehr mit Begeisterung.
Ja, das Marinieren, sagte ich mir, das wird das Geheimnis meines Erfolgs sein.
Die Männer drüben stehen im Halbkreis vor einem der Glasschränke. Über ihnen ein grünbraunes Reiterbild mit blitzenden Details und links und rechts je die Abbildung eines gutgekleideten Herrn.
Ich glaube, sie versuchen gerade, auf ganz unauffällige Art eine Hierarchie zu etablieren. Das ist vielleicht gar nicht so dumm von ihnen, wie man immer meint. In Anbetracht der Alternativen ist es unter Umständen noch das beste, was sie tun können. Denn daß sie wegen jeder Kleinigkeit aufeinander losgehen und sich bei mittleren Anlässen bereits den Schädel einschlagen, das kann man sich auch nicht wünschen.
Oder sie haben das Radio eingeschaltet. Gespannt warten sie auf das, was der Nachrichtensprecher sagen wird. Aber es kommt nichts. Das kann nichts anderes sein als eine vorübergehende Unterbrechung der Energiezufuhr. Langsam fangen sie wieder an, sich zu bewegen, zuerst Schultern und Oberarme und dann die durchgedrückten Knie. Es fallen noch ein paar anklagende Sätze, und die Gruppe beginnt, sich aufzulösen.
Einer von ihnen kommt zu mir herüber, er geht, indem er zu seiner Orientierung Blicke um sich wirft auf die unbeleuchteten Wände und den von Hinweisen auf die Entwicklungsgeschichte des Bauwerks gezeichneten Fußboden, auf mich zu, bleibt ste-

hen, hier bei mir, bei meinem Tisch, wirft noch einen Blick auf meinen Arbeitsplatz und dann einen auf mich, sieht mich also an und wünscht, daß ich ihm die Hand gebe. Er stellt sich sogar vor. Er ist der einzige, der das tut, und das habe ich ihm hoch angerechnet.
Dann sagte er: Sind Sie hier die Hausfrau?
Ja, sagte ich, so kann man das wohl sagen.
Er trat ein paar Schritte zurück und blieb dort stehen. Und während er sich noch umsah und allerlei zu entdecken schien, was für ihn von Bedeutung war, versuchte ich herauszufinden, woher der Eindruck kam, daß etwas mit seiner Haltung nicht stimmte. Wirklich, es sah so aus, als lehne er schräg im Bild, umgeben von einem Rahmen, den der Durchgang zum Saal bildete, und daher noch zusätzlich zum herrschenden Halbdunkel von hinten beleuchtet, von einem Abglanz des gleißenden Lichts, das jetzt durch die herrschaftlichen Fenster ins Treppenhaus fallen mußte.
Einen sehr schönen Schirm haben Sie da, sagte ich zu ihm.
Dankbar hat er mich angesehen, als wäre der Schirm etwas, das zu ihm gehörte.
Der Schirm hatte, auch im Gegenlicht unverkennbar, einen Griff aus fein gearbeitetem Holz und nicht das, wonach unsereiner greift, wenn er vom Regen überrascht wird. Und er brauchte ihn ja auch nicht gegen den Regen, sondern um sich darauf zu stützen. Wie hätte er ohne eine solche Stütze diesen Eindruck erwecken sollen, den er nun einmal erweckte und wohl auch erwecken wollte, nämlich den, daß er schräg im Bild lehnte?
Jetzt richtete er sich auf, stand auf seinen beiden Beinen, was offensichtlich auch ging, und entfaltete den Schirm. Der war bedruckt, und ich konnte bald erkennen, womit. Es waren Buchstaben und ähnliche Dinge. Kaum hatte ich ihn mir richtig angesehen, da erwachte auch schon die Erinnerung an allerlei Formeln, mathematisch-philosophische Abkürzungen für dies und das oder alles und jedes, wenn man so will.

Das ist mein Werk, sagte er.
Ein Lebenswerk? fragte ich leise.
Ja, sagte er.
Das sieht man, sagte ich, voller Bewunderung. Oder wenn es nicht Bewunderung im eigentlichen Sinne war, dann doch wenigstens Anerkennung.
Ein wahres Wunderwerk von einem Schirm, soviel stand fest. Viele von seinen Formeln kamen mir bekannt vor, als wären sie irgendwann im Laufe meiner Ausbildung einmal vorgekommen und dann mit schlechtem Gewissen wieder vergessen worden. Ich gehöre zu den Menschen, die vieles von dem vergessen, was in ihrer täglichen Praxis nicht vorkommt. Daran will ich jetzt nicht denken. Andere Formeln dagegen waren mit Sicherheit nie vorgekommen, was ich am Vorhandensein von gewissen mir ganz unbekannten Zeichen erkennen konnte. Es hätten gut und gern Gedanken aus einem andern Fortbildungszweig sein können, aber ich glaube, daß es seine eigenen Schöpfungen waren.
Mein Gott, fuhr es mir durch den Kopf, wie leicht ist es, unsere unkontrollierbaren Erwartungen zu enttäuschen. Mit einem einzigen wortlosen Wink läßt sich das machen.
Anders dieser Mann mit dem Schirm. Nicht nur hatte er sich vorgestellt, als einziger unter vielen, jetzt hatte er auch noch ein Interesse daran, seinen Schirm zu entfalten. Er tat es ganz von sich aus und nicht etwa nur, um mir einen Gefallen zu tun.
Sollte ich so tun, als wäre mir die Bedeutung seiner Formeln klar, mitsamt Inhalt und interpersoneller Relevanz? Oder sollte ich bei der Wahrheit bleiben? In jedem Fall mußte ich mit Schwierigkeiten rechnen. Und wenn ich mich wirklich für die Wahrheit entscheiden wollte, wie ich wohl sollte, dann mußte ich allerlei Reserven mobilisieren, um den Anforderungen standzuhalten, denen ich mich gegenübersehen würde, sobald meine Ignoranz offenbar wurde. Aber wäre das im andern Fall besser?
Ich bewundere Menschen, die in so jungen Jahren schon ein Lebenswerk vorzuweisen haben. Zwar macht er den Eindruck,

als hätte er Schwierigkeiten mit der Entscheidung, was er als nächstes tun sollte. Aber das stört mich nicht.
Was mich betrifft, habe ich noch nicht einmal damit angefangen. Es ist gar nichts Vorweisbares da. Und alle Ansätze in dieser Richtung sind an dem Gedanken gescheitert, daß ich zunächst die Branche wechseln müßte.
Dagegen die Männer draußen im Saal, die sind über das Vorbereitungsstadium längst hinaus. Und sie können sich infolgedessen auch kaum vorstellen, daß es andern Leuten anders geht. Für sie ist, nachdem sie ihr Leben lang dazu angehalten worden sind, der Status quo ein Befähigungsnachweis und ein Hinweis auf die Richtung der Karriere. In diesem Licht stehe ich natürlich mit meinen Zulieferungsleistungen nicht gut da.
Und er? Wie er da so steht und in der linken Hand gedankenvoll seinen Schirm kreisen läßt, könnte es sogar sein, daß es ihm ganz lieb ist, wenn ich sein Formelwerk nicht bis in die letzten Verästelungen begreife. Ein angenehmer Gedanke.
Vielleicht sind alle meine Sorgen umsonst.
Er klappte seinen Schirm zu und dann wieder auf, als wüßte er wirklich nicht, wie es weitergehen sollte. Und er stand auch wieder mehr auf einem Bein, so daß das andere frei war für die Bewegungen des Augenblicks.
Ich erinnere mich, wie neugierig ich war und wie ich in diesem Augenblick wünschte, mehr Zeit zu haben als die, die tatsächlich da war.
Im Hintergrund des Saals nebenan sah ich mit geschlossenen Augen einen Mann vorübergehen, der auf den Armen eine zitternde Kübelpalme vor sich her trug. Eilig ging er auf seinen Zehenspitzen, indem er jeweils einen Fuß ganz weit nach vorne ausstreckte und dann seinen Körper nachzog, ohne daß ich hätte erkennen können, wie er das machte. Ich kann mir auch nicht vorstellen, daß seine Augen so geschlossen waren, wie sie aussahen, sondern glaube vielmehr, daß er sich nur zu schützen versuchte vor den spitzen Händchen seines Schützlings.
Ich warf meinem Gegenüber einen aufmunternden Blick zu.

Wenn es nach mir gegangen wäre, hätte er noch etwas sagen sollen. Er wippte mit seinem Schirm, sah vor sich hin auf den Boden, dorthin, wo seine Zehen nun einen Platz gefunden hatten. So standen wir, und zwar lange Zeit, würde ich sagen, sofern man die Zeit überhaupt lang nennen darf.
Drüben ist inzwischen Bewegung in die Reihen der Mitspieler gekommen. Sie schreiten den Raum ab in ihren eleganten schwarzen Overalls, die auf Grund einer Übereinkunft als dezent gelten, in Wahrheit aber aufdringlich sind. Man muß ihnen allerdings zugute halten, daß sie angeben, das Zeug nicht freiwillig zu tragen, sondern nur aus Pflichtgefühl, wenn man sie einzeln fragt.
Was tun sie jetzt? Die entschlossene Ziellosigkeit ihrer Bewegungen hat einer gewissen Vorfreude Platz gemacht. Ich erkenne in ihren Mienen die Bereitschaft zuzuhören. Und mit einem von ihnen ist eine Veränderung vorgegangen. In seinem Ausdruck ist etwas, was vorher nicht da war. Er hat jetzt zwar auch mit kräftigem Bariton zu reden angefangen, aber das ist es nicht. Es liegt daran, daß er den Kopf einen oder zwei Finger höher trägt als die andern. Ich hätte nie erwartet, daß es auf ein paar Zentimeter mehr oder weniger so ankommt, aber das ist tatsächlich alles. Für einen Augenblick nehme ich mir vor, diesen Trick in meinem Langzeitgedächtnis aufzubewahren als eine Stütze für schlechte Momente. Dann lasse ich das. Ich glaube, für so etwas muß man geboren sein. So ein vergrößerter Abstand zwischen Kopf und Brust macht vielleicht nicht bei allen Menschen den gleichen Eindruck.
Bei ihm ist die Wirkung nicht schlecht, das habe ich schon gesagt. Dabei spricht er über seine Leidenschaft, das Kochen. Wenn ich das täte, überlege ich mir, würde das Team in höfliche Unruhe verfallen und die erste Gelegenheit benutzen, um das Gespräch auf erheblichere Gebiete zu lenken.
Nicht so bei ihm. Für ihn hat Kochen nichts mit Ernährung zu tun, denn er behandelt es wie eine Kunst oder eine Weltanschauung und sagt das auch. Natürlich hat er noch weitere Welt-

anschauungen, für vordringlichere Problemkreise. Davon zu schweigen leistet er sich im gegenwärtigen Augenblick, da er es in früheren bereits bewiesen hat. Jetzt führt er uns vor, wie ein Mensch die ganze Wucht seiner Persönlichkeit auf die Zubereitung eines schlichten Mahls verwenden kann, als wäre es eine Konzentrationsübung für seine Leidenschaften. Stolz ist er auf seine Erfahrungen beim Abwägen von Rezeptdetails und darauf, wie es nachher aussieht auf dem Feld seiner Betätigung.
Ein Schlachtfeld, sagt er lächelnd, ohne seine Stimme zu senken.
Der Mann, der für den Augenblick noch mit seinem Schirm hier bei mir stand, hielt denselben zugeklappt an beiden Enden und wiegte ihn so auf seinem Nacken, seit drüben die ersten Worte laut geworden waren. Es fehlte nur noch, daß er sein Schnupftuch daran geknüpft und sich auf die Wanderschaft gemacht hätte. Aber er drehte nur seinen Kopf zum Saal hinüber und hörte zu.
Ich wollte auch zuhören. Reden über ein Fach des Lebens, das mir Sorgen macht, interessieren mich immer. Ich ging also nach vorne und lehnte mich an die zweite Säule, so daß man gut und gern hätte sagen können, daß ich im Saal stand. Ich flüsterte eine Entschuldigung zu meinem Nachbarn hinüber, weil er nicht denken sollte, daß ich aus Mißachtung für ihn und seine Werke mich einem andern Redner zuwandte. Als Antwort erhielt ich ein lächelndes Achselzucken, dessen Tiefe nicht zu erraten war.
Was ich nun hörte, waren einige außergewöhnliche Varianten der bodenständigen Zubereitung von Mittelmeerfischen. Es war eine wirkungsvolle Rede. Die Stimmung sah gehoben aus, ja, hoffnungsvoll.
Schade, denke ich, daß ich noch nicht so weit bin, womit ich nicht sagen möchte, ich hätte eine Verführung zur Zuversicht verschmäht. Ich fühle im Gegenteil wieder diese urtümliche Lust, meinen Rückstand aufzuholen. Und da gibt es nur eins, nicht stehenbleiben. Wer sagt denn, daß es mir nicht gegeben

ist, kräftig zuzupacken? Als erstes werde ich die Zutaten herbeischaffen.
Die übrigen Zuhörer bleiben stehen. An die Kante der festlichen Tafel gelehnt, hören sie zu und achten nicht darauf, wenn ich an ihnen vorbei zum Treppenhaus hinübergehe.
Diese Männer mit ihren großartigen Physiognomien, denke ich betreten, aber nicht ohne Bewunderung, die können sich das leisten.
Wie ich die Stufen hinuntersteige, folgen mir die brausenden Untertöne des Vortrags. Wenn so einer etwas in die Hand nimmt, höre ich, kommt es ihm nicht auf die Tragweite der Sache an, sondern er gibt einfach sein Bestes. Das könnte ich jederzeit unterschreiben. Wie kommt es dann, daß es mir trotzdem nicht gefällt?
Mit solchen Fragen will ich mich jetzt nicht aufhalten. Ich habe keine Zeit zu verlieren.
Durch die Fenster strömte ein süßes rauschendes Mittagslicht, das gewöhnlich erhebend wirkt auf meine Lebensgeister. So ging ich in gehobener Stimmung abwärts. Das Hähnchen wollte ich holen und die Hühner, die in meinen Gedanken dazugehören, nun wirklich ausfindig machen und auch kleinere Tiere wie Schnecken und Frösche, die es in einem sumpfigen Seitentrakt der Untergeschosse noch geben mochte, nicht verschmähen. In meinen Vorstellungen von einem gepflegten Speiseplan ist Platz für vieles.
Auf den Stufen lag jetzt verloren ein kleiner Palmwedel. Wenn er einem vorbeischleichenden Gärtner abgebrochen war von seiner Kübelpflanze, sollte man ihn zurückgeben. Seine frische grüne Farbe hatte mich von weitem an etwas Eßbares denken lassen, aber wie ich ihn nun von nahem in der Hand hielt, nicht mehr. Ich nahm ihn einfach als gutes Zeichen. Aus seiner frischen Bruchstelle trat ein Tropfen Flüssigkeit, von der ein herber ziehender Geruch ausging. Es ist anscheinend so, daß die Säfte bei einer Unterbrechung nicht mehr wissen, wie sie weiterkommen sollen nach oben, zu den Randgebieten des Zell-

stoffwechsels. Vielleicht war es ein Fehler, wenn ich das als gutes Zeichen nehmen wollte. Ich habe ihn trotzdem mitgenommen auf meinem Weg nach unten, den Palmwedel. Aber den Gärtner wollte ich nicht suchen. Ich dachte mir, daß es ihm wehtun würde, sich von mir dergestalt auf sein Mißgeschick aufmerksam machen zu lassen.

Mein Eindruck von den tieferen Stockwerken war im großen und ganzen der gleiche wie beim vorigen Mal, womit ich aber nichts über Einzelheiten gesagt haben möchte. Es gab beispielsweise neben einem zweistufigen Gestell für Hellebarden und Lanzen aus längst überwundenen Weltanschauungskonflikten eine Stelle, an der die Seidentapete nicht in Ordnung war. Es war sogar ein ganz beträchtliches Loch darin, sternförmig, würde ich sagen, wenn ich es beschreiben müßte.

Hier wären Ausbesserungsarbeiten nötig, war mein erster Gedanke. Und sogleich fühlte ich mich zuständig. Ich kann ein solches Wort wie Ausbesserungsarbeiten einfach nicht aufgehen sehen am Rande seiner elliptischen Bahn durch meinen Kopf, ohne mich unverzüglich zuständig zu fühlen. Das ist nicht neu. Ich habe mir manchmal gedacht, daß das meinem Kopf auf die Dauer nicht gut tun kann.

Nicht jetzt, sagte ich zu mir und ging weiter, wandte mich zwar noch einmal um, weil ich den Palmenzweig zwischen die Morgensterne stellen wollte, um die Hände für meine eigentlichen Aufgaben frei zu haben, aber dann war ich wieder im Treppenhaus und im nächsten Stockwerk, wo es im Saal keine Waffen mehr gibt. Aus dem Korridor zu meiner Rechten hörte ich noch die letzten Akkorde eines sanften Scharrens, und dann war es still. Ich trat ein.

Das ist also der Gang, wo das Hähnchen liegt, meine Hoffnung. Die Tür, die vorhin noch einen Spaltbreit offen gestanden hat, ist jetzt ganz zu. Dafür steht die nächste offen, so weit es nur geht, und ein Vorhang mit Blumen bauscht sich zu mir herüber in den Gang, als müsse er der Laune eines Luftzugs nachgeben. Es ist alles noch da, wenn auch nicht ganz so, wie ich es verlassen habe. An meinen Knien merke ich, wie die Entschlossenheit, die mich hierhergeführt hat, sich abzuschwächen beginnt. Ich ergreife also Gegenmaßnahmen. Woher kommt dieses unvermittelte Absinken des Entschlossenheitspegels? frage ich. Das ist immer das erste, was ich tue. Da kein Eingriff von außen stattgefunden hat, muß es an mir liegen. Zum Beispiel mein Wissensstand, der ist nicht so, wie er sein sollte. Jedesmal, wenn ich mich irgendwo einschalte, fühle ich das.

Bis jetzt hin bin ich ja auch an den Zeitungen, die da und dort liegen, vorbeigegangen. Erst vorbeigegangen und dann, als es mehr wurden, habe ich damit angefangen, sie einzusammeln, mit dem Gefühl, daß sie mich etwas angehen. Aber weil ich andere Aufträge hatte, habe ich nie einen Blick hineingeworfen. Das, meine ich jetzt, war ein Fehler. Es kann doch sein, daß in einem Heft wie diesem, das hier mitten im Gang zu Boden gefallen ist, die für mich entscheidenden Dinge stehen, all das, was ich noch nicht weiß.

Ich mache mir mit meinem kleinen Küchenmesser, das in der Schürzentasche mitgekommen ist auf diesen Ausflug, die Fingernägel sauber und betrachte den entzückenden kleinen Hahn, der dort liegt und wartet, und das Heft. Verlockend mit Anilinfarben bedruckt, zeigt es mir seine Schauseite. Es ist nicht die neuste Nummer, bemerke ich ganz ohne Enttäuschung, denn auch was die Nachrichten von vorgestern angeht, habe ich noch Lücken.

Weiter hinten, wo die Dinge schon etwas kleiner werden, steht der Stuhl, der früher neben dem Hahn gestanden hat, drei Beine, geflochtener Sitz und eine gebogene Lehne für den Rükken. Es ist nur so, daß es dort ziemlich dunkel ist. Und unter dem Stuhl, wo es noch dunkler ist, liegt eine Brille mit großen runden Gläsern, abgesetzt, abgelegt, liegengelassen, mit vielversprechenden Glanzlichtern in den oberen Bögen.

Ich kann ganz gut ohne Brille lesen, wenn es hell genug ist.

Worauf warte ich noch, sage ich zu mir, nehme das Heft von dem kleinen Hahn weg, lehne mich gleich hier vorne, wo die

Dinge noch größer sind, an das leerstehende Regal und fange an zu lesen. Ich lese etwas über Flottenmanöver, Ernennungen und Pressekonferenzen, alles Dinge, die ich noch nicht wußte. Ohne das geht es wohl nicht, sage ich. Es braucht seine Zeit, aber ich freue mich doch, daß ich das nun weiß.
Ohne umzublättern, lese ich noch ein paar höhnische Bemerkungen, die auf meine Konsumgewohnheiten abzielen. Sie sind ziemlich auffällig ausgestattet und mit Bildern versehen, die noch höhnischer wirken als die Empfehlungen selber. Soll ich diese Ratschläge im Ernst beherzigen? Ich kann doch nicht mit einem frisch lackierten Zwölfzylinder in den nächsten größeren Privatbesitz einrollen und den Sekt, den sie dort servieren, für unzulänglich erklären. Nehmen wir einmal an, daß ich überhaupt nicht gemeint bin. Das ergibt einen gewissen Sinn, und ich kann die Sache übergehen. Aber es gibt natürlich andere Hinweise, wo das nicht gilt, und da ist es dann schon sehr viel schwieriger, der Versuchung zu widerstehen.
Um mich nicht allzu lange aufzuhalten, habe ich umgeblättert auf die nächste Doppelseite, wo ich weitere Hintergrundinformationen entdecke über Teilbereiche des öffentlichen Lebens, in diesem Fall Kongresse von dieser oder jener Art. Dann fand ich etwas über Verbündete. Und problematische Verbündete. Und Schmiergeldzahlungen. Es stand auch etwas da über Menschenrechtsverletzungen, die sich bis zu uns herumgesprochen haben.
Ich war gerade dabei, meine eigenen Erfahrungen durch eine Beschreibung von langsamen Modernisierungsprozessen zu ergänzen, als ich merkte, daß jemand neben mir stand. Ich hatte ihn gar nicht kommen hören.
Er zog ein Stethoskop aus seinem Köfferchen und einen Lichtspiegel für die Stirn. Dabei habe ich das Köfferchen noch gar nicht erwähnt. Als ich ankam, stand es an der Wand neben der Tür mit dem Gitterfenster, wo es mir bekannt vorgekommen war, weil ich es auch an andern Orten gesehen hatte. Schon allein deshalb konnte es nicht herrenlos sein. Ich hatte immer angenommen, daß Rasierzeug darin war und eine Wolldecke

und Wäsche zum Wechseln. Keine Wertsachen, die hatte ich nie darin vermutet, auch keine Akten, dann schon eher Lebensmittel, trockene Bisquits oder Schiffszwieback und Trockenfleisch und Dosen mit Fisch, vielleicht Senf und Thymian.
Und nun zog er eine Taschenlampe heraus und ein Fieberthermometer.
Leise und aufmunternd war das Gurren von Tauben zu hören, ganz aus der Ferne.
Er sagte nichts, richtete aber seinen fragenden Blick auf mich und packte alles wieder ein. Statt dessen nahm er einen Blutdruckmesser mit ein paar bedrohlich aussehenden Schläuchen und drehte den Kopf wieder zu mir herum mit seinem Blick, der jetzt nichts Fragendes mehr an sich hatte, eher etwas Anklagendes oder Rufendes. Auch seine Stimme hatte keinen traurigen Klang, als er anfing zu sprechen, aber das änderte sich.
Sie könnten sozusagen mein Arzt sein, sagte er. Er meinte mich.
Vor mir hatte ich seine jetzt hoffnungslos gesenkten Augenlider, die etwas bedeckten, was wie ein Anflug von Hoffnung in seinen Pupillen ausgesehen hatte. Jedenfalls für mich hatte es so ausgesehen, von außen. Deswegen will ich nicht ausschließen, daß er etwas anderes im Sinn gehabt hat. Und außerdem, wer würde darauf bestehen, das Wort Hoffnung zu gebrauchen, wenn man erst einmal darüber im Bilde ist, worauf ein solches Gefühl sich richtet?
Ich wußte auch jetzt nicht, was er gemeint hatte, denn in meinem Ohr klangen all die Nebengeräusche, die ich nicht mehr wegdenken konnte.
Brauchen Sie denn einen Arzt? fragte ich.
Ach, eigentlich, sagte er. Wie soll ich das sagen?
Ja, wie sollte er das sagen? Ich wußte es auch nicht.
Niemand weiß es. Nicht umsonst verwendet der Mensch den größten Teil seiner womöglich doch kostbaren Zeit mit der Ausarbeitung von Vorschlägen und Gebrauchsanweisungen für derartige Fälle. Und ich wollte ihn auch nicht warten lassen, bis mir etwas Passendes einfiel.

Wenn Sie einen Löffel suchen, sagte ich, als ich merkte, wie ziellos er mit dem Blutdruckmesser hantierte, einen Löffel hätte ich da. Ich könnte ihn holen, wenn Sie wollen.
Der Löffel mußte auf meinem Arbeitsplatz liegen, denn in der Schürzentasche war er nicht.
Nein, keinen Löffel, sagte er.
Es ist mir plötzlich peinlich, daß ich so ein buntbedrucktes Heft in der Hand habe. Es strahlt in der gegenwärtigen Lage etwas Leichtfertiges, Verantwortungsloses aus, und das ist mir gar nicht recht. Dabei halte ich es schon nicht mehr in der Hand, weil ich versucht habe, es in meiner Tasche verschwinden zu lassen, allerdings nur halb. Die andere Hälfte mit ihren drei duftenden Cognacgläsern sieht noch heraus.
Wollen Sie nicht Platz nehmen, sage ich zu ihm mit einer einladenden Geste. Ich strecke nämlich den Arm aus, einerseits um ihm den Weg zu weisen, falls er den Stuhl selber noch nicht bemerkt hat, und andererseits um zu verhindern, daß er dabei auf den Hahn tritt. Das Tier lebt zwar nicht mehr, aber gerade deswegen habe ich inzwischen angefangen, Pläne zu machen.
Doch er winkt ab.
Ich sehe ihm noch einmal in die Augen. Nein, er sieht nicht aus wie ein Mann, der vorübergehend seine Brille abgesetzt hat. Er ist überhaupt kein Brillenträger. Sein Blick ist tadellos.
Das Gurren der Tauben war inzwischen leiser geworden und schließlich ganz verstummt. Statt dessen erhob sich ein Flügelrauschen, erst in der Ferne, dort, wo von der Halle her das Licht hereinfiel, und dann kam es näher und fuhr, wie man so sagt, unmittelbar über unsere Köpfe hinweg, ohne daß etwas zu sehen gewesen wäre. Und ganz hinten beim quadratischen Ende des Ganges, wo die Wand so klein war, daß gerade die Abbildung eines gutgestellten Herrn vor einer Draperie aus schwerem Brokat darauf Platz hatte, verlor sich das Geräusch. Von dem Herrn, das will ich noch hinzufügen, war auf diese Entfernung nur das Blitzen der Stiefelsporen, das schimmernde Weiß von Manschette und Halskrause und der lebhafte Blick zu erkennen,

während man aus der Nähe gut sehen konnte, wie seine Linke auf einer ausgesuchten Tischdecke ruhte, ohne die ledernen Handschuhe loszulassen, ganz so, als hätte er nicht lange Zeit.
Wir hatten unwillkürlich beide den Kopf gehoben, um zum Himmel hinaufzuschauen, und standen nun nebeneinander und sahen den Gang hinunter.
Ich ließ den Arm sinken.
Vorsicht, sagte ich leise. Das Hähnchen.
Aber das war überflüssig. Er sah mich nur vorwurfsvoll an, ohne mich noch eigens darauf hinzuweisen, daß er selber Augen im Kopf hatte.
Nachdem er ein paarmal in die losen Enden der Schläuche geblasen hatte, schüttelte er plötzlich mit Entschiedenheit den Kopf und packte alles wieder in sein Köfferchen.
Gehn wir, sagte er.
Er meinte, daß wir zurückgehen sollten, nach oben, an unsere Arbeit, wie es sich gehört.
Ihr Köfferchen! sagte ich. Er hatte es einfach an die Wand gestellt.
Nicht jetzt, sagte er. Das hat Zeit.
Was er damit sagen wollte, weiß der Himmel. Ich glaube nicht, daß unsere Koffer mehr Zeit haben als wir.
Man muß nicht denken, daß wir ein ansehnliches Bild geboten hätten, wie wir so die Treppe heraufkamen, einerseits ich mit meiner nicht ganz einwandfreien Frisur, ohne Schuhe und mit der naturgetreuen Abbildung von halbvollen Cognacgläsern in der Schürzentasche. Und daneben er in seiner adretten Ausstattung, jetzt noch ergänzt durch weißen Seidenschal und schwarzen Hut, zwei ungemein passende Accessoires, die er unterwegs auf dem Treppengeländer angetroffen und sich zu eigen gemacht hatte. Er tat allerdings so, als hätte er die Sachen selber dorthin gelegt.
Trotzdem war ich froh, daß ich nicht allein zurückkommen mußte, mit leeren Händen.
Sofort umringten die Anwesenden den Neuankömmling. Ich

hatte den Eindruck, daß er irgendeinen Erfahrungsvorsprung, den sie bei ihm vermuteten, mit ihnen teilen sollte, während ich unbemerkt wieder an meinen Platz zurückgehen konnte. Und tatsächlich hörte ich bald, wie das zuerst unverständliche Gemurmel lauter wurde, vereinzelte Ausrufe hervorbrachte und schließlich ein gedämpftes, aber doch unverkennbares Gelächter.
Anscheinend kommen sie auf ihre Kosten, dachte ich.
Der Mann mit seinem schwarzen Hut hatte jetzt den Seidenschal ein zweites Mal um seinen Hals geschlungen, so daß beide Enden wieder vorne auf seiner schwarz-weißen Brust herabhingen. Er stand in herausgehobener Position, und seine Züge, die ich in vergleichsweise düsterer Erinnerung hatte, stahlten. Und vom Fenster her fiel ihm ein Schimmer rötlichen Lichts mitten ins Gesicht.
Ich fühlte mich plötzlich an den Stuhl mit seiner Rückenlehne erinnert, den ich unten so einladend hatte warten sehen, und wünschte mir, daß er da wäre. Aber nur um einen Stuhl zu holen, mochte ich jetzt nicht schon wieder durch diesen Saal gehen und all die Treppen hinunter. Ich nehme erst einmal die Zeitung aus der Tasche und lege sie auf den Boden zu den andern. Der Stapel reicht mir jetzt bis ans Knie. Bald wird man sich daraufsetzen können.
Die beiden Türen, mit denen man meinen Flügel früher vom Rittersaal abtrennen konnte, sind nicht mehr da. Ich kann mir nicht vorstellen, daß sie in ein anderes Haus passen würden. Es wird wohl jemand Holz gebraucht haben für den Winter. Also ist jetzt Winter. Untätig blicken die Türangeln aus der Verkleidung.
Dann nehme ich mein kleines Küchenmesser aus der Tasche und schneide damit den Bindfaden durch, mit dem mein Päckchen neuerdings verschnürt ist, sehr sorgfältig übrigens, doppelt, kreuzweise und mit einem entmutigenden Spezialknoten. Das ist auch der Grund, warum ich es aufschneide, ganz gegen meine Gewohnheit, denn jetzt muß es schnell gehen.

Mit meinen Gedanken bin ich weit voraus, bei jenem kleinen Hahn, der unten auf mich wartet. Ich frage mich, ob dieser Hahn das wäre, was ich für eine Suppe brauche. Das kann schon sein, besonders dann, wenn sich die Hühner, die man sich unwillkürlich zu so einem schönen Hahn dazudenkt, auch noch finden lassen. Und wenn nicht, dann ist es zumindest nicht unrealistisch zu hoffen, daß sich das eine oder andere Ei findet. Ich weiß einiges über die Lebensgewohnheiten von Hühnern, so daß ich ihre Eier schon aufstöbern werde, wenn ich mir Mühe gebe.
Jetzt wird der Bindfaden aufgerollt und zur Seite gelegt. Und dann kommt das Papier.
Im Saal hat sich der Mann mit der Zeitung von der an der Anrichte lehnenden Versammlung gelöst und geht, zielstrebig würde ich sagen, auf den mittleren Teil jener Wand zu, die ich nicht sehe, wo er aber nur kurz verweilt, denn es dauert nicht lange, und er erscheint wieder auf der Bildfläche, und zwar an der Stelle, wo mein Korridor anfängt. Langsam kommt er herübergewandert. Ich glaube nicht, daß das ein Opfer ist, denn er neigt auch sonst dazu, sich von den andern abzusondern, um sich in seine Lektüren zu vertiefen. Tut er das, um seinen Vorsprung zu halten? Es kann auch andere Gründe haben. Er hat seine Schuhe und die gewöhnlichen Socken jetzt nicht mehr an, muß sie ausgezogen und irgendwo zurückgelassen haben, denn in den Händen hält er nichts als ausgewählte Zeitungen. Man darf wohl davon ausgehen, daß er zu Hause jemanden hat, der seine Sachen für ihn wegräumt, wenn er selber es nicht tut.
Ob er zwischendurch, wenn er sich unbeobachtet fühlt, den Schauplatz verläßt, um sich neues Informationsmaterial zu beschaffen?
Ich beuge mich über meinen Arbeitsplatz und gehe in Gedanken noch einmal die Liste der zu erledigenden Punkte durch. Es ist, wie es in der Natur der Sache liegt, eine lange Liste. Aber wenn es darum geht, sie in die Praxis umzusetzen, dann komme ich doch immer auf einige wenige Punkte zurück. Zunächst einmal

das Päckchen hier, von dem ist wenigstens sicher, daß es bereits da ist und sozusagen zur Verfügung steht. Ich habe mich sogar daran gewöhnt. Auf dieses Päckchen baue ich meine Strategie.
Einen Schritt entfernt ist er stehengeblieben und hat schweigend auf seine Armbanduhr geblickt.
Um Gottes willen, sage ich, wie die Zeit vergeht. Wie spät ist es?
Er schüttelte nur den Kopf.
Dann sagte er: Es ist zu dunkel hier.
Was er sich bei diesem Satz dachte, war schwer zu erraten, weil er ihn ganz anders betonte, als man erwarten würde. Es klang wie ein Vorwurf.
Ja, sagte ich zu mir, ich muß mich mit dem Gedanken befreunden, daß ich gar nicht mehr so viel Zeit habe, wie ich brauche.
Er legte seine Zeitungen aus der Hand und auf meinen Tisch, als müßte er für einen Augenblick die Hände frei haben, aber ich wußte schon, daß es nicht so war und daß er auch diese Zeitungen da, wo er sie hingelegt hatte, einfach liegenlassen würde, wenn er sich wieder auf den Weg machte. Für ihn war das kein Verlust, denn er wußte sich sein Material jederzeit neu zu beschaffen. Ich denke dann jeweils an andere Zeiten, wo es notwendig war, auch die allerungewöhnlichsten Stoffe unter dem Gesichtspunkt zu betrachten, daß man sie noch für etwas gebrauchen konnte. Vielleicht passen diese Gedanken aus der Vergangenheit nicht in die Gegenwart, es gibt genug Anzeichen dafür, aber wer kann mir garantieren, daß das so bleibt? Jedenfalls habe ich solche Dinge, wo immer ich ihrer habhaft werden konnte, sorgfältig aufgestapelt, um sie irgendwann einmal einer Bestimmung zuzuführen, und daß diese Bestimmung in einer fernen Zukunft lag, hat mir gar nichts ausgemacht.
Mein Arbeitsplatz war allerdings ein schlechter Platz für Zeitungen, nicht nur, weil es hier zu dunkel war zum Lesen. Hauptsächlich war er deshalb ungeeignet, weil jegliches Papier, das man darauf zu legen versuchte, sich vollsog mit trüben Flüssigkeiten, bevor man etwas dagegen unternehmen konnte. Un-

aufhaltsam sickerten solche Säfte aus dem Paket, das hier seinen Platz hatte. Das Paket konnte ich nicht weglegen, weil ich es brauchte. Natürlich habe ich versucht, diesen unangenehmen Vorgang dadurch zu unterbrechen, daß ich das grünliche Ölpapier, welches eine Schutzschicht bilden sollte, fester herumgewickelt habe. Ich habe sogar ganz neue Techniken des Einwickelns angewandt, wie sie sonst den Profis vorbehalten sind, aber es hat überhaupt nichts genützt. Und damit kann ich mich nur schlecht abfinden, denn früher hat so etwas immer geholfen.
Als er seine Zeitungen los war und infolgedessen die Hände frei hatte, hat er mich betrübt oder mitleidig angesehen.
Andere Leute würden sich nicht so isolieren, hat er gesagt.
Das hatte ich mir auch schon durch den Kopf gehen lassen, ohne daß ich deswegen zu brauchbaren Ergebnissen gekommen wäre.
Nicht? fragte ich in der Hoffnung, etwas zu erfahren.
Natürlich nicht, sagte er.
Ich ließ mich dadurch nicht abschrecken.
Wie würden Sie es denn machen? fragte ich ihn.
Er hatte inzwischen die freien Arme über seinen oberen Atmungsorganen verschränkt.
Sein Blick schweifte bereits durch die Tiefen des Korridors, von wo er ihn gelegentlich zurückholte, um ihn auf seine nackten Fußspitzen zu lenken, was ich an seiner Stelle auch getan hätte, denn am Ende meines Korridors war es wirklich zu dunkel, als daß man dort viel hätte erkennen können, besonders wenn man so von draußen hereinkam, und zu allem Überfluß noch ohne Strümpfe auf diesem glasigen Linoleum.
Die Antwort hat folgendermaßen gelautet:
Jeder vernünftige Mensch würde etwas unternehmen. Das Notwendige zügig abwickeln und sich nicht unnötig aufhalten. Sehen Sie mich an. Ich bin immer auf dem laufenden.
Ja, sagte ich, das sehe ich.
Das war nicht gelogen. Denn wenn es auch nicht ganz so sichtbar war, wie ich in der Eile behauptet hatte, so konnte man es sich doch wenigstens denken.

Es sah aus, als hätte er den Griff, mit dem er seine Rippen umklammert hielt, noch verstärkt. Alles was er sagte, löste in mir jetzt eine unspezifische Ungeduld aus, und so war ich froh, als er nicht auch noch sagte, daß es überhaupt nur eine Frage der Organisation sei. Das hätte ich mir zu der Zeit nicht gern sagen lassen. Dabei war es unglücklicherweise genau das Prinzip, nach dem ich über die Runden zu kommen versuchte. Ich sage unglücklicherweise, weil ich mit seiner Anwendung kein Glück mehr hatte, jedenfalls nicht so wie früher.

Meine Ungeduld bestand weiter, obwohl ich ganz gut wußte, daß seine Füße jetzt so kalt waren, daß man dringend etwas für ihn hätte tun sollen. Ich hatte auch bereits meine Schürze abgebunden und wollte sie ihm hinüberreichen, damit er seine Füße darin wärmen konnte, aber er dankte mir und sagte mit einem Lächeln hinter dem Oberkiefer:

Ich muß sowieso weiter.

Das konnte ich akzeptieren, auch wenn daraus nicht hervorging, ob er sich nun nach seinen Schuhen oder nach den neusten Meldungen der Depeschenagentur umsehen wollte.

Ich faltete meine Schürze zusammen und setzte mich darauf, weil sich so der Fußboden weniger kalt anfühlte. Auf den Zeitungen wollte ich mich lieber nicht niederlassen.

Wenn es in dieser Anlage ein Bad gäbe, dann hätte ich Lust, mich jetzt hineinzulegen. Wer sich ein solches Haus leisten kann, der legt im allgemeinen auch Wert auf sehr große Badewannen, das ist bekannt. Ich stelle mir jeweils vor, wie leicht es geschehen kann, daß man in einer so großen Badewanne einfach untergeht. Das fällt einem sogar jetzt noch auf, obwohl sich die Unterschiede verwischt haben durch die Tatsache, daß wir heutzutage alle einen Kopf größer sind, als das in früheren Epochen üblich war.

Falls diese eine Kopflänge, um die wir nun größer sind als unsere Vorfahren, wirklich dazu dienen soll, uns den Überblick zu erleichtern, dann gibt es noch viel zu tun.

Ist das der Lauf der Geschichte? Der Lauf der Geschichte,

denke ich, der ist so, daß, nachdem alles ganz langsam angefangen hat, beim Betrachter der Eindruck einer unaufhaltsamen Beschleunigung entsteht, bis alles in der Gegenwart angekommen ist, wo der Mensch dann kaum noch eine Möglichkeit sieht, zur Ruhe zu kommen.
Aber muß es nicht doch ein Bad geben?
In den unteren Etagen gibt es bewohnte Räume, das darf ich wohl so sagen. Auch wenn man nur selten einen von ihnen sieht, müssen doch Menschen in den zahllosen Kammern ihr Unterkommen gefunden haben. Das gibt es nämlich nicht, daß Türen das eine Mal geschlossen sind und das andere Mal nur angelehnt und manchmal Möbelgeräusche oder sogar ein Stimmengewirr herauslassen, ohne daß dort auch wirklich jemand wohnt. Und die Leute werden dann doch nicht mit einem einfachen Zimmer und höchstens einer Kochnische zufrieden sein, sondern sich außerdem auch ein Bad wünschen. Und für den Fall, daß die Armaturen alt geworden und verrostet sind, kann man sie wohl mit eigener Kraft wieder instand setzen, wie ich die Dinge sehe. Ich wünsche mir jedenfalls sehr, daß das der Fall wäre, weil dann meine Chancen steigen, daß ich mir in naher Zukunft ein warmes Bad einlaufen lassen und mich fühlen kann wie ein Mensch, der sich ausruht und dabei auf allerlei angenehme unabsichtliche Hintergrundgeräusche horcht. Wie lange hat es das nicht mehr gegeben, all das zufriedene Gemurmel, denke ich mir, und das ist ein Grund mehr, diese schöne Erinnerung aufzufrischen.
Wie ich zusammengekauert unter meinem Tisch saß, bemerkte ich, daß es in der dunklen Wand auf der gegenüberliegenden Seite einmal ein Fenster gegeben haben mußte. Das hatten sie zugemauert. Gebrauchte Mauersteine müssen sie dafür genommen haben, denn das Bild, das dieses ehemalige Fenster bot, erinnerte mich an bereits zerschlagenes, zusammengestürztes Mauerwerk, vom Material her, nicht von der Form. Die Form ließ überhaupt keinen Zweifel zu. Ach, dachte ich, diese Steine mit ihren lädierten Schmalseiten, brutal abgeschlagenen Ecken

und hineingeschossenen Löchern, die sind hier nicht an ihrem ursprünglichen Bestimmungsort. Es mußte wohl etwas in meiner Erinnerung geben, das es mir in solchen Augenblicken schwer machte, in der gewohnten Bahn zu bleiben. Jedenfalls habe ich in einem längst geleerten Kartoffeleimer, den ich am entfernteren Ende meines Korridors in einem schmalen Streifen von Dämmerlicht glänzen sah, Reste von Ackerboden und vermoderten pflanzlichen Stoffen gefunden. Mühselig ist es mir vorgekommen, diesen abgeblätterten Eimer herzuschleppen. Zwar war nicht viel darin, aber das Material selber hatte ein unvorstellbares Gewicht. Zuerst versuchte ich, ihn an seinem Griff zu tragen, wie es in der Natur der Sache liegt, und der hölzerne Griff lag sogar noch gut und weich in meiner Hand, wenn er auch von Wurmlöchern durchfressen war. Aber zugleich war er von den feuchten Jahreszeiten, die er ohne Zweifel erlebt hatte, so morsch geworden, daß man sich nicht zu wundern braucht, wenn er unter meinem Griff bald zu Boden bröckelte, weil er einen fortgeschrittenen Aggregatzustand erreicht hatte. Ohne diesen Griff schnitt der metallne Henkel des Eimers hart in die Hand. Während ich mich damit abfand, diesen Schmerz einfach auszuhalten, hatte sich das kantige Metall bereits gebogen, zeigte zuerst die Form einer Parabel, wenn man so will, und riß dann an einer Seite aus seiner Verankerung. Die andere Seite hielt noch, als wäre sie vor gewissen Witterungseinflüssen geschützt gewesen die ganze Zeit, wer weiß wodurch. Es blieb mir nichts anderes übrig, als den Bügel mit beiden Händen zu packen, so fest ich konnte, und dann ging es weiter. Halb trug ich den Eimer, halb schleifte ich ihn über die Unebenheiten der Dielen mit ihren unbeschreiblich geformten Fetzen von immer noch frisch gebohnerten Linoleumrelikten. Mein linker Fuß zog eine Spur hinter sich her, seit er von einem herausragenden Splitter an der schartigen unteren Kante dieses Eimers getroffen worden war. Meine Strümpfe waren ohnehin auf der Strecke geblieben. Meine Schuhe dagegen warteten auf mich in einem sicheren Versteck.

An der Stelle, wo das ehemalige Fenster zugemauert worden war, habe ich alles aus dem Eimer gekratzt, was noch darin war, Erde, faulige Rückstände von Pflanzen und Rost, um es nach und nach in die Ritzen zwischen diesen Steinen und in die Löcher und Unebenheiten zu streichen. Denn wenn man schon an dieser Stelle nicht mehr aus dem Fenster sehen durfte, dann wollte ich wenigstens dafür sorgen, daß dort etwas wachsen konnte, vielleicht nicht sofort, aber doch mit der Zeit. Das weiß man ja, daß solche Dinge Zeit brauchen. Wann ein vorbeitreibendes Samenkorn auf diesen fruchtbaren Boden trifft, ist eine Sache des Zufalls, vielleicht eine Frage von Jahrzehnten.

So kann es sein, daß ich den Erfolg meiner Bemühungen gar nicht mehr erlebe. Es ist sogar sicher, denn ich glaube kaum, daß ich nach schätzungsweise drei Uhr, was ich als den spätesten Termin für das vorgesehene Mahl ansehe, hier überhaupt noch etwas zu suchen habe. Und so schnell kann auch im günstigsten Fall keinerlei Flora sich auf dem von mir bereiteten Boden ansiedeln, es sei denn unter Mißachtung aller Naturgesetze, und das wäre mir auch nicht recht.

Trotzdem war meine Mühe nicht umsonst, denn ich hatte etwas für die Zukunft getan, auch wenn es nicht meine war.

Geraume Zeit versuchte ich, meine immer noch ungestillten Wünsche mit diesem Gedanken zu beruhigen, aber ihre Ungestilltheit hatte auf die Dauer etwas so Aufdringliches an sich, daß ich doch noch anfangen mußte, wenigstens ein kleines Loch in diese undurchdringliche und unbegrünte Mauer zu kratzen. Glücklicherweise hatte ich Werkzeuge, die gar nicht so schlecht waren, ein kleines Küchenmesser und vor allem einen Löffel aus gebürstetem Chromnickelstahl, so daß ich nicht mit den bloßen Händen arbeiten mußte. Von da an habe ich freie Minuten, und das heißt Augenblicke, wo niemand bei mir war und mich beobachten konnte, damit zugebracht, an der schwächsten Stelle dieses Mauerwerks zu kratzen. Inzwischen bin ich nicht mehr so sicher, daß die schwächste Stelle auch die beste ist, aber das ist eine andere Geschichte. Ich tat das in der Hoffnung, ich würde am Ende doch einen Blick hinauswerfen können. Wenn ich mich recht erinnere, so wollte ich nicht, daß das bekannt wurde.

Ich habe mir auch Gedanken darüber gemacht, was für ein Anblick mich wohl erwarten würde, wenn es mir endlich gelänge, die Mauer so weit aufzukratzen, daß sie mir einen Ausblick gewährte. Ich will damit nicht etwa die Hoffnung andeuten, daß ich auf der andern Seite in irgendeiner Form erwartet würde, und wäre es auch nur von einem Anblick. Bei einer solchen Arbeit wird der Mensch wohl ganz unweigerlich von Fragen überfallen wie derjenigen, mit was für einem Anblick man schließlich für seine Bemühungen belohnt wird, wenn ich es so ausdrücken darf.

Ich mußte durchaus damit rechnen, daß ich auf der andern Seite geradewegs auf die Brandmauer des nächsten Hauses stoßen würde, vielleicht eine Armlänge entfernt; wohl zu sehen, aber nicht zu erreichen und schon gar nicht zu durchbohren, falls man noch weitere Anstrengungen auf sich nehmen wollte.

Allerdings war diese Möglichkeit nicht wahrscheinlich. Der Charakter eines solchen Hauses, der hochherrschaftlich genannt werden muß, läßt das im Grunde nicht zu. Eher denkbar wäre der Blick in einen nachträglich angebauten Wirtschaftstrakt, einen Speicher, ein Gärtnerhaus oder eine Orangerie. Leider befinden sich solche vielversprechenden, ja interessanten Gebäudeteile und Anlagen gewöhnlich zu ebener Erde, jedenfalls nicht so hoch, wie meine Etage liegt, nach allem, was mein Ortssinn an Fakten zusammengetragen hat über meine Position. War ich nicht endlose Treppenfluchten hinabgestiegen, um an den Haupteingang zu gelangen und dort ein Telegramm in Empfang zu nehmen, und zwar in fliegender Eile, denn Telegramme dulden keinen Aufschub?

Ich will nicht sagen, daß es Entdeckungsfreude war oder auch nur Neugier, wenn ich nach alldem einem Impuls nachgab, den Schauplatz zu verlassen. Es war nichts weiter als ein unbestimmter Bewegungsdrang, einer von diesen altmodischen Resten aus den früheren Phasen einer langen Evolution. So machte ich mich auf den Weg.

Ich steckte den Kopf aus meinem ganz dunklen Korridor in den halbdunklen Saal, und als ich mich vergewissert hatte, daß sich alles meinen Vermutungen entsprechend verhielt, blieb ich stehen.
Das Gremium verlagerte jetzt seinen Standort an den Ort des Saals, wo der Handlauf sich zu einem schneckenförmigen Knauf aufbäumte. Manche von ihnen hatten die Hände aus den Hosentaschen genommen, um ihr Achselzucken mit einer passenden Handbewegung zu unterstreichen.
Was tun sie hier, fragte ich mich. Tischreden brauchen sie nicht vorzubereiten. Ich kann ihnen doch keinen Vorwurf daraus machen, daß sie hier in aller Unschuld den Vorstellungen nachgehen, die sie sich von der Situation gemacht haben. Vielleicht daß man mit der Zeit von ihnen erwarten kann, daß sie die Anlässe wahrnehmen, etwas daran zu ändern. Wenn der Mensch das als Zumutung empfindet, dafür können sie nichts.
Alle haben sie sich dort aufgebaut. Sie wollen, daß ich eine Erklärung abgebe.
Wie würde der Nachrichtensprecher des Problem lösen?
Nicht jetzt, sage ich und beschleunige meine Schritte, um mir einen Weg zu bahnen durch die herandrängenden Neugierigen.
Ich will ja nicht gerade lügen. Und wenn ich jetzt so zielstrebig und tief in Gedanken an ihnen vorbeistrebe, müssen sie wohl denken, daß die Sache den Fortgang nimmt, den man sich wünscht. Außerdem bin ich froh, daß ich meine Schürze unter meinem Tisch gelassen habe. Wenn sie mich so in meiner neuen Aufmachung sehen, werden sie ihren optimistischen Vermutungen eher Glauben schenken.
So schnell es geht, flüchte ich die Treppe hinunter, was allerdings dadurch erschwert ist, daß ich es erhobenen Hauptes tun muß, denn sie haben ihre Gesichter über die Brüstung gebeugt, so weit, daß ich fürchten muß, es werde gleich der eine oder andere herunterfallen. Anscheinend wollen sie wissen, wohin ich gehe. Das werde ich ihnen nicht verraten.
Ich steige also weiter hinunter, nun langsamer, aber ohne nach-

zusehen, ob noch jemand über die Brüstung schaut. Dann biege ich ab, zur Seite, allerdings nicht dort, wo mein Palmwedel hängt und mein Hähnchen wartet, wie ich im stillen gehofft hatte. Es ist eine ganz andere Etage mit ganz ähnlichen Türen, ohne das Inventar und mit Büchern.
Außerdem war jemand da. Er stand dort auf einer persischen Brücke, gefaßt, und blickte nachdenklich über mich hinweg. Manchmal habe ich es lieber, wenn mich die Leute ansehen, aber nicht immer. Die Brücke hatte ein ganz ähnliches Muster wie diejenigen, mit denen man sich im alten Bagdad über die Dächer erheben konnte. Die Muster dieser Teppiche sind von einer solchen geheimnisvollen Entschiedenheit, daß ich schon lange jemanden suche, der mir sagen kann, wozu sie gut sind. Wozu ein Teppich gut ist, das kann ich mir denken, aber dazu braucht man keine Muster. Ich bin sicher, daß sich dahinter etwas verbirgt, was ich wissen möchte, allein schon um des Fliegens willen.
Ich wagte allerdings nicht, ihn sogleich danach zu fragen.
Er setzte sich auf seine Brücke und begann zu sprechen.
Es sah aus, als würde er gleich abheben.
Seine Geschichte steckte voller Widersprüche, aber was hatte es für einen Sinn, ihn darauf hinzuweisen? Außerdem wußte er es selber und wollte nur nicht davon reden. Aber die Sache ließ ihn nicht los.
Sie glauben wahrscheinlich, daß meine Geschichte Widersprüche enthält, erklärte er, als wollte er mich begütigen.
Ach, sagte ich, meine Geschichte auch. Machen Sie sich nichts daraus.
Verblüfft hat er mich angesehen.
Natürlich mache ich mir etwas daraus, hat er gesagt. So etwas verdient doch unsere ganze Aufmerksamkeit.
Das kann schon sein, sagte ich. Hatte er es sich anders überlegt? Und warum sollte man nicht darüber reden? Ich wundere mich oft, wenn die Leute davor zurückschrecken, die Wahrheit zu sagen. Damit hat sich noch keiner verraten.

Ihm ging es jetzt darum, die Widersprüche aufzulösen, wo sie sich zeigten. Er breitete allerlei Fakten vor mir aus und Beleuchtungseffekte von verschiedenen Seiten, so daß es am Schluß aussah wie ein richtiges Gedankengebäude, in dem die Tatsachen seines Lebens Platz finden konnten.
Für einen Augenblick war ich erstaunt, daß er meine Geschichte gar nicht hören wollte, denn sie enthält interessante Details zu diesem Thema. Aber entweder war es so, daß ihn seine eigenen Widersprüche voll und ganz in Atem hielten, oder er hatte mein Angebot überhaupt übersehen. Das würde auch ungefähr den Erwartungen entsprechen, die er zuvor in mir geweckt hatte.
Ich habe das Ganze nicht als die Zurückweisung gewertet, die es war, und mich wieder der Fortsetzung seiner Geschichte gewidmet, die ja bereits angefangen hatte. Außerdem waren unsere Widersprüche wohl auch zu verschieden, als daß ich ihm mit den meinen etwas zu bieten gehabt hätte.
Endlich sagte er: Sollten wir nicht lieber etwas, verstehst du.
Er hatte Mühe, sich auszudrücken und wünschte sich, gleich von Anfang an verstanden zu werden, wie wir alle.
Statt daß du hier so stehst und dich mit diesen untauglichen Kreaturen herumschlägst.
Woher wußte er das?
Ja, so ist es, sagte ich. Ich genoß die Erleichterung, die es für mich bedeutete, daß jemand die Sache bei einem einfachen Namen nannte, auch wenn wir beide wußten, daß sie nicht so einfach war.
Mit einem Schiff würde ich gern fahren, sagte ich. Vorne stehen und hören, wie das Wasser durchteilt wird und die Luft durchfahren.
Ja, sagte er.
Und der Himmel durcheilt, fügte ich noch hinzu.
Machen wir, sagte er.
Wann?
In meiner Erinnerung, die sich jetzt so eigensinnig weigert, einfache Tatsachen aufzunehmen wie die, welche Zeit die Uhr in

bestimmten Augenblicken zeigt, in dieser meiner Erinnerung gibt es genug Platz für Bruchstücke von kleineren und kleinsten Schiffsreisen. Sie sind noch da, vielleicht deshalb, weil bei ihnen das Vergehen der Zeit jeweils deutlich geworden, gut ertragen und von mir durch begeistertes Atemholen eher noch beschleunigt worden ist.
Wann machen wir das? fragte ich. Das muß ein Akt archaischer Hartnäckigkeit gewesen sein, was sonst?
Ich wußte natürlich gut, daß das jetzt nicht der Moment war, einen genauen Zeitplan auszuarbeiten, etwa übermorgen um sechs Uhr, wenn hier alles vorbei ist, im Café Pécuchet. Denn mußte ich nicht damit rechnen, daß ich meine Aufgabe überhaupt nicht meistern und dann, sobald das klar war, ganz und gar aufgeben würde?
Jahre meines Lebens habe ich damit zugebracht, um Mitternacht, wenn andere ihre Feuerwerkskörper in die Luft schießen, mir mit aller Ernsthaftigkeit, zu der ich fähig war, vorzunehmen, daß ich im heraufkommenden Jahr diese Schiffsreise wirklich machen wollte. Schließlich braucht man nicht viel zu tun und schon gar nichts Unzumutbares. Morgens wirft man einen Blick auf das Wetter, bildet sich die jeweils angemessene Meinung, und wenn sich dabei zeigt, daß es das richtige Wetter ist, sagt man, ja, ich bin bereit. Ich will auch nicht mehr warten, beschließe ich jeweils, bis ich mich an diesen Traum von der Seite her annähern kann, um die Sache im Rahmen des Unauffälligen zu halten, sondern ich werde unter Mißachtung all der andern Projekte, die ich sicherheitshalber meistens zu Hunderten laufen habe, jetzt mit einem Schiff fahren. Schiffe gibt es genug, sie liegen an den Anlegern und warten auf Fahrgäste, Touristen und Erholungsuchende, vielleicht nicht ausdrücklich auf mich, aber wer sagt, daß ich sie nicht benutzen darf, einsteigen, mir einen Platz suchen ganz vorne, und schon hört man die Schiffssirene, die Motoren und das Rauschen des durchteilten Wassers, denn es geht los, den See hinunter, den ganzen See, und danach den Fluß und vielleicht immer so weiter.

Immer wenn das Jahr, das mit diesem Vorsatz angefangen hatte, dann seinen Verlauf nahm, habe ich nicht danach gehandelt. Im Sommer ist es schon manchmal vorgekommen, daß ich mich an meinen Vorsatz erinnert gefühlt habe, aber das war jeweils nur eine schwache Erinnerung und nicht der Vorsatz selber, und zu schwach, als daß sie all die Prioritäten der laufenden Projekte hätte aus dem Feld schlagen können.
Auch jetzt konnte ich über diese Möglichkeit nur den Kopf schütteln. Wie sollte ich mich wohl über die Tatsache hinwegsetzen, daß ich eine Verantwortung übernommen hatte, und zwar für zwei frisch gefangene Fische, die dringend zubereitet werden mußten? Leider mußten sie vorher ausgewickelt werden, und es sah ganz danach aus, als ob das ganze Projekt bereits in diesem frühen Stadium scheitern sollte.
Was hätte ich tun sollen, wenn er mir die Antwort gegeben hätte, die ich mir wünschte?
Oder er war gar nicht mein Märchenprinz. Es gab genug Anzeichen dafür, daß er nicht hergekommen war, um mich zu erlösen. Dann mußten sich meine Erwartungen wieder einmal als unzeitgemäß erweisen. Schließlich lebte ich noch und konnte mich aus eigener Kraft bewegen.
Während ich noch über all das nachdachte, hatten wir längst über andere Dinge zu sprechen begonnen, ohne daß es mir aufgefallen war.
Er rollte eben seinen Teppich zusammen und lachte hinter seinem schwarzen Bart, als hätte ich etwas Aufmunterndes erfunden.
Von selber wäre ich nie auf die Idee gekommen, sagte er noch.
Und ich freute mich, daß ich es war, die ihm zu diesem angenehmen Gesichtsausdruck verholfen hatte.
Ich werde es gleich ausprobieren.
Das waren seine letzten Worte, bevor er mit seiner geheimnisvoll gemusterten Rolle davonging.
Ich begleitete ihn ein paar Schritte bis zum Treppenhaus, schickte ihm einen Gruß nach und hatte dann Zeit, mich umzu-

sehen, während das Echo seiner Schritte aus meinem Kopf verschwand.

Immer wieder ist es vorgekommen, daß man von dorther, wo Marmorbeläge und Treppenteile anderswohin führten, seine Schritte hörte, denn er trug schwarze Schuhe mit Hartgummisohlen. Nie waren seine Schritte schnell. Sie waren auch nie langsam. Ihr unverkennbarer Rhythmus zeigte vielmehr an, daß keine Umkehr möglich war. Ich weiß, daß er jemanden besuchen ging. Er hat es mir erzählt. Ich erinnere mich an alles, was er über ihr Äußeres zu berichten wußte. Und wenn sie auch unter den bitteren Gegebenheiten ihres Lebens litt, so muß ihre Fähigkeit, nicht darunter zusammenzubrechen, etwas Überzeugendes an sich gehabt haben. Dabei lag es in der Natur der Sache, daß man diese Frau nicht besuchen durfte.

Ach, Anna, sagte er zu mir, wenn er nicht ganz bei der Sache war. Denn er war ein Mensch, dessen Gedanken leicht ins Wandern kamen. Lag das an mir?

Das Licht, das durch die Glasfenster strömte, war jetzt ganz grau geworden, als hätte sich draußen das Wetter verändert, durch eine Wolke meinetwegen oder einen Aschenregen oder was die Meteorologen sich sonst noch ausdenken mögen. Wenn ich hinaussehen könnte, würde ich mir schon eine Meinung bilden, aber dafür sind diese Fenster nicht gemacht. Sie lassen nur Licht herein, keine Ansichten.

Und was ist auf den Gläsern abgebildet? Mit gewissen Einschränkungen, die daher rühren, daß die Bleinähte zwischen den Teilen die Wahrnehmung erschweren, erkenne ich Menschen. Menschen, die erleuchtet oder durch und durch entschlossen in die Ferne blicken, als müßten sie unbedingt die ganze große weite Welt erobern, auf die eine oder andere Art. Andererseits auch Menschen, die bewundernd zu ihnen aufblicken oder hinüberblicken, wenn man so will, oder auch hilfreich zu ihnen hinabblicken, wenn sie einmal zu Fall gekommen sind. Und ich erkenne, wie es ist, einen gefallenen Heiligen zu beweinen.

Wenn ich mir das so ansehe, frage ich mich natürlich, was ich mir für mein Leben wünsche. Und auf die Gefahr hin, als undankbarer Zuschauer dazustehen, erkläre ich, daß ich von dem ganzen Angebot keinen Gebrauch machen möchte. Ich würde mir gern andere Vorbilder ausdenken.
Das ist allerdings nicht alles, was man dort abgebildet sieht. Es gibt auch Feinde. Das sind die Leute, um derentwillen sie zu Felde ziehen und jede Art von Reiterkampf und Scheinangriff und Massaker ins Werk setzen. Oder die Geschichte verläuft anders. Dann benutzen die Feinde die ihnen zugefallene Macht und den ihnen zugeteilten Charakter dazu, unseren Helden zu Fall zu bringen.
Wie viele lebendige Menschen, frage ich mich, mögen schon vor diesen Schautafeln gestanden haben, um sich Angst einjagen zu lassen? Ich habe jedesmal Mühe, solche Darstellungen als künstlerische Ereignisse so zu würdigen, wie sie es verdienen.
Warum haben sie solche Fenster gemacht? Damit niemand hinaussieht?
Ich gehe jetzt nicht weiter nach unten, sondern treppauf, denn ich vermute, daß ich auf dem Hinweg an meinem Palmwedel vorbeigelaufen bin. Das kann passieren, wenn man mit den Gedanken nicht ganz bei der Sache ist. Aber bevor ich damit gerechnet habe, bin ich bereits oben in unserm Rittersaal angekommen, ohne meinen Bestimmungsort erreicht zu haben. Auch gut, sage ich mir. Ich bin nicht darauf angewiesen, daß alle meine Wünsche so, wie sie sind, erfüllt werden.
Wie ich nun mein Reich vor mir sehe, kniet ein nicht mehr ganz junger Mann vor meinem Tisch und wühlt in den Zeitungen, von denen ich die wichtigsten an dieser Stelle aufbewahre. Er sucht einen Brief, den er verloren hat. So sagt er.
Da ich erst ohne ein Wort vor ihm stehenbleibe und dann damit anfange, die Zeitungen wieder einzusammeln, die er in seinem heftigen Verlangen nach Gründlichkeit weit über den Boden verstreut hat, verstärkt er den vorwurfsvollen Ausdruck seiner Kaumuskulatur und sagt, ohne sich nach mir umzudrehen:

Sie haben ja keine Ahnung, was von so einem Schreiben abhängt.
Ich mußte ihm recht geben.
Sehen Sie doch mal unter den Chrysanthemen nach, sagte ich dann. Das klang wie ein guter Rat. Und warum sollte das Schreiben, wenn es existierte, sich nicht im Saal finden lassen? Er stand auf, steckte im Gehen stumm seine Hände in die Hosentaschen und verschwand. Als ich alle meine Papiere wieder aufgestapelt hatte, ging ich hinüber, um zu sehen, was aus der Sache geworden war.
Es schien nicht schlecht zu stehen. Er hatte den Brief in der Hand und gestikulierte. Die Sechsermannschaft stand um ihn herum. Sie gaben sich den Anschein, als ob sie alle unter einer Decke steckten, und es ist nicht auszuschließen, daß sie in der Tat eine Art von Zusammengehörigkeitsgefühl aufbrachten.
Ich frage mich, wie sie sonst leben. Haben sie zu Hause Frauen? Das ist gut möglich, denn man trifft sie nicht, solange die Männer sich auf dem Parkett bewegen. Wenn sie müde sind, verlassen sie das Feld der Tätigkeit und kehren dahin zurück, wo sie sich ausruhen wollen und wo andere Gesetze gelten. Diese Welt müßte ich aufsuchen, wenn ich ihre Frauen treffen wollte.
Ein andermal, sagte ich mir. Jetzt habe ich zu tun. Ich hob meine Schürze vom Boden auf und band sie mir um den Bauch, weil ich weitermachen wollte.
Sie sollten einmal versuchen, die Sache ganz anders zu sehen.
Das könnte von mir sein. Aber der das sagte, war einer von den Herren, die sich im Saal ihre Wortgefechte lieferten. Er hatte sich in einer Pause vor mich hingestellt.
Mir scheint, Sie haben sich da in etwas verrannt, sagte er. Und wenn Sie sich eine positive Haltung angewöhnen könnten, sagte er, locker, herzhaft und entspannt, sagte er, dann würden Sie sich als ein ganz anderer Mensch fühlen, wie neugeboren, fügte er noch hinzu. Und ganz zu schweigen von den Ergebnissen, sagte er. Sie wissen, daß wir Ergebnisse brauchen, und zwar bald, aber so wie Sie die Sache anfassen, sehe ich schwarz.

Ich weiß, daß ich kein erfreuliches Bild biete, sagte ich.
Das kommt noch hinzu, sagte er.
Dann hielt er einen Exkurs über das Thema, wie sehr ihm der Anblick einer Frau zu schaffen machte, die nicht locker, herzhaft und entspannt an die Dinge heranging. Denn nur so, sagte er, kann man seine Aufgaben meistern und ihn, den Zuschauer wider Willen, aus seiner quälenden Situation erlösen.
Ich kann es nicht mit ansehen, sagte er. Ich leide.
Ja, sagte ich. Das tut mir leid.
Mir war deutlich, daß etwas an unserer Unterhaltung unbefriedigend bleiben mußte, aber ich wußte nicht recht, wie ich nach dieser Einsicht handeln sollte. Wahrscheinlich war es mein alter unüberwindlicher Wunsch, Mißverständnisse um jeden Preis zurechtzurücken, der mir wieder einmal in die Quere kam. Deshalb sagte ich: Glauben Sie mir, ich bin wirklich mit einer positiven Haltung an das hier herangegangen, und sie ist sogar jetzt noch positiver, als sie bei einer realistischen Prüfung der Umstände sein dürfte. Ich gab mir Mühe, mich so auszudrücken, daß er mich verstehen konnte.
Ach, sagte er.
Ja, sagte ich, so ist das.
Dazu bemerkte er: Es fällt Ihnen wohl schwer, aus Erfahrungen etwas zu lernen.
Wir recht Sie haben, seufzte ich, erleichtert.
Außer der Erleichterung hätte ich noch die Möglichkeit gehabt, mich gekränkt zu fühlen, aber das lag mir fern, denn er hatte recht. Aus den aktuellen Erfahrungen etwas zu lernen, das gehört zum Schwierigsten, was ich mir überhaupt vorstellen kann. Alles was ich weiß und anwende, stammt aus uralten Begebenheiten. Muß man sich wundern, wenn ich mit einer solchen Praxis in Schwierigkeiten gerate? Andererseits, wenn ich ehrlich bin, dann glaube ich immer noch, daß sich mit meiner alten Zuversicht etwas ausrichten läßt. Woher würde ich sonst die Kraft nehmen, immer wieder durch dieses Gebäude zu wandern auf der Suche nach etwas, das ich brauchen könnte?

So, sagte er dann gutmütig, und jetzt gehen Sie noch einmal ganz von vorne an die Sache heran, mit einer neuen Einstellung. Das Wichtigste ist doch, daß auch Sie selber Freude dabei empfinden, nicht wahr? Eine Frau, die keine Freude empfindet, ist wirklich kein schöner Anblick.

Er hatte das Wesen der Situation ebensowenig begriffen wie ich. Er wollte es nicht begreifen, und ich wollte es auch nicht, allerdings jeder aus verschiedenen Gründen. Und darum kam auch kein vorzeigbarer Dialog zustande. Das muß uns wohl beiden klar gewesen sein, denn es schloß sich an seinen letzten Satz ein langes Schweigen an, das uns beiden recht war, ihm, weil er sowieso nie etwas anderes gewollt hatte, wenn er sich nur von den Spannungen befreien konnte, die seine Ungeduld mit sich brachte, und mir, weil ich die Zeit zum Nachdenken brauchte, um möglicherweise wenigstens aus dieser Erfahrung etwas zu lernen.

Er beendete das Schweigen, indem er sich ohne ein Wort umdrehte und davonging in Richtung Rittersaal. Schon im Gehen begann er wieder zu sprechen, um gerüstet zu sein für den Augenblick, wo er an den Ort des Informationsaustauschs zurückkehrte. Ich sah, wie sich ganz unauffällig für ihn der Kreis der Männer öffnete, die sich gerade um ein aktuelles Thema gruppiert zu haben schienen. Ich stellte mir vor, wie er jetzt seine Rede, die ja bereits floß, nur noch mit der Unterhaltung dort im Saal zu synchronisieren brauchte, und schon gehörte er wieder dazu. Ich glaube auch nicht, daß die Exkursion seinem Ansehen geschadet hat, ganz im Gegenteil, denn sehr bald schienen sich die Augen der andern auf ihn zu richten und die Bereitschaft auszudrücken, ihn mitsamt seinen Erfahrungen wieder in ihre Runde aufzunehmen.

Ich hatte allerdings auch ein Erfolgserlebnis, denn ich entdeckte, daß etwas, das ich bis jetzt für zusammengeknülltes Verpackungsmaterial gehalten hatte, ein halbes Kilo bereits geschlitzte Kastanien enthielt. Mit diesem Fund war ich auf einen Schlag ein ganzes Stück weiter, denn hatte nicht mein Menü-

plan eine Bereicherung erfahren, ganz wie ich es mir gewünscht hatte? Es war klar, daß ich sie schälen und kochen würde, und zwar auf eine ungewöhnliche Art kochen, die den Gästen Erstaunen abnötigen würde, vielleicht sogar Bewunderung. Wenn ich sie beispielsweise mit Senf und Thymian kochte, rechnete ich mir aus, so müßte es ein beeindruckendes Produkt ergeben, ein Dokument meines Einfallsreichtums oder meiner Einfühlungsgabe, wenn man so will, immer vorausgesetzt, daß ich Senf und Thymian noch rechtzeitig auftreiben konnte.
Nun ging es mir besser.
Dann entdeckte ich noch etwas am Boden, das dort nicht hingehörte, und ich wußte gleich, was es war.
Er hat eine von den kostenlosen Beilagen seines Donnerstagsmagazins verloren, mußte ich erkennen, einen mehrfach gefalteten Ratgeber in schöner Aufmachung, mit dem Titel: Der Drogist weiß immer Rat. Ja, ich erinnere mich. So etwas haben sie mir früher immer unter dem Türschlitz durchgeschoben. Es muß früher gewesen sein, denn ich habe zu der Zeit noch geglaubt, daß ich es mit Gewinn in meine Sammlungen einreihen sollte. Dabei gehören diese Sammlungen auf den Sperrmüll, wenn man mich heute fragt, und zwar Satz für Satz, und einschließlich all der Kupfertiefdruckeinschübe, vor denen die Absender nicht zurückgescheut sind. Wenn ich heute an die plastifizierten Sammelmappen für ganze Jahrgänge von Apothekerzeitschriften denke, dann könnte ich vor Reue und Ungeduld ein Loch in den Boden stampfen. Der Optimist, so hieß das Ding, und wie es in der Natur der Sache liegt, hatten sie das auch als Hinweis in Goldprägung jeweils auf dem schönsten Platz der vorderen Umschlagseite angebracht. Das ist kein Wunder, denn es ist ja auch schon vorgekommen, daß man uns vergiftete Äpfel als Delikatessen angeboten hat, bloß weil sie keine Würmer hatten und der Farbe nach sortiert waren.
Ich hob die Fundsache auf, um sie dem Verlierer, der sich eben an eine handverglaste Vitrine aus dem siebzehnten Jahrhundert lehnte, zurückzugeben. In der Vitrine befand sich eine Samm-

lung zierlicher Spielzeuge, wie sie Generationen von Bastlern hergestellt haben mögen aus Kastanien und anderen Pflanzenteilen. Oben auf der Vitrine lag die Mittagsausgabe des Lokalblatts. Er sah mich nicht kommen. Die Haltung seiner Extremitäten war jetzt locker, und zwar merklich lockerer als zu jenem Zeitpunkt, da er seine neuste Quelle noch nicht ausgeschöpft hatte.
Sie haben was verloren, sagte ich, ohne das Blatt gelesen zu haben.
Der rechtmäßige Besitzer hat verwundert auf mich herabgeblickt.
Sie können es behalten, sagte er freundlich.
Ich konnte keine hörbaren Anteile von Hohn in seiner untadeligen Aussprache feststellen, war aber trotzdem so aufgebracht, daß ich das Blatt mit beiden Händen zusammengeknüllt und ihm an den Kopf geworfen habe, obgleich sich das nicht gehört. Dabei weiß ich, daß das nichts nützt. Es ist auch gar nicht nötig, weil er solche Machwerke ohnehin nicht anrühren würde und bessere Sachen hat zum Lesen. Und habe ich nicht selber schuld, wenn in ihm der Eindruck entstanden ist, daß ich mich für diese Art von Literatur interessiere? Schließlich bin ich es gewesen, die diese Dinge zu ihrer eigenen Fortbildung gesammelt hat. Und nun ist es, als wären all die Hinweise für eine angemessene Ausrüstung und eine sinnvolle Bewältigung der anfallenden Aufgaben zwar bei mir in den Briefkasten geworfen und infolgedessen ernst genommen worden, dann aber unversehens zurückverwandelt in das, was sie sind: bedrucktes Papier. Eines Tages konnte ich den Zusammenhang mit einem befriedigenden Leben, den sie so lautstark beanspruchen, nicht mehr sehen. Vielleicht war kein Platz mehr da, um all das noch aufzunehmen, weil das Gehirn inzwischen voll war mit andersartigen Erfahrungen. Dabei hätte das Informationsmaterial gar nicht besser ausfallen können, alles in Herbstfarben und hochglänzenden Substanzen.
In diesem Haus scheint es keine Postwurfsendungen zu geben,

falls es das gibt. Andernfalls müßte man meinen, daß es gelegentlich klappert und die Bewohner dann jeweils zum Briefkasten laufen, um das, was darin ist, an sich zu reißen.
Die Herren nehmen mir meinen Fehltritt anscheinend nicht übel. Sie haben auch nichts dagegen, daß ich mich zuzeiten an ihren Gesprächen beteilige. Höflich hören sie zu. Ich glaube, sie warten nicht einmal auf den Moment, wo ich mich blamiere. Ich muß natürlich sehr aufpassen, denn meine Kenntnisse sind dünn und ungleichmäßig verteilt. Jetzt, wo sie über hochinteressante Kontobewegungen sprechen, höre ich lieber zu. So gewinne ich wenigstens einen kleinen Einblick in die Welt der Bankschließfächer mit ihren Kofferwägelchen und unerforschlichen Kabinen.
Einer von ihnen, der es anscheinend gut mit mir meint, begleitet mich an meinen Arbeitsplatz. Er hat sein Geld auf der Nederlandschen Middenstandsbank und betont das auch immer wieder. Ich wäre zwar lieber nach unten gegangen, um erst die Materialbeschaffung abzuschließen, aber da wir nun einmal hier sind, ziehe ich mein Messer aus der Tasche, um die Kastanien zu schälen. Es geht ganz leicht. Schwierigkeiten tauchen jeweils erst beim Abnehmen der helleren Innenhaut auf.
Mein Gegenüber schwärmt nun von den südelsässischen Ebenen. Ist es meine Schuld, daß ich nicht einmal sicher bin, ob es sie gibt? Vielleicht leistet er sich einen Scherz mit mir. Ich kann es nicht nachprüfen. Wenn es sie gibt, müssen sie im Südelsaß sein, soviel ist mir klar, oder in einer anderen Weltgegend, wo es auch so heißt.
Ach, ich erinnere mich, sagte ich dann. Das Südelsaß, ist das nicht der Teil Mitteleuropas, wohin all die kulinarischen Expeditionen stattfinden, von denen man immer wieder hört? Ich vermute, daß mir so etwas jetzt auch Freude machen würde, vermute es aber nur, denn ich kann es nicht beweisen und schon gar nicht ausprobieren. Vielleicht ein andermal, wenn es das gibt.
Mit meinen Kastanien komme ich gut voran. Leider haben sie,

von wenigen Ausnahmen abgesehen, Würmer. Wenn das Licht hier besser wäre, dachte ich nicht ohne Vorwurf, dann hätte ich es ihnen bereits von außen angesehen und mir die ganze Mühe sparen können. Aber an wen hätte ich meinen Vorwurf richten sollen? Ganz sicher nicht an meinen Konversationspartner. Er kann nichts für die Beleuchtung.

Jetzt, wo er immer dann von seinen Bankverbindungen anfängt, wenn er nicht vom Essen redet, erinnere ich mich auch daran, wie ich eines Tages an einem dieser Gebäude vorbeigekommen bin, wo mannshohe Buchstaben angebracht werden, schlicht, funktionstüchtig und mit einer vertrauenerweckenden Ausstrahlung von Zeitgemäßheit und Liquidität. Ich sehe diese Buchstaben an, wenn mein Auge darauf fällt, gewohnheitsmäßig und gewöhnlich ohne Erinnerungsbereitschaft. Nicht daß ich ganz darauf verzichte, sie für eine Weile im Kopf zu behalten, wenn es sich so ergibt, aber gewöhnlich gehe ich nicht so weit, daß ich zu den langfristigeren Möglichkeiten der Proteinsynthese greife, um sie mir zu merken, womöglich für immer. Und so kommt es, daß ich mich jetzt wundere, in meiner Erinnerung blau die Buchstaben NMB vorzufinden, und zwar zusammen mit der Tatsache, daß das M in der Mitte mit weißen Streifen geschmückt war, weiß der Himmel warum. Sie werden wohl ganz hingerissen gewesen sein von der Idee des Mittelstands, anders kann ich es mir nicht erklären.

Er sprach nun von einer Anzahl von Weinjahrgängen, die er auseinanderzuhalten imstande war, während ich mich noch fragte, ob es nicht überhaupt ein Fehler war, die Kastanien zu schälen, weil sie im Grunde mit der Schale hätten gekocht werden sollen. Aber darauf kam es nun nicht mehr an, weil ich sie wegen der Würmer ohnehin alle wegwerfen mußte, nein, nicht alle, vier von ihnen waren noch zu gebrauchen. Zwei habe ich ihm gegeben, so daß er sich höflich bedankte und ging.

Viele Köche verderben den Brei, sagte er zum Abschied, und als ich den Gedanken zu Ende gedacht hatte, war schon nichts mehr von ihm zu sehen.

Die beiden anderen Kastanien steckte ich in meine Schürzentasche. Die übrigen hätte ich am liebsten einzeln in die Ecke geworfen, mitsamt all den Würmern und Wurmeiern, die in ihnen waren. Und das tat ich auch. Ich zielte auf den spitzen Winkel am Ende meines Korridors, bis sie alle verschwunden waren.

Nach all dem wollte ich nicht länger untätig in meiner Ecke stehen bleiben.

Und wie machen es die andern? frage ich mich, während ich zu den Säuleneinfassungen des Bühneneingangs hinüberwandere. Ich bin bis jetzt davon ausgegangen, daß sie etwa das gleiche machen wie ich oder umgekehrt und so mit ihren Schwierigkeiten fertigwerden. Was soll ich mich dadurch beirren lassen, daß ich nun manchmal den Beweis des Gegenteils erlebe? Ganz gleich, was kommt, ich lasse es zunächst einmal als Vorbild gelten, und das mag der Grund dafür sein, daß ich hier bin.

Das Gremium steht, soweit ich sehe, an einem seiner Stammplätze. Die Mitglieder schweigen zur Zeit. Offenbar können auch sie nicht ununterbrochen reden. Dabei stehen sie immer noch tadellos aufgerichtet. Darüber hinaus zeigt der eine oder andere eine gut durchdachte Lockerheit, um seine Machtansprüche zu untermauern. Ich weiß, daß man das nicht sagt. Es muß wohl an meinem aufkommenden Mißtrauen angesichts all dieser Unanfechtbarkeit liegen, wenn ich es trotzdem sage.

Soll ich einfach die Flinte ins Korn werfen?

Ich möchte wissen, wie das Wetter draußen ist.

Ich habe versucht, aus dem Fenster zu sehen, das habe ich schon gesagt, und keinen Erfolg damit gehabt. Schließlich hat bei den großangelegten Treppenabsätzen der Architekt die jeweilige Außenwand in ein Fenster verwandelt, und zwar unter Hinzuziehung von weiteren Fachleuten, denn diese Fenster sind in ihrem Formenreichtum und ihrer Schönheit der Ausdruck einer langen Geschmacksentwicklung, ganz abgesehen von den reinen handwerklichen Fähigkeiten, über die ich jedesmal von neuem staune, wenn ich sie nur ansehe. Allein all die Gläser auch nur

zurechtzuschneiden und dann so einzufärben, wie das hier geschehen ist, das übersteigt schon meine Vorstellungskraft von dem, was ein Mensch zu leisten vermag, von den mühseligen Bleieinfassungen einmal ganz zu schweigen. Das muß eine bemerkenswerte Summe Geldes gekostet haben.
Da kann es nicht der Sinn der Sache sein, daß man hinausschaut, um zu sehen, wie das Wetter draußen ist.
Ich glaube, ich muß meine Vorstellungen über die Natur meiner Wünsche aufgeben, irgendwann. Soll ich es jetzt gleich tun? Mir scheint, ich müßte etwas an ihre Stelle setzen. Oder kann der Platz leer bleiben?
Zuerst muß ich noch einmal in meinen ungelüfteten Korridor zurückgehen, um mein Messer zu holen. Es ist noch da. Ich habe es also nicht mit den Würmern zusammen in die Ecke geworfen.
Mein Zeitungsstapel ist jetzt so hoch, daß ich ihn als Sitz benutzen und mich eine Minute ausruhen kann. Ich habe also schon wieder angefangen, denke ich dort, aus nichts etwas zu machen, als müßte das so sein. Auf diese Weise komme ich zu den Erfolgsmeldungen, die der Mensch so bitter nötig hat. Später einmal, wenn ich das alles gelesen habe, werde ich die Zeitungen in kleine Stücke zerreißen, damit sie nicht umkommen, denn ich werde sie mit Fischkleister in eine formbare Masse verwandeln und diese dann in etwas unvorstellbar Schönes. Das ist einer von den Gedanken, die ich gewöhnlich mit meiner Zukunft verbinde.
Aber dafür ist es noch zu früh, solange die Blätter hier ungelesen vor mir liegen. Bedrohliche Meldungen aus Ländern jenseits des Horizonts zu ignorieren, das kann ich mir auf die Dauer nicht leisten.
Und dann all dieser Glanz in den Anzeigern. Eine Samtdecke mit Brokatfransen, vergoldete Aschenbecher, natürliche Blütenblätter, schon ein wenig verwelkt wie im Leben, hier vor mir, auf dem Papier. Und mittendrin eine Tabakdose zum Anfassen, mit einer kostspieligen Spätlese darin und sehr deutlich be-

druckt, damit keine Mißverständnisse aufkommen. Oder auf einem Tisch aus natürlichem Holz der traurige Blick, den zwei tote Fische zu mir heraufwerfen, als brauchten sie jetzt meine Hilfe, flankiert von einer handgeschnitzten Pfeffermühle und einer durchgeschnittenen Zwiebel. Oder das strahlende Rot eines Lachses, dessen Schnittfläche aus der dämmernden Tiefe des Bildes herübergrüßt.
Ein paar von den Nachrichten, auf die ich zwischendurch stoße beim blättern, sind bereits veraltet, aber nicht viele. Warum sollte ich das Interesse verlieren an Ereignissen, nur weil sie ein paar Jahre zurückliegen? Man merkt es ihnen nicht an. Dagegen scheint mir die Art, wie die Menschen auf all den Farbphotos lächeln, bereits ein wenig aus der Mode gekommen zu sein. Heutzutage würde ich anders lächeln. Was ist los mit den Leuten, die ich da sehe? Warum wollen sie, daß ich mir unvollständig vorkomme? Macht es ihnen Freude, den Neid der Zuschauer auf sich zu ziehen? Oder können sie nichts dafür?
Da die Sprecher der Menschheit drüben im Saal jetzt nicht reden, ist es außerordentlich still, aber nicht vollkommen still. Ganz in der Nähe höre ich das hastige Atmen einer Spitzmausfamilie. Sehen kann ich sie nicht. Dabei möchte ich gern wissen, was sie hier oben tun. Vielleicht sind sie wegen der Kastanien gekommen und fühlen sich nun reich beschenkt. Es wundert mich nur, daß sich die Neuigkeit so schnell herumgesprochen hat.
Manche von den Wartenden nebenan haben ihre Hände auf dem Rücken verschränkt und wandern nun herum. Die andern beklopfen ihre Uniformen und lassen nur den Blick schweifen. Sie sehen aus wie Aufsichtsbeamte, aber wenn man sie darauf anspricht, blicken sie einen befremdet an. Das Bild, das sie von sich selber haben, entspricht dieser Vorstellung überhaupt nicht. Das ist keine Schande. Ich gehe davon aus, daß es bei mir auch nicht anders ist. Bei ihnen liegt es wohl daran, daß sie mit dem Anspruch groß geworden sind, etwas Großes zu werden. Wenn man deutlich genug wird, bleibt es natürlich nicht bei

befremdeten Blicken, sondern dann kommen die Gegenargumente, von denen es eine ganze Menge gibt. Bereitwillig legen sie die schroffen Seiten ihres Herzens frei.
Nachdem der Konvent nun in Bewegung geraten ist, dauert es nicht lange, und er löst sich ganz auf. Plötzlich ist keiner mehr da bis auf einen einzigen, der eine Weile mit undurchsichtiger Miene auf- und abschreitet, als hätte er die Wache zugeschoben bekommen. Dann schaut er bei mir herein. Er sieht nicht viel von dort, rümpft aber die Nase.
Ja, sage ich, ich wundere mich auch, daß es immer noch nach Bohnerwachs riecht.
Das ist für ihn eine nebensächliche Überlegung. Was er meint, ist etwas anderes. Mit einem Blick hat er die ganze Lage überschaut.
Drei Kübel Dispersion, sagt er, und alles wird wie neu sein.
So einfach ist das.
Er hatte ein derart frisch gebügeltes Hemd an, daß ich auf einmal ganz sicher war, daß er zu den Männern gehört, die ihrer Frau zu Weihnachten eine elektrische Bügelmaschine schenken. Vielleicht ging er auch so weit, daß er für eine Firma arbeitete, die solche Apparate erzeugt und unter die Leute bringt. Aber warum ist er dann hier?
An diese Stelle gehört ein vorfabrizierter Satz von Einbauelementen, sagt er und wandert mit weit ausgebreiteten Armen auf mich zu und von hier aus dann schubweise an dem Teil der Wand entlang, wo meine zukünftige vollautomatisierte Küche angebracht werden soll. Das ist die Art, wie er erste Messungen vornimmt. Er macht sich allerdings Sorgen, weil er keinen Wasseranschluß sieht. Ständig arbeitet er an seinen Erfindungen, weil ihm der Gedanke an eine Bühne ohne Kulissen Angst macht, und seine Fähigkeit, Angst zu ertragen, ist ganz und gar unentwickelt.
Seine Arme hat er jetzt wieder eingezogen und statt dessen beide Zeigefinger an die Vorsprünge seiner Stirn gelegt, wo ich die Antennen anbringen würde, wenn er mich darum bäte.

Und zu Hause hat er einen Hometrainer, stimmt's? Vielleicht stimmt es nicht, denn bei dem Zustand seiner Biographie ist es möglich, daß er das gar nicht nötig hat.
Nun richtet er sich auf mit Hilfe eines neuen Gedankens und stellt sich in seiner ganzen Größe vor mich hin, jeder Zoll ein Wohltäter.
Und auf den Boden legen wir Spannteppich.
Bloß kein Spannteppich, sage ich, ohne zu überlegen, und bereue es sofort. Es ist schließlich das Gegenteil von dem, was er meint.
Ich kenne Häuser, wo die Leute Teppichböden an den Wänden haben, weil sie nicht wagen, sich auf dem Spannteppich zu legen. So können sie sich an die Wand lehnen. Wenn es niemand sieht, drücken sie ein passendes Loch in den Sitzsack und schlagen die Hände vors Gesicht. Für eine kürzere oder längere Zeit, je nachdem, was sie sonst noch zu tun haben. Manchmal hat man Gelegenheit, eine solche Wohnung zu betreten, und bemerkt, wenn man hereinkommt, diesen eigentümlichen Wunsch, es sich gemütlich zu machen, und zwar daran, daß all die einschlägigen Empfehlungen berücksichtigt worden sind. Das kann man sogar als Laie erkennen, falls man nicht noch an dem Gedanken hängt, der Besitzer hätte seine eigenen Vorstellungen zum Zuge kommen lassen. Man muß in solchen Räumen auch auf die Beleuchtung achten. Sieht sie nicht aus, als hätte jemand lange darüber nachgedacht?
Anscheinend deutet mein Berater meine unausgesprochenen Argumente als Zurückhaltung.
Die Entwicklung der Spannteppiche macht sprunghafte Fortschritte, sagt er, sie überschlägt sich geradezu. Natürlich gibt es Qualitäten, die sich für die Küche eignen, schon länger, aber einer Familie, die sich neu einrichtet, würde er eine Ausführung mit selbstreinigender Spezialausrüstung empfehlen.
Undankbar sehe ich ihn an. Ein kapitaler Kurpfuscher, wenn Sie mich fragen.
Was geht mich die Geschichte des Spannteppichs an?

Glücklicherweise gesteht er mir die Möglichkeit zu, mir das alles noch durch den Kopf gehen zu lassen.
Ich sehe die Sache als organisatorisches Problem, sagt er.
Ich nicht, sage ich. Jetzt nicht mehr.
Er beharrt auf seiner Meinung. Er hat schon ganz andere Probleme gelöst.
Wenn man die Sache richtig anfaßt, kann gar nichts schiefgehen, sagt er, um mich zu ermutigen.
Das habe ich auch mal gedacht.
Ein bißchen Talent entwickeln, meint er, darauf kommt es an.
Ich meine, unter gewissen Umständen sollte der Mensch sich weigern, organisatorisches Talent zu entwickeln. Ist das hier so ein Moment? Es ist schwer zu entscheiden. Eins dagegen weiß ich ganz sicher, nämlich daß ich mich jetzt nicht auf Verhandlungen über den vollcomputerisierten Ausbau dieses Zustands einlassen will.
Es hat geklingelt, sage ich. Das ist eine Lüge, ehrlich. Ich habe nichts gehört. Ich möchte weg, bevor die übrigen Mannsbilder zurückkommen.
Er zuckt mit den Schultern. Und da er keine Lust hat, die Tür aufzumachen, läßt er mich gehen.
Wie komme ich bloß dazu, in diesem Haus herumzusteigen, von dem ich nicht einmal weiß, in welcher Stadt es erbaut worden ist? Wahrscheinlich im neunzehnten Jahrhundert, so etwas merkt man, aber womöglich im falschen Land. Allerdings sind die Sitten und Gebräuche der Anwesenden nicht so, daß sie meiner Erinnerung nicht bekannt vorkämen. Daß sie mir nicht zusagen, beweist gar nichts.
Man muß nicht meinen, daß es Reiselust wäre, wenn ich über die weiße Treppenflucht nach unten steige und mir dabei überlege, einfach das Hauptportal aufzumachen und hinauszugehen, ohne erst jemandem bescheid zu sagen.
Die weggeworfenen Zeitungen haben angefangen, durchs Haus zu wandern. Ihr Flattern kommt mir bekannt vor, weil ich einmal einem Flußreiher zugesehen habe beim Auffliegen, was ihm

aber nicht gelungen ist. Ich weiß noch, wie ich dachte, daß ich vielleicht dabei war, ihn mißzuverstehen, weil seine Pläne in Wahrheit ganz anders waren. Diejenigen Zeitungen, die ich einmal in einem Augenblick unkontrollierter Wut zusammengeknüllt und in eine Ecke geworfen habe, sind zu einem solchen Flügelschlag nicht mehr in der Lage. Sie rollen jetzt daher, als folgten sie einem andern Naturgesetz. Oder sie hüpfen, wenn sich die Gelegenheit dazu bietet.

Wie schön es ist, so an einer Vitrine mit Segelflugmodellen und Aufwindgraphiken zu lehnen und ihren herbstlichen Flugmanövern zuzusehen! Auf diese Weise werde ich noch lange nicht unten sein, aber da es nicht wirklich geklingelt hat, kommt es darauf nicht an.

Als auch das letzte Blatt in der Ferne verschwunden und ihr Rauschen verklungen war, drang aus dem Gang zu meiner Linken durch einen Türspalt ein angenehmes Geräusch heraus, als hätte jemand gesungen, aber von ganz weit her. Und das war für mich, die immer einen guten Grund braucht, Grund genug, um anzuklopfen.

Ich klopfte also an, wartete aber nicht auf eine Antwort, sondern trat gleich ein und achtete auch nicht auf mein Herzklopfen, das von einer unerklärlichen Vorfreude herzurühren schien. Die Kammer war klein, schien jedoch Platz zu haben für das Notwendigste. Es war hier heller als draußen im Korridor, obwohl das nur schwer zu sagen ist, denn das Licht war über und über gestreift. Dieses Licht muß etwas an sich gehabt haben, das mich an all die angenehmen Empfindungen erinnerte, die man angesichts erfüllter Wünsche hat.

Ach, sagte ich, so ist das also.

Anna stand am Fenster, am Rande des gestreiften Gegenlichts.

Warum hast du aufgehört zu singen? fragte ich sie.

Ich habe nicht gesungen, sagte sie. Es schien ihr nichts auszumachen, daß sie mich nicht kannte. Ich war froh, mir machte es auch nichts aus. Draußen ist jemand vorbeigegangen, sagte sie noch.

Dann hatte sie also am Fenster gestanden, um zuzuhören, wie draußen jemand vorbeiging und sang. Die Luft im Zimmer war nicht gut, aber es duftete nach Wermut, und das gefiel mir. Anna sah aus, als wäre sie eben erst aufgestanden, und ihr Bett sah auch so aus. Sie hatte einen Unterrock an, nicht schöner als diejenigen, die in Warenhauskatalogen angeboten werden, sogar eher weniger schön. Sie drehte sich jetzt um zu einem Stuhl, der zwischen dem Fußende ihres Bettes und der Wand noch Platz hatte, und zog langsam an, was auf diesem Stuhl lag. Ich hatte mich inzwischen so weit an das gestreifte Licht gewöhnt, daß ich alle Bestandteile der Inneneinrichtung erkennen konnte, außer Stuhl und Bett noch eine Kommode, ein Schrank und ein Tisch. Vor dem Bett ein Läufer, der ein ähnliches Muster hatte wie der Bodenbelag, auf dem er ausgebreitet war.
Wie froh ich bin, ging es mir dabei durch den Kopf, daß ich jetzt mehr von ihr weiß. Ich hatte auch längst angefangen, mich an ihre Stelle zu wünschen, und nicht nur deshalb, weil sie eine Kammer für sich hatte, mit gestreiftem Licht und einem Fenster, hinter dem die Leute vorbeigingen und sangen.
Vielleicht war ihre Tür sogar deshalb offen gewesen, weil sie jemanden erwartete, wer weiß.
Früher habe ich mal ein Klavier gehabt, sagte sie, als wollte sie ihre Einrichtung entschuldigen, was aber ganz überflüssig war. Was nun das Klavier angeht, so wurde dadurch meine Bewunderung nur noch verstärkt, die bereits vorher geweckt worden war, und zwar nicht nur durch die Dinge, die ich bereits erwähnt habe, sondern besonders durch etwas anderes, das ich noch nicht erwähnt habe und das auch schwer zu erwähnen ist, und zwar durch die Selbstverständlichkeit und Freude, mit der alles, was ihre Erscheinung ausmachte, von ihr getragen wurde. Und was ich an dem Klavier bewunderte, war nicht nur, daß sie einmal eins besessen hatte, sondern vor allem, daß sie nun ohne es leben konnte.
In dieser Kammer hätte kein Klavier mehr Platz gehabt.
Ich muß jetzt arbeiten gehen, sagte Anna.

Jetzt? fragte ich.
Arbeitest du nicht? fragte Anna.
Ich wußte nicht recht, was ich sagen sollte, und sagte nichts.
Laß nur, sagte sie, nachdem mein Herzklopfen, in dem jetzt keinerlei Vorfreude mehr war, überhandgenommen hatte. An beiden Schultern führte sie mich zum Fenster, wo ich durch die halbgeöffneten Jalousien hinaussah auf einen asphaltierten Durchgang und stehenblieb in der Hoffnung, diese widerliche Trauer doch noch abzuschütteln, die sich nun an mir festgeklammert hatte. Und so stand ich noch, als Anna längst weggegangen war.
Die Bitterkeit meiner Gefühle ist mir selten so deutlich geworden wie dort.
Anna schien kaum eigene Gegenstände zu besitzen, und wenn doch, dann hatte sie sie nicht bei sich, als könnte sie ganz gut ohne das leben. Natürlich hätte man unter den gegebenen Umständen das gleiche von mir sagen können, aber bei mir war es etwas anderes. Ich hatte einen Auftrag übernommen.
Das war soweit gut, denn wohin würde der Mensch kommen, wenn er nicht imstande wäre, Aufträge zu übernehmen. Allerdings abschätzen, worauf man sich einläßt, das sollte man dann schon können. Trotzdem würde ich es niemandem übelnehmen, der sich dabei versieht. Mein Fehler ist, daß ich mich die ganze Zeit blind an den Gedanken klammere, daß alles in Ordnung ist. Oder ist das kein Fehler? Jedenfalls ist das der Grund dafür, daß ich nicht feststellen kann, ob ich die Situation und meine Kräfte falsch eingeschätzt habe, oder auch nur eins von beiden, trotz Realitätsprüfung und gutem Willen oder gerade deswegen.
So lange ich das nicht herausbringe, mache ich weiter, ob es nun realistisch ist oder nicht. Wirklich, eine regelmäßige Überprüfung an meinen Erfahrungen hat stattgefunden. Da habe ich mir nichts vorzuwerfen. Vielleicht sind meine Erfahrungen nicht gut genug. Das kann sein.
Gut, dachte ich. Ich kann hier nicht die ganze Zeit stehenbleiben, ich muß weiter. Anna hat die Tür nicht richtig zugemacht,

dachte ich mir, denn sie stand einen Spalt offen. Nicht daß man hätte herein- oder hinaussehen können, das nicht, aber wenn ich hinauswollte, so brauchte ich sie nur anzustoßen, mit dem Unterarm oder mit dem Kopf, ganz wie ich wollte. Ich habe sie auch nicht richtig zugemacht, dabei an die Bewohnerin gedacht und angenommen, daß sie mir damit ein Zeichen geben wollte, sagen wir eine Empfehlung oder eine Auskunft darüber, wie es ihr am liebsten war.

Die Bücherregale auf dem Korridor waren ausgeräumt bis unter die Decke und standen leer, abgesehen von ein paar zerblätterten oder vereinzelt auch zerdrückten Zeitungen, die meisten davon mit einem Aufdruck, den ich für das heutige Datum halten mußte. Wenn man weiter nach oben kommt, sind die Bücherregale voll.

Ich habe etwas gegen Bibliotheken. Natürlich betrete ich sie mit einer gewissen Schubkraft, die herrührt von dem Mut und den Projekten, die mich hingeführt haben. Ich betrete sie also froh, und dann macht mir auch der Gedanke, daß ich nie so sein werde wie die Leute, die schon dort sind, im ersten Augenblick nichts aus. Aber spätestens dann, wenn ich einen Platz gefunden habe und zu blättern anfange, dann hört das auf, und meistens schon vorher, sagen wir beim Herausziehen der Katalogschubladen oder beim Anblick all der Buchrücken, die hier für jedermann zugänglich aufgestellt sind. Dann befällt mich die Inkompetenz von innen her, und dagegen ist mit den Geboten der Vernunft nicht anzukommen.

Was nützt mir das Verbot, mich unbehaglich zu fühlen?

Voller Zorn gehe ich an den Folianten vorüber, die in den oberen Etagen an den Wänden stehen. Die Seitengänge sind voll davon, und auch die Glasschränke, soweit nicht Porzellansammlungen darin sind. Den Zorn kann man nicht sehen. Er rührt daher, daß ich Dankbarkeit empfinden sollte angesichts der Möglichkeit, mehr Einzelheiten über die Geschichte des Dreißigjährigen Kriegs zu erfahren oder mich zu vertiefen in Faksimiledrucke von Originalzeugnissen aus der Zeit der Eroberun-

gen, sagen wir Mittelamerikas, aber nicht nur dort. Ich empfinde diese Dankbarkeit nicht. Für mich sind das Einschüchterungsversuche.
Und wenn mich jemand fragt, ob es mir denn an Interesse und reiner menschlicher Neugier fehle, was soll ich ihm antworten? Die Wahrheit? Aber welche?
Das kann ich mir immer noch überlegen, wenn es so weit ist. Jetzt gehe ich weiter, denn in irgendeiner von diesen aufgerollten Zeitungen könnte etwas sein, das sich als Ergänzung meines Menüs brauchen ließe.
Den Mann, der lesend vor der Bücherwand stand, hatte ich schon von weitem gesehen. Ich blieb stehen. Es waren Türen vor den Büchern. Sie waren zwar nicht verglast, aber dafür mit Hühnerdraht versehen, wie man ihn für Kaninchen braucht. Oder leben Kaninchen heute anders? Drei oder vier Türen standen offen, und ich nahm ohne weiteres an, daß das der Mann getan hatte, aus Mitleid mit den Büchern.
Eins von ihnen hielt er auf dem Arm. Liebevoll neigte er den Kopf ein wenig auf die Seite und sah in es hinein. Er tat das mit großer Geduld, obwohl das Licht schlecht war und ein gewöhnlicher Mensch nicht viel mehr als das Vorhandensein von Druckerschwärze hätte erkennen können. Vielleicht war er kein gewöhnlicher Mensch. Zwischendurch konnte man ihm auch dann und wann Ungeduld anmerken. Er blätterte dann mit der rechten Hand Seiten um und strich sie glatt auf ihrem neuen Platz, oder er strich sie nicht glatt, je nachdem. Seine Ungeduld war nicht immer die gleiche. Sie war großzügig oder abweisend oder vorwurfsvoll oder zärtlich, aber nicht bösartig, soweit ich gesehen habe.
Können Sie das lesen? habe ich ihn dann gefragt.
Ja, sagte er.
Er war froh, daß ich gefragt hatte.
Er blätterte ein paar Seiten zurück, sofort, warf einen vielversprechenden Blick zu mir herüber und begann vorzulesen. Es war Spanisch.

Ich hörte zu, denn es konnte ja sein, daß etwas dabei war, was mir bekannt vorkam.

Der Foliant enthielt auch kolorierte Pläne von militärischen Anlagen in der Bai von Cadiz, die man herausziehen und auseinanderfalten konnte. Mein Lehrer tat genau das und hielt sie murmelnd, aber mit einem strahlenden Lächeln zu mir herüber, diese Grundrisse und perspektivischen Ansichten von Befestigungsbauten in den verschiedenen Augenblicken ihrer fortschreitenden Geschichte. Aufmunternd, bedrohlich oder festlich blickten sie mir entgegen, je nachdem, in wessen Hand sie sich gerade befanden. So viel hatte ich verstanden, als er die Bilder wieder zusammenklappte und zu lesen fortfuhr.

Während er begütigend die Blätter festhielt, die sich die ganze Zeit auf die andere Seite zurücklegen wollten, warf er hin und wieder einen Blick dahin, wo ich stand, als wollte er feststellen, ob er sich auf meine Aufmerksamkeit noch verlassen konnte. Hätte ich ihm unter den Umständen sagen sollen, daß ich spanische Bücher nicht verstehe? Ich verstehe sie noch weniger als andere. Nicht einmal mit den Eigennamen konnte ich etwas anfangen.

Inzwischen hatte ich auch herausgefunden, was mit seinem Rücken nicht stimmte. Es waren seine Schulterblätter, die er, zu seinem Schutz vermutlich, um einen oder zwei Zentimeter hochgezogen hielt, so daß es aussah, als wäre sein Kopf am falschen Halswirbel befestigt. Über ihm war aber nichts zu entdecken, was auf ihn hätte herabstürzen können, so daß ich ohne weiteres annahm, daß es etwas mit mir zu tun hatte.

Es war ihm nicht entgangen, daß mein Blick zeitweise suchend abgeschweift war über die Decke hin, und der hoffnungsvolle Klang seiner Stimme trübte sich augenblicklich. Seine Augen sahen von einer Sekunde zur andern vorwurfsvoll, bitter und ängstlich aus.

Er hörte auf zu lesen und sagte auf deutsch:

Sind Sie denn gar nicht neugierig?

Ich war so unvorbereitet, daß ich gar nichts sagte. Ein anderer

Mensch würde die richtige Antwort nun wissen, dachte ich noch. Aber da ein anderer Mensch nicht da war, blieb seine Frage so unbeantwortet, wie sie gekommen war. Bestimmt hat er sich die Antwort doch noch selber gegeben, denn von da an las er auf die gleiche Art weiter, wie er es zu Anfang getan hatte, für sich allein.

Ich überlegte mir, ob er es als Zumutung empfinden müßte, wenn ich noch etwas sagen würde, und bin dann mit einem Nicken, das als Gruß, und einem Achselzucken, das als Entschuldigung gemeint war, weitergegangen.

Von weitem sah ich noch, wie er dort am gleichen Platz stehenblieb und, von einem Fuß auf den andern sich wiegend, weiterblätterte.

Mußte es nicht in einem Gebäude wie diesem hier auch noch etwas anderes geben als halboffene Türen, zum Beispiel einen Lagerraum, sei es im Keller oder an sonst einem geeigneten Ort, wo die Vorräte aufbewahrt wurden, die ich so dringend brauchte? Oder vielleicht auch nur, vergessen in einem Aktenschrank, ein halbes Paket Nudeln oder ein ungebrauchtes belegtes Brot, das sich in Häppchen aufteilen ließe? Manche Leute legen Lebensmittel, die sie eingekauft haben, erst beiseite und vergessen sie dann später. Und auf diese Weise vergessene Dinge bleiben dann für immer liegen, denn niemand will sie sich aneignen, weil herrenlose Eßwaren eine magische Angst vor Ansteckungen, Schmutz und Befleckungen hervorzurufen pflegen. Das könnte mir jetzt helfen, dachte ich. Jeder Fund könnte mir zustatten kommen, er mochte aussehen, wie er wollte. Immer noch verließ ich mich fest auf meine bewährte Fähigkeit, aus nichts etwas zu machen, und das war auch der Grund, warum ich weitersuchte, wo andere längst aufgegeben hätten.

Trotzdem kämpfte ich mit Zweifeln. Kann ich das, was man hier können muß? Oder habe ich es verlernt wie andere Dinge, von denen ich früher einmal geglaubt habe, daß ich sie kann? Man muß das so sehen: ich habe mich nun einmal spezialisiert, wie es sich gehört, Fleiß und Erfindungsgabe bis an die Grenzen

des Möglichen ausgeweitet, denn mit irgend etwas mußte ich mir den Verlust meiner anderen Fähigkeiten ersetzen. Oder es waren nicht einmal Fähigkeiten, sondern nur Hoffnungen, flüchtige, die in die Wirklichkeit nicht passen, wie sie ist. Und woran liegt es nun, daß ich hier in diesem Haus nicht zurechtkomme? An mir? Am Nachlassen meiner Leistungsfähigkeit? Oft denke ich das, denn ich bin ja kein Mensch mehr, der mit hochfliegenden Hoffnungen am Anfang einer Karriere steht, und irgendwann hat man seinen Höhepunkt nach den Gesetzen der Logik überschritten. Damit hat man sich abzufinden. Andererseits in Zeiten, wenn ich die Optik wechsle, meine ich, daß die Gesetze der Logik für andere Lebensbereiche erfunden sind und hier nicht auf die gleiche Weise gelten. Sie müssen deswegen ja nicht abgeschafft werden. Es sieht dann so aus, als kämen die Schwierigkeiten doch nicht von meinen Fähigkeiten, sondern vom üblen Zustand der Variablen, falls es nicht sogar die Prämissen sind, aber das zu entscheiden fehlt mir die Zeit, die Konzentrationsfähigkeit und noch manches andere. Und außerdem habe ich jetzt andere Aufgaben.
Ist es wahr, daß ich Kratzgeräusche höre, wenn ich das Ohr an die Wand lege? Das würde bedeuten, daß es außer mir noch andere gibt, die sich wünschen, mit ihrem Löffel ein Loch in die Wand zu graben.
Weiter unten, in einem Stockwerk, das keine Fenster hatte und durch den indirekten Einfall von Halbdunkel beleuchtet wurde, gab es hinter einer Lattentür einen Raum, dessen Geruch mich zum Eintreten aufzufordern schien. Nach Bodenfeuchtigkeit roch es, aber was meine Hoffnungen weckte, war jener Anteil des Geruchsgemischs, der an modernde Kartoffeln und eingelagerte Rüben denken ließ. Es stellte sich zwar bald heraus, daß auch dieser Geruch aus einer früheren Zeit stammte, aber ich war nicht damit einverstanden, das für die reine Vergangenheit zu erklären und die Hoffnung auf Restbestände aufzugeben, die noch in die Gegenwart herüberragen mochten. All die Energien, die durch meine Zuversicht freigesetzt wurden, verwen-

dete ich darauf, die Bodenplatten aufzuheben und umzudrehen, denn sie waren nur lose auf den irdenen Untergrund aufgelegt und ein unentdecktes Versteck hätte sich in der Tat unter ihnen befinden können. Alles was ich fand, waren Kellerasseln. Das war auch gut. Sie haben mir schon immer außerordentlich eingeleuchtet durch die schlichte Zweckmäßigkeit ihres Körperbaus. Man muß sich das einmal vorstellen: all diese kleinen Panzerringe, die es erlauben, eine normal gestreckte und gehfähige Körperform anzunehmen, wenn die Umstände günstig sind und die gewöhnlichen Ausgänge und Verrichtungen erlauben, immer verbunden mit der Aussicht auf Nahrung und auf freundliche Begegnungen mit Gleichgesinnten, unbedroht. Für den Fall aber, daß die Verhältnisse nicht so sind, erweist sich ihre Ausrüstung dann als wahrhaft segensreich in dem Sinne, daß sie vor nichts zu erschrecken brauchen. Es kommt ihnen sogleich ihre Fähigkeit, sich zusammenzurollen, zugute, und nicht nur in dem Sinne, daß sie dergestalt geschützt sind und Bedrohungen aller Art sie schlichtweg nichts mehr angehen, sondern auch insofern, als sie in diesem zusammengerollten Zustand die in ihnen angelegte vollkommene Form erreichen. So lagen sie vor mir. Voller Bewunderung nahm ich die glänzenden Kugeln in die Hand, um mir die gefächerte Konstruktion einzuprägen. Ich weiß, daß ich ihnen keine Angst gemacht habe, denn sie sind darauf eingerichtet. Es ist ihnen gleich, ob ich sie nun langsam über meinen Unterarm auf den Boden rollen lasse oder nicht.
Dann fand ich noch eine Mausefalle in einer Ecke hinter dem rohen Regal, ohne Maus, aber mit einem kleinen Stück Speck. Konnte ich das brauchen? Sein Geruch war ohne besondere Merkmale und enthielt folglich keine Anhaltspunkte für seine Genießbarkeit. Ich konnte wohl darüber hinweggehen, und es war ja auch nur klein. Im Regal lagen fünf verfaulte Apfelreste. Ich rechnete mir aus, daß sich die Mäuse daran zu schaffen gemacht hatten, denen die Mausefalle galt. Aber wer weiß, wann das war.
Als ich ganz sicher wußte, daß für mich nichts dabei war, ging

ich wieder hinaus. An das Halbdunkel in diesem Kellerraum hatte ich mich inzwischen so gewöhnt, daß mir dasjenige auf dem Korridor fremd vorkam, unvertraut, wenn ich das so ausdrücken darf, nachdem sich mit jenem andern eine gewisse Vertrautheit hatte herstellen lassen.
Es gab noch mehr Türen. Und dann und wann das hallende Geräusch von Schritten in der Ferne. Da sich jedoch bis jetzt niemand gezeigt hatte, kein angestellter Kontrollgänger und Bewohner schon gar nicht, kam es mir nicht ganz und gar unmöglich vor, die Räume hinter den Türen zu untersuchen. Oder war es doch mein Haus, das sich hier in der Tiefe bauchte, mit einem zielgerichteten Luftstrom unmittelbar über dem Boden und dem Geräusch von stampfenden Motoren im Hintergrund? In jedem Fall hatte ich gute Gründe, in den Lagerräumen nach Lebensmitteln zu suchen, die ich meinen Gästen hätte anbieten können. Im nächsten Raum stand ein Feldbett mit einer noch nicht ganz zerstörten Matratze. Ich war voller Freude über diese Entdeckung, als könnte ich es gebrauchen. So dumm bin ich gewesen. Es war ein kühler Platz, dunkel und feucht, und nicht ganz ohne Lichteinfall von der Seite des Luftschachts her.
Aber ich dachte an das Telegramm, das im Speisesaal an ein Bukett aus Fresien und Chrysanthemen gelehnt stand, falls mich meine Erinnerung nicht trügt und es doch ein silberner Leuchter war. Der Gedanke an das Telegramm fiel mir auf die Seele.
Auf meinem Weg nach oben über die silberweißen Treppenfluchten hatte ich trotz meiner Eile Gelegenheit, Bilder wahrzunehmen, wie sie da in Seitennischen und Hauptkammern aufgehängt waren und allesamt Situationen darstellten, die mir in dieser Form noch nicht begegnet waren. Und es waren so manche darunter, in die ich mich ohne Nachdenken zu verwickeln gewünscht hätte. Nur war das jetzt nicht der richtige Augenblick. Wie konnten sie diesem gleißenden Fisch, fragte ich mich, dessen Blick noch strahlt von Erinnerung, den Rücken bereits in Scheiben schneiden?

Das Telegramm stand noch da, wo ich es angelehnt hatte, unberührt und ungelesen an einem Leuchter. Sehr gut.
Von meiner Unschlüssigkeit war nicht viel übrig, Unverdrossenheit stand wieder im Vordergrund, ein liebenswürdiges Angebot, mir über Schwierigkeiten hinwegzuhelfen. So konnte ich die Erkenntnis vergessen, daß es sich diesmal nicht einfach um eine schwierige Aufgabe handelte, sondern um das Unmögliche, allerdings bis zur Unkenntlichkeit vermummt in die Gestalt des Wahrscheinlichen.
Ich sitze auf meinen Zeitungen und schleife mein kleines Messer an einem rostigen Nagel, der an einer sinnvoll ausgewählten Stelle aus meiner Tischkonstruktion herausragt. Er ist nun natürlich nicht mehr rostig, er war es, bevor ich angefangen habe, ihn zum Schleifen zu benutzen, und ich habe es nur versäumt, meinen Wortschatz umzustellen.
Der Mann, der mit einer Taschenlampe auf dem Linoleum kniet und in der Zeitung liest und gelegentlich mit dem Kopf nickt, auch wenn ich nicht hinsehe, sieht auf, auf die gegenüberliegende Wand, und er sagt:
Es ist wieder ein Schiff untergegangen.
Das ist die Nachricht, die er für mich ausgesucht hat, weil er weiß, daß ich ihn dann frage, wie das möglich ist, da doch nach allem, was man sonst noch in der Zeitung liest, das unsinkbare Schiff längst erfunden sein müßte.
Das ist es auch, sagt er dann.
Und warum wird es nicht gebaut? frage ich, weil ich nicht will, daß die Menschen auf ihren Schiffen untergehen.
Er meint, daß es etwas mit dem Beschäftigungsdrang der Werftarbeiter zu tun hat, die sich darauf angewiesen fühlen, sagt er, immer neue Schiffe zu bauen, um sich ihren Lebensunterhalt zu verdienen. Wem würde dieser Gedanke nicht einleuchten, obwohl er schwer zu trennen ist von den Verarmungsängsten jener Leute, die die ganze Sache finanzieren?
Neuerdings sagt er nicht mehr das, obwohl es immer noch seine Gültigkeit hat, sondern er sagt:

Wozu?
Nach einer Pause erklärt er es mir. Ist es nicht wichtig für den Menschen heutzutage, fragt er, sich gelegentlich darauf zu besinnen, daß er bei allem Fortschritt doch noch von Naturkatastrophen bedroht werden und sogar darin untergehen kann?
Ein Schiffsuntergang ist doch keine Naturkatastrophe, sage ich.
Das sind Haarspaltereien, sagt er, und soweit es um das Leben selber geht, muß ich ihm recht geben.
Die Zeitung, die er liegenläßt, enthält eine ganze Menge Stellenangebote und in einem ähnlichen Ausmaß Stellengesuche, so daß man meinen könnte, hier spiele sich etwas auf einem Feld mit ausgependelten Kräfteverhältnissen ab. Dieser Eindruck entsteht ja auch sonst wie von selber, wenn man Gedrucktes liest. Sollte nicht jeder Kupfertiefdruckbeilage eine entsprechende Nachfrage gegenüberstehen? Man meint das. Es sind sogar Verfahren entwickelt worden, um den Beweis dafür anzutreten. Waghalsige Argumentationen durch alle Sparten der wissenschaftlichen Forschung, denen sich dann kaum noch jemand entziehen kann, zwar nicht nur aus Mangel an Spezialkenntnissen, aber hauptsächlich deshalb. Und spricht nicht die schlichte Tatsache, daß diese Dinge immer noch bezahlt werden können, auf ihre Weise auch dafür?
Es scheint sogar möglich zu sein, all die Katastrophenmeldungen in den andern Teilen des Blattes damit vielleicht nicht grade in Einklang zu bringen, aber doch unter einem Blickwinkel zu sehen, der dem Phänomen den Charakter eines Widerspruchs nimmt. Denn wer hat schon den Mut, einen Widerspruch anzusehen, ich meine über den ersten Augenblick des Schreckens hinaus? Es würde außerdem viel mehr Energie verbrauchen, als man aufbringen kann, wenn man mit diesen Dingen dann auch noch leben will. Kein Mensch kann sich das leisten, und darum ist der Bedarf an integrierten Weltbildern so groß.
Auch für mich steht etwas in dieser Zeitung. Eine Rubrik über den sinnvoll organisierten Haushalt, dazu eine zwölffarbige Anleitung für die Zubereitung eines Menüs, mit dem man sich

sehen lassen könnte, professionell gegliedert, mit vorgestanzten Rändern, so daß man es herausreißen, lochen und aufbewahren kann, wenn man will. Und wer würde dieser Versuchung widerstehen in einer Umgebung, wo ohne Klarsichtmappen und Hängeregistraturen gleich das Chaos hereinbricht?
Ich merkte erst jetzt, daß er mir einen richtigen Stuhl mitgebracht hatte. Wie schön von ihm. Er war auch gar nicht weggegangen, sondern stützte sich mit beiden Fäusten auf die Rückenlehne.
Danke, sagte ich, den Stuhl kann ich gut brauchen.
Warum packst du nicht endlich diesen Fisch aus, schlug er mir vor, und es war unbeschreiblich, wie er seine Ungeduld unter Kontrolle zu halten wußte.
Es sind zwei, sagte ich, ohne lange nachzudenken.
Das war zwar eine ganz gewöhnliche Haarspalterei, aber auf diese Art konnte ich mich für einen Augenblick in Sicherheit fühlen. Immer dann, wenn meine Leistungen fragwürdig sind, bricht mein Sicherheitsbedürfnis durch. Außerdem war es die Wahrheit. Die Wahrheit, die sich ergibt, wenn man eine Sache mit mathematischen Kategorien angeht, löst in ihm immer gewisse Sättigungsgefühle aus, das weiß ich, und nicht nur in ihm, denn dieser Trick mit der Mathematik hat sich schon bei ganz anderen Gelegenheiten als nützlich erwiesen.
Mit seiner nächsten Attacke mußte aber doch in absehbarer Zeit gerechnet werden, denn es war klar, daß sich seine andern Impulse auf die Dauer doch gegen die Mathematik durchsetzen oder über sie erheben würden, wenn man so will. Ich will nicht behaupten, daß ich ihr mit Vorfreude entgegengesehen habe, aber meine Angst hielt sich in erträglichen Grenzen, weil die Technik des Ausweichens mir längst so vertraut ist, daß ich sie jederzeit anwenden kann, ohne daß ich mich lange besinnen muß. Vielleicht handelt es sich auch um einen Überholvorgang. Ja, das muß es sein, denn reagiert mein Gesprächspartner nicht mit den unverkennbaren Reflexen eines Überholten, der seinen Vierzylindermotor nicht umsonst aufgebohrt haben will?

Er muß mich seit einiger Zeit ungläubig angestarrt haben, denn seine Antwort, fest verankert auf dem einmal betretenen Feld der Algebra, hat diesen Unterton von disqualifizierendem Erstaunen, mit dem er jeweils seinen Wunsch ausstattet, mir Vorwürfe zu machen.
Bloß zwei? sagt er, ganz ohne überflüssige Vibrationen.
Was sollte ich sagen?
Eine kapitale Investition, sagte er dann, für eine Gelegenheit wie diese.
Ja, sagte ich. Eine Delikatesse, frisch eingeflogen aus Yucatán.
Das war gelogen. Ich wußte nicht mehr, als daß sie aus Mexiko kamen. Aber konnte es nicht ebensogut die Wahrheit sein? Wenn der Zufall mir zu Hilfe kam, dann waren sie nicht von der pazifischen Küste, sondern aus Yucatán. Das war nicht unwahrscheinlicher als andere Möglichkeiten, vorausgesetzt, daß in Yucatán überhaupt genießbare Fische vorkamen. Aber warum nicht?
Er sagte: In Yucatán gibt es überhaupt keine Fische.
Also doch, dachte ich.
Trotzdem war ich froh, nicht weil wir das Feld der Mathematik verlassen hatten, sondern weil es gelungen war, all die heiklen Fragen zu überspringen und sofort bei der Geographie anzukommen. Dabei kann ich die Geographie nicht leiden, weil ich mich nicht auskenne.
Er trat drei Schritte zur Seite, um sich an die Wand zu lehnen, nur mit den Schulterblättern wie immer. Nun kann ich mich auf einen richtigen Stuhl setzen, dachte ich beim Hinsetzen.
Ich bin in Yucatán gewesen, fuhr er fort. Es gibt nur Haie und solches Zeug.
Sollten wir jetzt zur Biologie übergehen?
Nein, denn die Geographie ist noch nicht erschöpft. Er weiß schon vom letzten Mal, daß ich noch nicht in Mexiko war und schon gar nicht in Yucatán. Aber er möchte mir davon erzählen, mich teilhaben lassen und tut auch so, als möchte er mich dorthin führen, um es mir dann zu zeigen.

Bei diesen Worten muß ich zusammengezuckt sein, das gibt es neuerdings, denn er stülpte den einen oder andern Teil seiner Gesichtsmuskulatur nach vorne, um zu sagen:
Das ist doch kein Grund zu erschrecken.
Doch, sagte ich einfach.
Ich dachte an alle meine mühseligen Versuche, mir Dinge zu merken, die mir im Laufe meines Lebens gezeigt, vorgeführt und erklärt worden waren. Vergeblich. Denn mein Gedächtnis war bis obenhin vollgestopft, allerdings nicht mit diesen Dingen, die meiner Meinung nach nun darin hätten sein sollen, sondern mit nichts als der lähmenden Erfahrung, daß sie sich darin nicht halten wollten.
Wenn ich nur daran denke, fängt es in meiner Erinnerung an zu rascheln. Dieses Rascheln kann ich nicht lange aushalten. Es will mich an etwas erinnern.
Schon jetzt habe ich vergessen, welche Fische es nach seinen Angaben in Yucatán geben soll. Statt dessen sind mir ausführliche Geschichten über die Wanderungen der Welse eingefallen, die er mir bei andern Gelegenheiten erzählt hat. Außerdem konnte ich mich nicht entscheiden, ob ich ihm überhaupt glauben sollte, denn er wäre bestimmt nicht bereit gewesen, für die Richtigkeit seiner Angaben die Hand ins Feuer zu legen. So etwas macht er nicht. Er konnte sich auch nach allem, was ich von ihm wußte, die Sache ebensogut aus den Fingern gesogen haben.
Die Kulissen, in denen dieser ganze Auftritt stattfand, waren bis zu diesem Augenblick unverändert geblieben, er an einen geheimnisvollen Salpeterfleck gelehnt, der hinter der ehemals großblumigen blauen Tapetenwand zum Vorschein gekommen war, und ich soeben aufgestanden von einem Bugholzstuhl der ersten Generation.
Ich möchte noch einmal sagen, daß es sonst in diesem Gang kein Mobiliar gab, wobei ich davon ausgehe, daß man die zwei Türen am Ende nicht zum Mobiliar zählt, sondern der Kategorie Ein- und Ausgänge zuordnet aus keinem triftigeren Grund als einer

alten Gewohnheit, denn sie waren nicht bloß zu, sondern auch noch von der Rückseite verriegelt. Ich habe es ausprobiert. Und da es hier außerdem keine Teppiche und schon gar keinen Wandschmuck gab, besaß der ganze Flügel eine außerordentliche Echowirkung, um die Sache einmal ohne wertende Zusätze auszudrücken.
Während ich noch damit beschäftigt war, mich mit diesem Rascheln in meiner Erinnerung abzufinden, das schon ohne die herrschenden akustischen Verhältnisse unangenehm genug war und zusammen mit seinen Echos aufs äußerste widerlich wurde, hatte sich ein Teil seiner Aufmerksamkeit bereits in etwas verstrickt, was seiner Körperhaltung nach jenseits der zweiten Tür entstand und in der Gestalt von zusätzlichen akustischen Wellen bis zu ihm hinüberdrang, aber nicht bis zu mir.
Wenn ich je eine Reise machen sollte, dachte ich vernünftigerweise, dann bestimmt nicht nach Yucatan und wahrscheinlich überhaupt nicht nach Mexiko, sondern ganz anderswohin. Und auch nicht mit dir.
Nachträglich stelle ich mir vor, daß es gut gewesen wäre, ihm diese Kurzfassung meiner Bemühungen auch mitzuteilen. In dem Augenblick habe ich es gelassen. Warum?
Er geht ein paar Schritte auf die erwähnte Tür zu, als wollte er nächstens eintreten und etwas Wichtiges in Erfahrung bringen. Dann bleibt er wieder stehen, und ich glaube, er hat sogar die Hände vors Gesicht geschlagen, bevor er sich wieder zu mir umdreht. Das ist entweder ein Hinweis, daß unvermutet die äußerste Alarmstufe erreicht und unter Umständen bald überschritten ist, oder es ist eine Warnung von ganz anderer Art. Und was ist, wenn er die Hände gar nicht wirklich vors Gesicht geschlagen hat?
Aber die ganze Szene mochte so widersprüchlich sein, wie sie wollte, sie hatte doch einen von Widersprüchen freien Kern. Wenn es ein Problem gab, so behielt er es für sich.
Während ich mich noch an seine erste unausgesprochene Handlungsanweisung hielt, nämlich den Mund zu halten, hat er sich

schon in der andern Richtung davongemacht und mich so um die Gelegenheit gebracht, weitere Anweisungen zu erhalten.

Und das war gut, denn rückblickend kann ich nichts anderes sagen, als daß es sich um eine Verirrung gehandelt hat, ausgelöst durch meinen waghalsigen Versuch, mich über peinliche Fragen nach dem Stand meiner Leistungen hinwegzusetzen. Was es sonst noch alles war, spielt unter diesen Umständen keine Rolle. Ich habe wirklich keine Zeit, mich darauf einzulassen, wenn ich schon mit den einfachsten Vorarbeiten für meine Gastgeberrolle nicht zurechtkomme.

Ja, es gibt Augenblicke, wo es mir ganz gleich ist, was geschieht, wenn es nur weitergeht.

Ich befinde mich auf einem weiten feierlichen Treppenabsatz, übergossen mit gemischtem Licht und sehe hinauf zu den Abbildungen von allerlei fürstlichen Charakteren, die an den Wänden versammelt sind. Alles ist zum Greifen nah, die Fronten mit Ornamenten aller Art verziert, poliert und mit Glanzlichtern versehen, um dem Betrachter einen gangbaren Weg zu weisen, da ja seine Neigungen nun einmal die Tendenz haben, sich ins Chaotische zurückzuentwickeln, wenn er nicht aufpaßt; und das kann einen Menschen schon zur Verzweiflung bringen, wenn er es nicht anders gelernt hat.

Dabei gibt es genug Gelegenheiten, etwas über das Wesen des Menschen hinzuzulernen. Darüber braucht man sich nicht zu beklagen.

Ich denke an die Plastiktüte mit Kastanien, die ich drei Stockwerke tiefer gefunden habe, wie sie an der untersten Treppenstufe lehnte und blau bedruckt war mit den Buchstaben NMB. Vielleicht ist sie noch da und wartet nur darauf, von mir in sagen wir einmal eine außerordentliche Nachspeise verwandelt zu werden. Ich will es versuchen. Daß das zu den Dingen gehört, die ich von früher nicht kenne, macht mir nichts aus, ich habe ja auch sonst schon Neues dazugelernt.

Als ich die ersten zwei Treppen hinter mir lasse, habe ich schon vergessen, auf welche Weise ich durch den Saal und an den

immer noch erwartungsvollen Kellnern vorbei bis hierher gekommen bin.
Kann es sein, daß ich schlurfe? denke ich im Vollbesitz meiner geistigen Kräfte, und eine unbeschreibliche Enttäuschung steigt aus meinen Füßen auf. Ich will sie jedenfalls nicht beschreiben. Infolgedessen gehe ich die nächsten zwei Treppenabsätze hinunter, so gut ich kann, vorbei an diesen beträchtlichen Fenstern, die auch weiter unten noch derartige repräsentative Qualitäten haben, daß sich in meinem Hinterkopf ein hartnäckiges Gefühl des Stolzes meldet. Mit Argumenten ist dem nicht beizukommen. Und wenn es wirklich Stolz ist, dann muß er darauf beruhen, daß ich es bin, die vor dieser hochgestochenen Ausstattung besteht.
Da steht sie ja, die Plastiktüte.
Es sind sogar zwei. Bedeutet das, daß es hier irgend jemanden gibt, der ein und aus geht, um Kastanien herbeizuschaffen aus dem Wald? Was für ein Gedanke.
Wie mag es sich leben in diesen Mauern, zusammen mit so vielen großen Erinnerungen und Vorschlägen für ein erstrebenswertes Leben?
Ja, die akademische Schule, sage ich zu mir, um meinem heraufkommenden Neid ein Schnippchen zu schlagen. Dann gehe ich weiter und spare mir die Bildbetrachtungen für bessere Zeiten auf. Jetzt muß ich zurück und die Fische ausnehmen.
Wie ich durch den Saal gehe, nicht diagonal, sondern mit einem rechten Winkel an der Wand entlang, so daß ich vorher noch über die marmorne Brüstung einen Blick in die Tiefe des Treppenhauses werfen kann, nicken mir die Anwesenden ermutigend zu. Dann biege ich ab nach links in meinen Korridor, wo die Luft so voll ist von allgemeinen Weisheiten, daß man meint, der Qualm müßte durch die Ritzen ins Freie dringen. Und es ist auch gar nicht nur das. Wenn man hier nicht atmen kann oder für den Fall, daß man doch atmet, damit nicht leben kann, dann liegt das an den Ingredienzien dieser Luft, die außer mit den genannten allgemeinen Weisheiten auch noch mit speziellen

Kenntnissen und einem erschütternden Anteil von aktuellen Notfällen weit über die Grenze ihrer Aufnahmefähigkeit hinaus gesättigt ist, ganz zu schweigen von der allgemeinen Angst vor der speziellen Unkenntnis.
Wie soll ich unter diesen Umständen Essen kochen?
Und drüben im Haupttrakt die Söhne von Shakespeare, sie gehen jetzt Arm in Arm über die offene Bühne und flüstern miteinander, als wären sie Mönche, die das Welträtsel aufgelöst haben.
Man muß etwas tun auf dem Gebiet der Bevölkerungspolitik, höre ich den Blonden sagen zu seinem Bruder, der ihn am Ellbogen hält wie eine kostbare Last.
Weltweit, sagt er.
Wir haben fünf Kinder, sagt er. Und warum? Damit die Gebildeten nicht aussterben.
Mitten zwischen den beiden Säulen bleibt er stehen und klagt.
Die Familie ist zum Aussterben verurteilt, sagt er. Wer überhaupt noch heiratet, hat vielleicht ein Kind. Nie mehr als zwei.
Wo soll das hinführen. Wenn das so weitergeht, haben wir bald nur noch Laien auf der Welt.
Nichts als Laien, sagt er. Schweigend nickt der andere.
Dann begannen sie ganz ernst über die fortschreitende Entwicklung von elektronischen Helfern für den Haushalt zu sprechen, an der sie ihre Freude hatten, und spazierten weiter.
Einer von ihnen war weniger glücklich. Er hatte keinen Partner zum Spazieren gefunden, vielleicht deshalb, und benutzte die Gelegenheit, sich zu mir zu gesellen.
Er ließ jeweils eine gewisse Zeitspanne vergehen, über deren Länge ich nichts sagen will, weil die Zeit ihren eigenen Gesetzen folgt, und dann setzte er sich zu mir. Der Zufall muß es gewollt haben, daß ich gerade dann unter meinem Tisch zusammengekauert saß und über mein Projekt nachdachte. Ich konnte ganz gut hören, daß er weinte, weil ihn niemand lieb hatte. So hockte er da, mit untergeschlagenen Beinen. Er schlang sich seinen Ärmel um den Hals, und mit der linken Hand versuchte

er sich zu vergewissern, daß seine Leber noch da war, während er mit der rechten seine Milz wärmte.
Natürlich war es schwer, ihn in dieser Haltung zu lieben. Sie hatte so wenig Einladendes an sich. Ich gehe davon aus, daß der ganze Anblick in mir die Hoffnung weckte, ihn trotzdem trösten zu können, weil danach die Dinge bekanntlich ganz anders aussehen. Aber ich muß etwas mißverstanden haben, denn sein Weinen hat nie aufgehört, oder wenn doch, dann nur so, als sei ihm vorübergehend der Wind aus den Segeln genommen, so daß er es bei der nächsten Gelegenheit wieder einsetzen lassen konnte oder mußte oder wollte.
Da sitzt er also mit seinem tonlosen Schluchzen, das ich bereits an der Vorwölbung gewisser Gesichtsmuskeln erkenne, die ihm jeweils vorausgeht, als würde ein Unterdrückungsversuch gemacht, falls es nicht eine von wahnwitzigen Hoffnungen begleitete Wegbereitung war. Was soll es sonst gewesen sein, wenn nicht Hoffnung? Vielleicht nicht im üblichen Sinne, wie es beispielsweise die auf ein besseres Leben gewesen wäre, sondern die Hoffnung, einen wesentlichen Beweis endlich doch noch anzutreten. Wenn es nach mir ginge, so würde ich meinen, daß dieser Beweis längst erbracht ist, und zwar überzeugend. Ich weiß jetzt, daß man ihn nicht trösten kann.
Ich nehme sein Schluchzen als einen Hinweis darauf, daß er die Hoffnung noch nicht aufgegeben hat.
Er kann auch ein unerklärliches Gebell ausstoßen, wenn sonst niemand da ist.
Haben Sie schon mal versucht zu singen? frage ich ihn in einem Anflug von Unverfrorenheit. Aber anscheinend hat er schon alles versucht, jedenfalls stellt er mir den Stand der Dinge so dar. So kommt es, daß der Schwarze Peter wieder ganz auf meiner Seite ist.
Ja, sagt er, es hat nicht viel genützt.
Dann erzählt er, wie er früher singen konnte und jetzt nicht mehr.
Schon seit einer Weile klingt von weitem ein Rufen herüber,

ganz leise und immer wieder. Was es heißt, ist schwer zu erkennen. Es klingt wie ein Kuckuck, der sich ein Nest bauen möchte, aber das gibt es nicht. Ich weiß nicht, ob der Mann, der jetzt seine Nieren an meinen Oberschenkel gelehnt hat, ihn auch hört. Ich werde ihn fragen, aber nicht jetzt. Jetzt will ich zuhören.
Er erzählt mir mit erstickter Stimme, daß er in seinem ganzen Leben noch nicht singen konnte.
Mir ist, als hörte ich das nicht zum erstenmal, aber es stört mich trotzdem. Ich will die Wahrheit wissen.
Sie verwickeln sich in Widersprüche, schreie ich ihn an.
Entgeistert starrt er zurück, weil ich so schreie, ist aber augenblicklich beruhigt und sagt:
Na und?
Ich dagegen schreie noch. Widersprüche, schreie ich. Widersprüche. Widersprüche.
Und worüber regen Sie sich so auf? fragt er.
Über die Widersprüche, sage ich, jetzt gefaßt, aber wahrscheinlich immer noch schreiend. Sehen Sie sich doch um! Das ist ein Anwesen und kein Pavillon. Und hier ist die oberste Etage!
Was gibt es Schlimmeres, möchte ich noch hinzufügen, lasse es aber.
Er benutzt die Gelegenheit, um mich darauf hinzuweisen, daß ich stottere. Es scheint ihm gut zu tun. Er schluchzt auch seit einiger Zeit nicht mehr.
Also gut, sage ich versöhnlich. Uns hat es nun mal an diesen Ort verschlagen, vielleicht nicht für lange, aber wer kann das sagen.
Das kann ich Ihnen sagen, sagte er, und er tat es. Es hat uns hierher verschlagen bis zu genau dem Augenblick, wo Sie Ihr verdammtes Menü endlich liefern und ich meine Arbeit tun kann, und keine Minute länger. Und außerdem ist das hier nicht die oberste Etage, denn über uns gibt es noch Mansarden.
Mansarden! sage ich. Ist das alles, was Ihnen dazu einfällt? Kommen Sie mir nicht mit Mansarden.
Ich habe mein halbes Leben in Mansarden verbracht, nachdem

die vorhergehende Hälfte im Souterrain stattgefunden hat, denn ich habe jede Menge überaus erdnaher Erinnerungen, in denen es von Unkrautwurzeln, Kellerasseln und ins Haus hinabgestürzten Maulwürfen nur so wimmelt.
Das kann er natürlich nicht wissen.
Er hebt die linke Augenbraue, welche die Brücke zu den rationalen Möglichkeiten seines Verstandes darstellt, und weist darauf hin, daß er ohnehin immer Wert darauf gelegt hat, nur in den Beletagen zu servieren, als hätte er den falschen Beruf erwischt und müßte seine Sehnsucht nach Integrität auf diese Art verwirklichen.
Der Kuckuck hat jetzt aufgehört zu rufen. Ist er weg? Davon, daß man einen Kuckuck im Käfig halten kann, habe ich noch nichts gehört. Andererseits, nach einer Uhr hat es auch nicht geklungen.
Jetzt hebt mein Nachbar den Kopf, als hätte er etwas gehört. Dann blickt er suchend in die Runde.
Haben Sie zufällig den Kaviar gesehen, frage ich schnell, damit er denkt, daß es Kaviar gibt.
Das scheint ihn zu interessieren.
Ist er verschwunden? fragt er.
Ich will nicht gerade lügen.
Und deshalb fiel mir das passende Wort nicht ein. Statt dessen wies ich abwechselnd mit beiden Händen auf die ausgestorbenen Wände des Gangs, dann auf meinen Arbeitsplatz und schließlich auf die bühnenartige Öffnung, durch die das Licht aus dem halbdunklen Speisesaal schweigend hereinfiel.
Der Kaviar ist nicht da, sagte ich dann noch, um das Mißverständnis vollzumachen. Daß es zugleich die Wahrheit war, nämlich diejenige, daß tatsächlich Kaviar und dergleichen hätte da sein sollen, wenn der Empfang einer wichtigen Delegation ins Haus steht, das ist eine andere Geschichte.
Ich werde mich darum kümmern, sagte er.
Beschwingt hat er sich davongemacht, durch den Bühnenausgang, weil es keinen andern gibt und weil er damit rechnen

konnte, die Sache auf der andern Seite als einen Auftritt zu gestalten, bei dem dann auch tatsächlich die Angestellten in ihren Livreen die Köpfe von einem Bulletin aufhoben und ihm mit einem Ausdruck von widerwilliger Bereitschaft entgegensahen.
Ich kümmere mich um den Kaviar, sagte er.
Das hört sich gut an, dachte ich bei mir. Er kümmert sich um den Kaviar, und das wäre nun geregelt. Nach dem Ablauf von einigen Viertelstunden kommt er zurück. Sein Gesicht drückt Zufriedenheit aus, weil er etwas geleistet hat. Natürlich hat er keinen Kaviar, denn es gibt keinen. Aber das ist nicht seine Schuld.
Ich fühle mich schlecht, weil ich es gewußt habe. Aber wenn ich mir die Begeisterung in seinen Mundwinkeln ansehe, dann sage ich mir, daß es trotz allem eine gute Idee war.
Glücklicherweise stellt er keine weiteren Fragen, so daß wir die ganze Sache auf sich beruhen lassen können, nachdem die Expedition doch so etwas wie ein gutes Ende gefunden hat.
Und das Portal? Was ist dahinter?
Ich habe in diesem Palast schon viele Türen aufgemacht, auch verschlossene, aber bei dieser einen hier weiß ich, daß es ausdrücklich verboten ist, auch ohne daß man mir das vorher sagen muß, denn die Sitzung ist wichtig und geheim.
Ich stelle mir vor, daß sogar die Sitzungsmitglieder geheim sind. Niemand hat sie reingehen sehen. Und nach Abwicklung der Tagesordnung werden sie den Saal nicht durch diese geschnitzte Flügeltür, sondern am andern Ende durch eine Falluke oder eine Tapetentür verlassen und sich davonmachen wie die übliche Prominenz auf ihren vorbereiteten Fluchtwegen. Vielleicht müssen sie auch zu ihrer Sicherheit für eine Weile so tun, als wären sie ganz gewöhnliche Bewohner dieser Mietskaserne hier, und jeden Morgen mit einer ebenso gewöhnlichen Aktentasche zur Arbeit gehen, um den Argwohn der Leute zu beschwichtigen. Wenn sie keine Fehler machen, wird ihnen kein Mensch auf die Schliche kommen. Es soll sich ja niemand hintergangen fühlen.

Da nun aber zur Krönung des Geschehens noch ein gemeinsames Essen projektiert ist, müssen sie wohl ein paar ausgebildete Delegationsdarsteller kommen lassen, erst einschleusen und dann durch die feierlich sich öffnende Flügeltür in diesen Saal hier heraustreten lassen, wo das Festessen stattfinden soll. Sie werden schon wissen, wie man das macht.
Sie stehen hier und warten, sage ich nun zu den versammelten Livreen, und jeden Augenblick kann die Tür aufgehen.
Nein, das hätte ich nicht sagen sollen, fährt es mir durch den Kopf, das kann ich mir gar nicht leisten. Und ich bin den Männern jetzt dankbar, daß sie sich so in ihre eigene Diskussion vertieft haben und infolgedessen nicht hören, was ich gerade rede. Aber dieser Gedanke, von dem ich so leichthin gesagt habe, daß er mir durch den Kopf fährt, fährt weiter, bis er in meinen Füßen angekommen ist und ich mich, über und über beschämt, in Bewegung setze.
Es wird Zeit, daß ich vorankomme.
Da wäre zunächst einmal der Grundstock, ausgewählte ausländische Meerestiere, gewiß keine Heringe, eingeflogen aus Yucatán, Mexiko, die zwar ruhig etwas größer hätten ausfallen dürfen, aber davon abgesehen wertvolle, wenn nicht gar unersetzliche Proteinträger sind, und das soll man nicht unterschätzen. Ich bin oft genug darauf hingewiesen worden, von seiten unserer Medienschaffenden. Sie können nichts dafür, daß meine Proteinträger hier noch klein sind. Vielleicht würden sie sogar einen warnenden Hinweis anbringen angesichts der Möglichkeit, daß sie bereits verfault und ungenießbar sind und dergestalt nur noch einen Wert haben als Symbolträger. Ich will auch das nicht unterschätzen, da ich nun einmal nicht dazu neige, die Dinge zu unterschätzen. Wer hat schon das Glück, einen leibhaftigen Zeugen aus der versunkenen Kultur des Quetzalquatl in Händen zu halten?
Aber daß es nur zwei sind, das macht mir hin und wieder Sorgen. Los, sage ich mir dann, weitermachen. Warum sollte ich nicht zu besseren Ergebnissen kommen, wenn ich mir das

Ganze noch einmal durch den Kopf gehen lasse? Die Sache mit dem Kopf ist übrigens nicht so einfach, wie es klingt.
Einer von den Befrackten trat heran an meinen Arbeitsplatz, glücklicherweise nicht, um sich nach dem Fortgang meiner Arbeit zu erkundigen.
Na, was gibt's? fragte der Mann hinter seiner Brille, und hinter seinem Rücken hielt er ein funkelnagelneues Nachrichtenmagazin versteckt. Das war überflüssig, denn ich hätte es ihm auch sonst nicht weggenommen. Vielleicht machte er das, damit ich nicht auf den Gedanken kommen sollte, er würde sich hinter dem Magazin verstecken, was ohne Zweifel meine Bereitschaft vermindert hätte, mich ihm zuzuwenden.
Ja, was gibt es.
Hirsekolben, sagte ich auf seine Frage, denn ich hatte plötzlich Lust herauszufinden, ob er mit Vogelfutter zufrieden gewesen wäre.
Er war es nicht.
Drohend klemmte er sich das Nachrichtenmagazin unter den Arm, zusammen mit einer Tageszeitung, die ich bis jetzt noch nicht bemerkt hatte. Aber er beugte sich über meinen Tisch und zog ruckweise den Geruch ein, der dort aus den verschiedenen Rinnsalen aufstieg. Und ich korrigierte mich.
Fische, sage ich.
Er tritt ein paar Schritte zurück, als müßte er sich in Sicherheit bringen, zieht aber die zwei oder drei englischsprachigen Publikationsorgane unter seinem Arm noch nicht hervor, sondern begibt sich, angeregt durch meine Auskunft über die Fische, auf eine langwierige Expedition ins Reich der Astrologie. Ich muß ihm mein Sternzeichen sagen und meinen Aszendenten, von dem ich nicht genau weiß, ob es nun ein Löwe oder ein Widder ist oder etwas ganz anderes. Und auch er vertraut mir einige intime Details seiner astropsychischen Struktur an. Die ganze lange Expedition endet schließlich nach diversen Exkursen in das Gebiet der interstellaren Konstellationen bei der Erkenntnistheorie und dann bei den schwarzen Löchern. Darüber habe

ich mich einen Augenblick gewundert, da er ja bei den Tierkreiszeichen angefangen hatte, erkannte dann aber in dem Gedankengang doch einen ganz natürlichen Verlauf, denn schließlich hatte er seinen Weg genommen über eine ausführliche Darstellung des Bedeutungsfeldes von Quasaren und Pulsaren und weißen Riesen. Bei einem solchen Aufbau des Gesprächsstoffs würde jeder Mensch bei den schwarzen Löchern landen, wenn er nur ab und zu einen Blick in die Zeitungen wirft.
Es gibt eindrucksvolle Beispiele dafür, was es damit für eine Bewandtnis hat, allesamt erstklassige Beweise für die Tatsache, daß das Phänomen unser Vorstellungsvermögen überschreitet. Es gibt jetzt sogar ernstzunehmende Leute, die die Existenz von schwarzen Löchern überhaupt bestreiten. Es braucht also kein Mensch, der sich auf diesem Sektor überfordert fühlt, Schuldgefühle zu entwickeln oder gar den Wunsch, in den Boden zu versinken, wenn er wieder einmal einem Fachmann begegnet. Und das gilt nicht nur in Ausnahmesituationen, sondern auch für den Normalfall, wo der Fachmann auftritt mit dem Anspruch, nicht ein Spezialgebiet, sondern nur eine Ausbuchtung der Allgemeinbildung zu vertreten. Denn wozu würde er wohl so reden, wenn er nicht von der Voraussetzung ausginge, daß die Dinge, mit denen er seinen Kopf angefüllt hat, auch in den Köpfen seiner Zuhörerschaft Platz finden müßten? Hätte er nicht andernfalls den Mund halten können?
Inzwischen versucht mein Fachmann hier, mich mit Beweisen für die Unfaßbarkeit des Gesprächsgegenstands bei der Stange zu halten oder über meine Unkenntnis zu trösten oder auf ein höheres Informationsniveau zu heben. Oder alles miteinander, ohne mich über seinen Vorsprung im unklaren zu lassen. Dabei ist er nicht mal ein Fachmann, sondern nur ein gebildeter Mensch.
So wie die Dinge liegen, habe ich wohl etwas Derartiges auch schon gemacht, ohne es zu merken. Darum erwähne ich es.
Als er gegangen und mir klargeworden ist, daß ich mit den Vorbereitungen immer noch nicht über den erwähnten Grund-

stock hinaus bin, kommen mir die Kastanien in den Sinn, die in zwei Plastiktüten in einem tieferen Geschoß an der Fußleiste lehnen. Ich muß mich darum kümmern. Wie ich an ihrem Standort ankomme, sind sie nicht mehr da, finden sich aber noch zwei Stockwerke tiefer an einem ähnlichen Platz, umgeben von so manchem Paar schmutziger Gummistiefel. Es sind jetzt fünf oder sechs Tüten, nicht zwei. Damit kann man weit kommen.

Ich freue mich in Gedanken noch auf langstielige Kristallschalen, aus denen zierliches Kastanienpüree quillt, und darauf, daß ich es sein werde, die das produziert hat. Andererseits, brauche ich nicht doch mein Kochbuch für so etwas? Oder meine Loseblattsammlung von Menüverzeichnissen aus aller Herren Länder? Solche Fragen beeinträchtigen meine Vorfreude, die auch ohne das bereits getrübt ist durch meine Erinnerungen, aber das ist eine Sache, die ich selber mit meinem Gedächtnis ausmachen muß, und nicht weiter von Bedeutung. Da fallen die Realitäten schon eher ins Gewicht, zum Beispiel die Tatsache, daß nicht nur jegliche Regieanweisung, sondern auch das zugehörige Handwerkszeug nicht zur Verfügung steht, und das ist erst der Anfang. Was die Kastanien angeht, kann ich den Verdacht nicht loswerden, daß es sich gar nicht um einen Import aus dem Süden handelt, sondern um die landläufigen Kastanien, wie man sie hier unter den Bäumen aufsammelt, um etwas Schönes daraus zu machen. Jetzt sind es schon sieben Plastiktüten, gefüllt bis an den Rand und hier zusammengetragen von fleißigen Sammlern. Das gibt es im Herbst.

Wer ist das gewesen?

Bestimmt nicht der Mensch, der nun aus dem Dunkel des gegenüberliegenden Flügels tritt und sich voller Freude über die Begegnung vor mich hinstellt. Ich freue mich auch, obwohl ich eigentlich unangenehm überrascht sein sollte, weil er nicht hierher, sondern nach oben in den Saal gehört. Aber warum sollte ich der bloßen Ordnung halber darauf bestehen, solange ich selber mit meinen Obliegenheiten so weit im Rückstand bin?

Wie die Leute hier wohnen, sagte er. In diesem heruntergewirtschafteten Komplex.
Sehr richtig. Ein Dach über dem Kopf ist auch nicht alles, sagte ich aus eigener Erfahrung. Das Leben ohne Kochnische ist mir so gegenwärtig, als wäre es gestern gewesen.
Viele hausen einfach in schwarzen Löchern, sagte er.
Das habe ich auch schon gedacht. Denn wenn auch die meisten Räume einen intakten Fußboden und verstellbare Jalousien vor den Fenstern haben, so gibt es doch andere, die nicht einmal mit einem Fenster oder auch nur einer Luke für die Frischluftzufuhr ausgerüstet sind. Schwarze Löcher, von denen die Bewohner aufgesogen werden. Und niemand hat gelernt, sich dagegen zu wehren. Man sieht auch keinen Menschen in diesen zugigen Durchgangszimmern. Sie sind wohl schon weg. Wir lassen die Kastanien, wo sie sind, und gehen miteinander nach oben.
Die Konferenz kann jeden Augenblick zu Ende sein, sagt er.
Oben erwarten uns vier Herren im Frack. Zur Zeit lehnen sie sich an die ungedeckten Tische und warten darauf, daß sie sich nützlich machen können. Das letztere ist ein unglücklich gewählter Ausdruck. Vielleicht ist er sogar falsch. Das Kleeblatt unterhält sich über Neuigkeiten aus verschiedenen Wissensbereichen oder was sie dafür halten.
Irgendwo muß es in diesem Grundriß einen Fernseher geben. Ich habe ihn noch nicht zu Gesicht bekommen, aber es kann nicht anders sein. Die Männer haben so eine aktualitätsgesättigte Ausstrahlung. Es muß eine verborgene Möglichkeit zum Auftanken geben. Wie könnten sie sonst immer auf dem letzten Stand der Dinge sein?
Es ist nicht ihre Schuld, wenn sie meinen, daß sie sich eine Position der Schwäche nicht leisten können. Was ist schwerer, als den ersten Schritt zu tun? Ist der zweite Schritt schwerer? Ich weiß es nicht. Mir macht es auch Mühe, die Angst vor der Lächerlichkeit aufzugeben.
Mit den Ausnahmeerscheinungen habe ich übrigens selten viel Mühe. Der Normalfall ist das Unbegreifliche.

Einer von ihnen löst jetzt die Verschnürung seiner Hemdbrust, und ich bin froh, einen Menschen vor mir zu haben, der sich nicht schämt, wenn andere ihm beim Schlucken zusehen. Immer wenn er Beweise braucht, findet er sie in der Geschichte, und wenn es nicht anders geht, dann denkt er sich welche aus, nur damit die Sache ihre Ordnung hat und glaubwürdig ist, weiß der Himmel vor welcher Instanz.
Hör zu, sagt er zu mir. Er duzt mich. Dies und jenes aus einem schier unerschöpflichen Schatz von Vergangenheiten hält er mir vor, um sein bereits solide durchkonstruiertes Weltbild auszupolstern. Ich gehe davon aus, daß es sich dabei um so etwas wie Nestbauinstinkte handelt.
O. k., sage ich. Das habe ich mir im Laufe der Zeit angewöhnt, denn das verträgt er am besten, jedenfalls viel besser als all die andern Dinge, die mir durch den Kopf gehen. Und außerdem, was könnten die Dinge in meinem Kopf noch zu seinem Weltbild beitragen?
Es hat Zeiten gegeben, wo ich jeden Satz mit Aber angefangen habe, zugegebenermaßen kein schöner Zug von mir, unter dem ich mit Sicherheit ebenso gelitten habe wie er, und doch, es war nicht leicht, diese Angewohnheit wieder aufzugeben.
Nun steht er da, den Kopf bis oben hin voll mit Vorkommnissen, die wir nicht einmal mehr vom Hörensagen kennen, sondern bloß aus Büchern, und will, daß wir etwas daraus lernen.
Ist es denn unbedingt nötig, daß ich den Lauf der Zeit als Lehrgebäude auffasse? frage ich ihn.
Nein, sagt er. Als Kunstwerk.
Es ist nicht so, daß ich kein Weltbild hätte. Es ist schon immer eins dagewesen und, wie es in der Natur der Sache liegt, auch immer weiter ausgebaut worden, wie es sich ergeben hat nach all dem, was einem begegnet. So ist es mit der Zeit zu einer Konstruktion von ganz beachtlichen Ausmaßen geworden, und ich hätte mich damit durchaus zufriedengeben können, wenn es nicht mit derselben Zeit oder gegen sie, wenn man so will, immer mehr Gelegenheiten gegeben hätte, wo ich stutzig ge-

worden bin. Ja, denke ich dann, mein Weltbild mit all seinen Verzweigungen, was ist aus ihm geworden? Hat es sich nun verändert oder nicht? Ist es jetzt unbrauchbar? Ist es falsch und immer falsch gewesen, bloß weil nach den Theorien der Erkenntnistheoretiker keine Erkenntnis stattfinden kann? Oder entstammt diese Theorie den gleichen Wünschen wie mein Weltbild, das in der Tat absurd wirkt, aber nicht wegen seiner Fehler, sondern wegen seiner Unvollständigkeit? Es sind möglicherweise gar keine Fehler darin. Und nichts davon ist gelogen, aber wer beschreibt meine Angst vor dem, was nicht darin ist? Und muß diese Angst beschwichtigt werden oder nicht?

Die Philosophiegeschichte kann mir noch so überzeugend versichern, daß ich nichts wissen kann. Daran glaube ich jetzt nicht mehr. Wenn sie damit auch nur einen einzigen vorwärtsstrebenden Pragmatiker von seinen Überzeugungen abgebracht oder wenigstens darin wankend gemacht hätte, dann würde ich es mir überlegen. So nicht. Ich weiß, was ich weiß.

Wenn ich etwas sage, dann tue ich das mit dem Gefühl, daß es einen Platz in den Verästelungen meines Weltbilds hat, aber ich kann von den andern nicht verlangen, daß sie es bei sich an derselben Stelle unterbringen.

Wenn ich nun diesem Mann, der hier erwartungsvoll auf meiner Tischkante ruht und will, daß ich auch etwas zum Gespräch beitrage, von einer Reise erzähle, die für mich zu einer quälenden Erinnerung geworden ist, so muß ich damit rechnen, in ihm nichts anderes zu treffen als den Ort, wo er seine unerfüllten Wünsche aufbewahrt.

Das ist der Grund, warum ich es nicht tue.

Statt dessen erzähle ich ihm von den Vorstädten, Ausfallstraßen und Laubenkolonien mit ihren Gartenhäuschen, die ich nicht ansehen kann, ohne daß mir die Unzulänglichkeitsgefühle der Menschen in den Sinn kommen. Dort versuchen sie sich mit all ihrem Fleiß darüber hinwegzuhelfen, so lange es geht, um ihnen dann am Ende doch noch unwiderruflich Ausdruck zu geben und nie mehr zurückzukehren.

Und das soll eine Tragödie sein? wird mir entgegengehalten, nachdem er mir im Schutze seiner Jacke bis hierher zugehört hat.
Ja, sage ich zweifelnd, denn da das Wesentliche noch in den Worten verborgen ist, habe ich es ihm wohl vorenthalten.
Oder gibt es keine Tragödien mehr? frage ich, ohne es ernst zu meinen.
Das hat ihm gefallen.
Genau, hat er gesagt und dazu mit dem Kopf genickt, der oben aus seinem ledernen Kragen heraussah, es gibt nur noch Geschichte.
Und nun? sage ich dann.
Keine Antwort.
Es ist immer das gleiche. Meine Eingeweide schnüren sich unerbittlich um das herum, was in ihrer Mitte verborgen ist, wenn ich so etwas höre. Nicht deshalb, weil ich mir eine Antwort gewünscht habe, denn an diese Diskrepanz habe ich mich längst gewöhnt, obwohl ich zugeben muß, daß es mich manchmal doch noch überrascht, wenn es keine Antwort gibt. Die Reaktion meiner Eingeweide kommt daher, daß mir die dröhnende Weite seiner Einsamkeit entgegenschlägt. Ich halte mir angesichts dieses Dröhnens nicht die Ohren zu, wie ich es täte, wenn ich nichts davon wüßte, wie er diese Weite mit einem phantastischen Licht ausgestattet hat, als ob da, wo Licht ist, auch Wärme wäre. Die Botschaft, auf die er den größten Wert legt, ist die, daß ihm das nichts ausmacht, denn das ist die Art, wie er seine Raumbedürfnisse deckt.
Was mir in einem solchen Augenblick außerdem noch entgegenschlägt, ist meine eigene Einsamkeit, die aber verglichen mit der seinen nur ein kümmerliches Produkt ist. Hier gibt es weniger Licht und kaum Geräusche.
Manchmal frage ich mich, ob das Ganze nicht eine Fehlinvestition ist. Aber die Frage kann ich auf sich beruhen lassen, denn das wird sich zeigen. Außerdem liegt es offensichtlich in meinem Interesse, die Proteste, die hier am Platz wären, für nichtig

zu erklären, als wollte ich die Dinge, so wie sie sind, nicht stören.
Er horcht auf das Schweigen des Echos und murmelt: Ein Schiff, auf Grund gelaufen.
Steht das in der Zeitung?
Nein, nicht in der Zeitung. Du mußt nicht alles so wörtlich nehmen.
Also nein, kein Schiff, sondern dieselbe Sache ohne das Schiff. Wir haben gelernt, das als den Ausdruck einer Katastrophe anzusehen, und damit haben wir etwas Falsches gelernt. Wir können zwar auf diese Art der Sache sofort einen Sinn geben, ohne daß wir sie überhaupt anzusehen brauchten. Aber was ist damit gewonnen?
Falls der Mensch wirklich eine Fehlkonstruktion ist, wie uns so viele glauben machen wollen, die mit ihrer eigenen Existenz dann meistens doch den Beweis des Gegenteils antreten – also falls der Mensch eine Fehlkonstruktion sein sollte, so wäre sein stetiger Versuch, den Dingen einen Sinn zu verleihen oder anzuhängen, der sichtbarste Ausdruck davon. Ich selber glaube bis heute nicht an diese Philosophie von der Fehlkonstruktion, sondern daran, daß gravierende Fehler gemacht werden, und zwar ununterbrochen. Einer von ihnen ist die besagte Philosophie und die meisten andern auch, überhaupt der Hang dazu.
Hier stand er, meinem Tischchen zugewandt. Sorgfältig verschränkte er die Hände über den Nieren, als hätte er mir etwas mitgebracht. Bestimmt wußte er nicht, daß es so aussah. Er zählte seine Finger, während er sprach. Als er fertig war, setzte er seinen intakten Schuh auf eine der unteren Verstrebungen, die hier eine gewisse Stützfunktion erfüllen.
Ohne Zweifel hat er es nicht immer leicht gehabt. Ich nehme sogar an, daß etwas ganz Schlimmes passiert ist. Aber davon redet er nicht. Er befaßt sich mit der Welt.
Wie ein Schiff, sagte er. Auf Grund gelaufen.
Sobald er der Begebenheit einen Sinn angehängt hatte, brauchte er sich nicht mehr damit zu beschäftigen. Zugleich aber war er

selber aus dem Schneider, ein Satz aus seinem Wortschatz, nicht aus meinem. Und warum war er aus dem Schneider? Weil er mehr getan hatte, als nur abzuwinken, und er hatte auch mehr getan, als der Sache nur zu einem Namen zu verhelfen. So hatte sie einen Sinn und war für ihn erledigt.
Und wo finden wir den Beweis dafür, daß er es wirklich so machte, und zwar mit diesem Ziel? Und daß er nicht der einzige war, der das tat, sondern daß es sich dabei um ein verbindliches Ideal handelt? Den Beweis finden wir nicht in der Geschichte, wo unter zivilisierten Menschen danach gesucht werden muß. Dort können wir ihn nicht finden. Aber die Geschichte selber ist der Beweis dafür.
Und das alles nur, um sich von der eigenen Angst und der eigenen Grausamkeit abzuschirmen.
Ich wünschte, ich hätte ihn trösten können, augenblicklich. Aber das war nicht die Rolle, die er mir zugeteilt hatte. Außerdem war er bei solchen Gelegenheiten immer bereit zu meinen, mein Verstand funktioniere schlecht. Das muß an meinem Stolz liegen.
Ich rede nicht viel. Ich lasse mir nicht gern vorwerfen, daß das, was ich sage, zusammenhangloses Zeug ist. Und wenn der Vorwurf unausgesprochen bleibt, sagen wir aus Rücksicht oder ähnlichen Gründen, so macht es ihn auch nicht erträglicher. Übrigens ist er berechtigt.
Dabei wollte ich nicht gern so stumm neben ihm stehen. Ich suchte eine Weile nach etwas Zusammenhängendem.
Dann sagte ich ihm das Alphabet auf, und ich glaube nicht, daß es das erste Mal war. Nicht daß ich meine Bereitschaft reduziert hätte, Informationen zu übermitteln, aber manchmal überlasse ich die Form lieber dem andern, wenn mir jemand zuhören will. So kann er sich selber aussuchen, was er daraus machen will.
So war das. Ich höre seine Stimme noch gut.
Dann sagte ich: Meinen Sie nicht, daß dieser Dialog seine sinnlosen Seiten hat?
Natürlich hat er mich angeglotzt, daraufhin.

Und nichts anderes hatte ich erwartet, nichts.
Nicht daß ich im Ernst gemeint hätte, er würde sagen, daß Dialoge ohnehin etwas Sinnloses haben. Ich habe einmal jemanden so etwas sagen hören, aber das war vor langer Zeit, wie das meiste, an das ich mich erinnere. Außerdem liebe ich Dialoge, jedenfalls soweit ich glaube, daß sie überhaupt je zustande kommen.
Ach, denke ich zuweilen, was für ein einzigartiges Gefühl, hier im Dunkeln zu stehen und mich dem Versuch hinzugeben, zwei Fische auszupacken, um damit ein halbes Dutzend auserwählte Unterhändler zu verköstigen, falls es nicht doch ein ganzes Dutzend ist. Auch wenn sich niemand verpflichtet fühlt, mir die genaue Zahl mitzuteilen, habe ich zugesagt, etwas für sie zu tun. Nur habe ich nicht vorausgesehen, welche Schwierigkeiten sich ergeben würden, daß ich hier stehen und verzweifeln müßte auf der Suche nach ausreichender Nahrung für diese Leute, die mich nichts angehen.
Und mit alldem halte ich mich auf, während anderswo die Menschen dem sicheren Untergang statistisch ausgesetzt sind und auch ständig von ihm ereilt werden. Mir scheint, daß die berüchtigte Verbindung von allem mit allem nicht spielt.
Du brauchst mir keine Briefe mehr zu schreiben, sagte ich dann. Dabei hatte er nie daran gedacht, mir einen Brief zu schreiben. Nur diese sinnlosen Notizen, die sich auf ausgewählte Ereignisse aus dem täglichen Strom der Bedeutungslosigkeiten bezogen haben, und die man nicht einmal sinnlos nennen darf, wenn man sich nicht lächerlich machen will. Ich habe inzwischen kaum noch Angst davor, mich lächerlich zu machen, daher die Wortwahl. Wenn man denkt, daß anderswo Leute hingehen und sich aufhängen oder mit ihrer Armeepistole und einem geliehenen Tretboot auf den schon fast winterlichen See hinausrudern und nie wiederkehren würden, wenn nicht ihre in logischer Kombinatorik geschulte und von unkontrollierbaren Verlustängsten umgetriebene Umwelt ausgedehnte Such- und Tauchaktionen in die Wege leiten würde. Und da sind sie wieder,

wenn auch als Leiche. Man kommt herbeigerannt, und atemlos sucht man die Worte zu finden, die in einem solchen Augenblick nicht ganz und gar unpassend sind. Es gibt nicht viele.
Angesichts dieser Tatsache, die wir alle kennen, hat es keinen Sinn, sich seiner Angst darüber hinzugeben, daß man das rechte Wort nicht findet. Vielleicht gibt es einen Punkt, wo diese Lächerlichkeit in Grazie umschlägt, aber auch den braucht man nicht zu finden.
Hör zu, sagte er in das Schweigen hinein, um mich aufzumuntern. Das ist doch alles nicht so wichtig.
Mein Gott, wie recht er hat. Nur, was muß ich noch alles tun, bis ich danach leben kann? Wenn man ihn so reden hört, ist man in der kürzesten Zeit überzeugt, daß alle meine Befürchtungen gegenstandslos sind.
Seine Befürchtungen dagegen finden täglich ihre Bestätigung in der Stimme des Nachrichtensprechers. Angstvoll kniet er vor dem Radio, um zu erfahren, ob das Schlimmste bereits eingetroffen ist. So hört der Mensch die Nachrichten aus der Welt des Unbezwinglichen. Wer versucht, daran zu rütteln, macht sich lächerlich. Alles ist so eingerichtet, daß es keine Handhaben gibt. Die Nachrichten sind schlecht. Gute Nachrichten sind gar keine. Gleich wecken sie den Verdacht, daß wir mit etwas Vorübergehendem bei der Stange gehalten oder belogen werden sollen. Oder es soll uns stärken, damit wir uns gewappnet fühlen für die nächste Katastrophe.
Andererseits wird durch die Art, wie uns das mitgeteilt wird, auch der Eindruck mitgeliefert, der unbezähmbare Lauf der Ereignisse sei doch noch in den Griff zu bekommen. Wenn man das alles schon so ordnen kann, daß es die Form von Nachrichten annimmt, dann muß es auch eine Möglichkeit geben, mit den Realitäten fertigzuwerden. Es muß Kategorien geben, mit denen man auch Katastrophen unter dem Aspekt einer sinnvollen Ordnung erleben kann. Die unsichtbaren Instanzen haben das. Sollte man nicht von ihnen lernen können? Und erleben wir nicht, daß der Nachrichtensprecher ein unbegrenztes Potential

hat, Ungeheuerlichkeiten auszusprechen, ohne daß er auch nur ein einziges Mal die Fassung verliert? Ich würde das nicht schaffen. Aber wenn er es schafft, schöpfe ich Hoffnung.
In einem Augenblick wie jetzt, wenn wir so schweigend nebeneinanderstehen, vermißt er dann sein Radio? Das möchte ich wissen.
Oder er legt sich auf den Rücken mit seinen Befürchtungen. Aus Angst vor Bestätigung schlägt sein Herz so schnell, daß er schon vor einiger Zeit aufhören mußte zu essen. Man konnte gut sehen, wie der Hunger sich unter seinem Zwerchfell durchgrub. Aber jeden Versuch, den Arm um ihn zu legen, wies er entsetzt ab, als wäre das bereits ein gutgemeinter Rat. Man mußte es anders versuchen.
Ich glaube, du hast dich verrannt, sagte ich zu ihm und war sogleich überzeugt, daß das nicht besser war, im Gegenteil.
Nein, sagte er, du hast dich verrannt. Siehst du das nicht.
Er hat nicht einmal ein Fragezeichen gemacht am Ende. Er hat recht, und ich sehe es. Das hier ist eine atavistische Situation, an die ich mit meinem gewöhnlichen Handwerkszeug nicht herankomme, das sieht man, aber da ich kein anderes habe, mobilisiere ich alle zugänglichen Reserven an Durchhaltevermögen und halte mich an den Gedanken, daß es so schon werden wird. Auf die Art habe ich bis jetzt überlebt, und da ich zu denen gehöre, die aus ihren Erfahrungen zu lernen wünschen, halte ich mich daran. Nicht daß ich aus all meinen Erfahrungen etwas lernen wollte, aber das muß man ja auch nicht. Jeder macht wohl einmal Erfahrungen, aus denen man überhaupt nichts lernen kann. Dafür könnte ich jedem Beispiele erzählen, der mit einem solchen Satz nichts anfangen kann. Aber wie dem auch sei, wenn er behauptet, ich hätte mich verrannt, dann wird wohl etwas daran sein, und ich will es mir zu Herzen nehmen.
Er klappt seinen Atlas zusammen und geht.
Aus der Wandelhalle dringt ein brütendes Schweigen herüber, und hier bei mir ist es ganz still. Die Spitzmausfamilie hat sich wieder davongemacht. Vielleicht essen sie auch keine Würmer.

Jetzt sind sie unten, in der Bibliothek oder in der Speisekammer, je nachdem. Soll ich in dieser Stille arbeiten?

Ich setzte mich auf meinen neuen Stuhl vor meinen Zeitungsstapel, und so tauchte in mir die Erinnerung auf an Küchen von der Art, wie ich sie jetzt auf der Rückseite des sonntäglichen Anzeigers zu Gesicht bekam. An der Stelle dort, wo all die spiegelnden Oberflächen in einen dekorativen Winkel einmünden, steht lächelnd die Hausfrau, beschäftigt. So sieht das aus.

Nie werde ich diesen Zustand erreichen, den ich bei andern beobachte. Ich habe es mit Reue versucht. Ohne Erfolg. Die Versuche, etwas daran zu ändern, haben es jeweils nur schlimmer gemacht.

Und was machen Sie außerdem, bin ich gefragt worden. Vor lauter Schuldgefühl bin ich stehenden Fußes erstarrt, zuerst das obere Drittel zu einer Kruste, die sich, kaum war sie fertig, auch schon über das inzwischen versteinerte untere Drittel zu stülpen begann, so daß ich mich geschützt genug fühlen konnte, um mit dem Nachdenken anzufangen.

Nun greife ich wieder auf die Schuldgefühle zurück, nicht gern, aber ich habe mich nun einmal in den Zeiten daran gewöhnt, als das noch etwas geholfen hat. Geschützt durch die erwähnte Verschachtelung, in der sich die obere Kruste über das untere Drittel schiebt und die Mitte schlechthin abwesend ist, mache ich mich ans Werk. Denn wenn mich nicht alles täuscht, wird immer noch eine Antwort von mir erwartet.

Da aber die Antwort so offensichtlich ist, daß jeder sie selber finden kann, gehe ich gleich zur nächsten Frage über, und die heißt:

Ist das nicht genug?

Doch, sagt mein Fragesteller, ohne erst einen Augenblick nachdenken zu müssen. Doch, das ist beachtlich.

Das muß es wohl geben, diese Erinnerung an diese Küchen. Kühl und still und mit dem Geruch von frischem Morgenlicht, nachdem das Frühstück schon lange abgeräumt, aber dadurch doch nicht ungeschehen gemacht ist und die Zeit der Vorbereitungen für die nächste Mahlzeit noch nicht gekommen. Der eine oder andere Apparat summt in den Tag hinein, möchte ich sagen. Sie tun das nicht etwa, um auf ihren Kilowattverbrauch aufmerksam zu machen. Sie haben kein schlechtes Gewissen, denn sie leisten ja etwas dafür. In meiner Erinnerung bin ich ohne sie nicht ausgekommen. Und warum sind sie jetzt nicht da? Weil es dunkel ist oder warum?

Nachdem ich einen Augenblick an meiner Erinnerung festgehalten und mich vielleicht sogar an ihr festgeklammert habe, ist auch sie nicht mehr da. Es kann sein, daß ich sie gar nicht wirklich brauche, denn sonst würde ich schon einen Weg finden, um sie doch noch festzuhalten.

Bloß die Stille tut mir nicht gut. Unten hört man doch wenigstens Geräusche hinter den Türen. Ich ersticke fast vor Bewunderung für diese Leute, die dort ohne all das leben, was den unerträglichen Rest der Welt ausmacht, am Rande des Existenzminimums, wie man sagt. Wenn sie nur da wären. Sie sind mit Regelmäßigkeit dann abwesend, wenn ich in ihrer Nähe sein möchte. Das muß mein Fehler sein. Ich will nicht hoffen, daß sie heimlich all dem nachjagen, was ich an den Besitzenden nicht ausstehen kann.

Ab und zu kratze ich mit dem Löffel an der Wand, um das Loch zu vergrößern. Es klingt scheußlich. Wenn ich jetzt hier sitze, auf meinem neuen Stuhl, vor meinem Päckchen, und mich vom Gedanken an die schmierigen Säfte, die herauslaufen, und an den mutmaßlichen Zustand von dem, was darin ist, nicht schrecken lasse, so tue ich mein Möglichstes und brauche die Hoffnung nicht aufzugeben, der Situation doch noch auf eine vertretbare Weise gerecht zu werden. Das ist eine Frage der Erfahrung, denn offenbar ist sie es, die mir diese Hoffnung eingegeben hat, den endgültigen Ausbruch des Unvorhersehbaren verhindern zu können dadurch, daß ich mein Möglichstes tue.

Bloß nicht auf die Uhr sehen.

Wenn es ganz still ist, habe ich gehört, könne man das Ticken

des Holzwurms hören. Mir ist das noch nicht gelungen, auch hier nicht, obwohl es hier wirklich still genug sein dürfte. Vielleicht ticken sie nicht hier oben, weil sie lieber unten anfangen. Vielleicht ticken sie gar nicht? Vielleicht klicken sie. Oder sie knistern oder rascheln oder zischen. Dann habe ich die ganze Zeit auf die falschen Geräusche gewartet, bloß weil ich geglaubt habe, was die Leute sagen. Beim nächsten Mal will ich darauf achten.
Bedeutet das, ich gehe davon aus, daß es immer noch ein nächstes Mal gibt? Ja. Ich weiß, daß das ein Irrtum sein kann.
Jetzt ist nicht der rechte Moment für einen Umbau all der Kulissen, die ich bisher als Weltbild benutzt habe. Denn jetzt habe ich etwas anderes im Sinn.
Die Stimmung im Rittersaal war nicht so düster, wie ich gefürchtet hatte. Zwar begegneten sie mir nicht gerade feierlich oder erwartungsvoll, die Herren in ihren schwarzen Anzügen, aber doch so, daß ich mir ein Herz faßte und hinausging.
Ein knorriger Wortführer eröffnete die Sitzung.
Er steht an der Balustrade, dort wo sich das Treppengeländer zu einem kunstvollen Schneckenhaus aufrollt, aus welchem sich eben eine Schnecke hervorwagt. Aus den Augenwinkeln schaut sie fragend zu uns herüber, als könnte man sie bei Bedarf zum Leben erwecken. Aber wer weiß, ob man ihr damit einen Gefallen täte. Der Mann hat ihr seine Hand zwischen die Fühler gelegt und läßt sie dort.
Anzüglich blickt er an mir herunter und schweigt.
Schweigt er mich an? Ich habe den Eindruck, daß ihm meine Schürze nicht gefällt. Wenn er wirklich der leidenschaftliche Amateur ist, als den er sich hier hinstellt, dann hat er sicher, was die Arbeitskleidung angeht, etwas Zünftigeres zu Hause.
Er nahm seine Hand vom Kopf des Tieres, um seine Fingernägel zu prüfen, und legte sie dann wieder hin.
Ein prächtiges Vieh, sagte er. Und wenn es auch nur der reine Hohn war, so sah er offenbar doch einen Sinn darin, etwas Derartiges zu sagen. Wollte er mich in ein Gespräch verwickeln?

Allein schon die Art, wie er bei andern Gelegenheiten den Leuten Namen zugeschustert hat, wäre Grund genug, zu erschrecken. Wenn es nicht das übliche wäre, so wäre es eine Schande.
Stolz blieb ich stehen. Ich wollte nicht so tun, als hätte ich ihn nicht gehört.
Ich glaube, da irren Sie sich, sagte ich tapfer.
Ganz wie Sie meinen, schönes Kind, antwortete er lächelnd.
Bei diesen Worten sah er mich wieder an mit einem Blick, der dem früheren nicht unähnlich war. Er sah auch auf meine Füße und ich nahm mir fest vor, bei der nächsten Gelegenheit meine Schuhe wieder anzuziehen, und zwar für immer. Um ihn herum standen die andern. Wie sie sich gegenseitig belauern. Bei der ersten Gelegenheit schreien sie laut auf und werfen einem Menschen vor, er werde unglaubwürdig, bloß weil er sich in einer komplizierten Lage befindet.
Vorsichtshalber erfand ich eine Entschuldigung, bevor ich weiterging.
Ich brauche etwas aus der Bibliothek, sagte ich.
Warum nicht? Hatte ich nicht früher auch Bücher gelesen?
Im Treppenhaus bleibe ich noch stehen vor einem Bild aus dem siebzehnten Jahrhundert. Er soll das ruhig sehen. Es stört mich nicht, wenn er den Kopf schüttelt. Im Vordergrund sind zärtliche Nagetiere und Raubkatzen zu sehen, im Mittelgrund Adam und Eva ganz klein und nackt vor paradiesischen Bäumen, umgeben von Schwänen und Pelikanen und ein paar neugierigen Ziegen. Im Hintergrund die blauen Berge. Die Luft ist voll von geflügelten Wesen und über ihnen himmlische Wolken. Eva steht noch, und Adam wünscht, daß sie sich jetzt gleich zu ihm auf den Erdhaufen setzt.
Aber ich will mich nicht noch länger aufhalten. Meine Gedanken eilen mir voraus, zu all den Abenteuerromanen, Biographien und historischen Überblicken über ganze Epochen. Das gibt es wirklich. Warum, frage ich mich, gibt der Mensch sich eigentlich noch mit Kleinigkeiten ab, wenn das alles dereinst nichts als Plusquamperfekt gewesen sein wird?

Schade, denke ich, es hat keinen Sinn, mein Leben unter der Kategorie der historischen Abenteuer darzustellen. Das trifft die Sache einfach nicht. Wie würden sich meine Taten ausnehmen in der Perspektive eines Ritterromans? Es wäre nicht viel daran, fürchte ich.

Der rote Faden meiner dergestalt vorausgeeilten Gedanken führt mich von selbst in den Teil des Labyrinths, der mir vorschwebt. Man muß schon besondere Voraussetzungen mitbringen, um beim Betreten einer Bibliothek kein Herzklopfen zu bekommen. Hier gibt es außer den üblichen Zeitungen auf dem Parkett nichts als Bücher. Ich nehme einen Band heraus. Alles über Kaiser Conradin oder Captain Cook, wenn ich will. Nein, sage ich mir, nicht jetzt, so interessant das auch sein mag.

Kann ich Ihnen behilflich sein, spricht eine Stimme aus dem Hintergrund, wo ich bis jetzt niemanden erblickt habe. Vielleicht machen sie das, damit ich mich mehr zu Hause fühle. Liebenswürdige kleine Lautsprecher in Augenhöhe. Da ich nicht gern so aufs Geratewohl in den Mittelgrund hinein spreche, gehe ich selber ein paar Schritte weiter, ohne das Angebot zu berücksichtigen, und finde auch tatsächlich etwas, das ich brauchen kann, eine ganze Reihe von Bänden über Gedanken, die zwar gewiß, aber schwer zu beweisen sind. Zum Beispiel eine Theorie des Brechens, sehr nützlich. Ich merke mir den Satz, daß die Ausbiegung eines Stabes dort am größten ist, wo er sich am stärksten krümmt, ohne allerdings die Berechnung der Knicklast ganz im Sinn behalten zu können. Dann nehme ich mir vor, mich gleich als nächstes um meinen Palmwedel zu kümmern, der ja abgebrochen und tränend in der Waffensammlung wartet. Dankbar stelle ich das Buch an seinen Platz zurück. Wenn ich das früher gewußt hätte, wäre wohl manches anders verlaufen. Und was ist, wenn das auch für die andern Bücher gilt? Da ist sie wieder, diese nagende Reue, die mir jeden neugeborenen Tatendurst verdirbt, so daß ich nun doch noch stehenbleibe, in Gedanken. Meine Füße aber wollen schon wieder gehen.

Suchen Sie etwas? wurde ich dann gefragt. Es war ein freundlicher Herr, der sich aufmerksam die Daumen unter den Kragen klemmte.
Ja, sagte ich zu meiner Überraschung. Einen Beitrag zur Kulturgeschichte der Erwartung.
Er zögerte ein wenig, bevor seine konzentrierten Züge einen heiteren Ausdruck annahmen.
Da müssen Sie aber ziemlich viel lesen, Fräulein, sagte er.
Das macht nichts, sagte ich. Ich komme wieder, wenn es so weit ist.
Ich konnte ihm nicht gut sagen, daß ich mit der Hoffnung gekommen war, bei den Kochbüchern Hilfe zu finden, und sie dann zu allem Überfluß an der falschen Stelle gesucht hatte. Nun mußte ich gehen.
Ich nehme an, daß das, was er mir nachsandte, ein nachsichtiger Blick war. Und ich war froh, daß er mir keine Vorwürfe machte. So hoffte ich, bei meinem Palmwedel anzukommen, was aber nicht geschah. Auf Fundsachen stieß ich zwar und einen veränderten Stand der Türen, aber konnte ich das brauchen?
Gut, sagte ich mir, ich nehme es als Lebenszeichen. Damit komme ich der Wahrheit vielleicht doch näher, als wenn ich es als Zurückweisung ansehen würde. Ich bin nicht mißtrauisch. Und da ich einmal angefangen habe, mit mir zu reden, fahre ich fort, während ich langsam weitersteige, um nach unten zu gelangen. Was habe ich hier zu suchen, sage ich, in dieser überlebensgroßen Architektur. Wenn der Hüttencharakter meiner bisherigen Behausungen auf Expansion hin angelegt war, dann nicht in diesem Maße. Ich habe mir zwar immer vorgestellt, mit den Jahren statt der gewöhnlichen Dachtraufe doch noch zu einer regelrechten Regenrinne zu kommen, aber nicht mehr. Was hat sich der Architekt gedacht? Soll ich mir klein oder groß vorkommen? Wer sich ein solches Haus baut, verfolgt der die Absicht, die Ansprüche seiner Mitmenschen in die Höhe zu schrauben oder in ihre Schranken zu verweisen? Oder beides? Ich horche.

Nichts. Nur das Echo meines rechten Fußes, der eine leere Kaugummipackung schiebt. Den linken brauche ich zum Stehen.
Warum ist es hier so leer, sage ich, während ich weitergehe. Liegt das an mir?
Wenn es nach mir ginge, hätte jemand da sein sollen.
Und da ist er. Präsent und in wirklicher Lebensgröße, die zwar wie immer in der einen oder andern Richtung von meinen Erwartungen abweicht, aber was will man mehr, so lange die Illusion der wirklichen Anwesenheit vollständig ist? Er tritt also heran, sieht sich um und stutzt, wie es seine Art ist. Dann ist er für eine Weile mit allerlei Manipulationen beschäftigt, die dazu dienen, sein Stutzen zu verbergen, und wenn das vorbei ist, kann man umsonst warten, daß noch etwas kommt. Ist das mein Fehler? Sind meine Anstrengungen umsonst gewesen? Schließlich habe ich alles mögliche versucht, um irgend etwas am Lauf der Dinge zu ändern, und womöglich war auch das falsch. Wenn es je etwas gegeben hat, das wie ein Erfolg aussah, dann war das ganz vorübergehend und schon im nächsten denkbaren Augenblick, wo doch nach meinen Vorstellungen die Sache so etwas wie einen Verlauf hätte nehmen sollen, nicht mehr wahr. Meine Vorstellungen von dem, was ein Verlauf ist, müssen unpassend gewesen sein.
Weiter hinten, wo das Licht ein wenig dichter wird, hat er drei Stühle entdeckt. Auf einen setzt er sich. Der zweite ist für mich. Der dritte bleibt leer.
Die besten Augenblicke sind immer die, wo er einen unbelichteten Film aus dem Zylinder gezaubert hat, Ilford, tausend Asa, wollte es mir scheinen, obwohl ich weiß, daß es das nicht gibt, und in einem Winkel meiner Aufmerksamkeit registriere ich ja auch, daß ich mich unter Umständen täusche und daß es nur hundert sind, und das wäre wirklich zu wenig bei dieser Dunkelheit. Der Trick beim Zaubern besteht bekanntlich darin, den Zuschauer im richtigen Moment abzulenken. Oder nicht? Doch, man muß ihn verlocken, seine Aufmerksamkeit auf ein

ganz nebensächliches Faktum zu konzentrieren in der Annahme, daß er damit der zentralen Frage auf der Spur sei. Dabei könnte ich beschwören, daß die Belichtungsfrage geklärt werden muß, bevor es losgeht. Trotzdem gibt es Leute, die das nicht tun, ich weiß.

Ich dagegen bin mit Angaben über die Lichtempfindlichkeit leicht abzulenken, wenn ein Zauberkünstler es darauf abgesehen hat, und so verpasse ich jeweils den Moment, wo der Zylinder, dem der einsame unbelichtete Film entnommen worden ist, sich bis zum Rand mit weiteren Filmen gefüllt hat.

Er nimmt diesen Filmzipfel und zieht langsam die ganze Länge von sechsunddreißig oder sogar zweiundsiebzig unbelichteten Aufnahmen aus der Spule heraus, wobei er seine Arme ausbreitet, so weit es geht. Welch ein Anblick! Dabei sitzt er auf einem Stuhl in meinem Blickfeld, aber nicht so nah, daß er dieses Zittern bemerken müßte, das ich in meinen Füßen fühle. Er sitzt also da, mit ausgebreiteten Armen, und genießt die Situation. Und dann reißt er den Film der Länge nach in zwei unregelmäßige Streifen. Das muß ein Beweis seiner Geschicklichkeit sein, denn was sollte es wohl sonst für eine Bewandtnis damit haben? Um den Film ist es ja nicht weiter schade, sage ich mir, um überhaupt etwas zu sagen, schließlich ist er nicht nur unbelichtet, sondern ohnehin nicht mehr zu gebrauchen, nachdem er ihn nun einmal in dieser unsäglichen Haltung der gewöhnlichen Luft ausgesetzt hat. Da kann er ihn ebensogut auch noch durchreißen, wenn das seinem Selbstbewußtsein gut tut.

Und den Zylinder, der eben noch bis zum Rand voller Filmspulen war, den konnte er zusammenklappen, als wäre überhaupt nichts darin.

Was soll ich noch sagen? Berühmt war er für seine Fähigkeiten. Ist auf den verschiedensten Bühnen aufgetreten, und nicht nur in der Provinz. Weggespült vom rauschenden Beifall, denke ich mir, ist er dann in seine Garderoben und von dort zum Hinterausgang geschlendert, hat sich überall, wo es nötig war, mit freundschaftlichem Abwinken verabschiedet, um nur ja diese

Runde allein zu drehen, und ist dann draußen mit dem ihm eigenen Stutzen stehengeblieben vor einer Bekanntmachung, wo jeder, der es wissen wollte, sich über die Einzelheiten seines mehrwöchigen Auftritts im Trocadero informieren konnte. Das Plakat mit den eindrucksvollen Großbuchstaben und Abbildungen sah bereits vergilbt aus, die Ecken waren auch schon abgerissen, und es hing wohl nur wegen der außerordentlichen Haltbarkeit des verwendeten Klebstoffs noch da.

Wenn er mich dann aber so in den Genuß seiner Möglichkeiten kommen ließ, dann war ich mir nie ganz sicher, ob ich die Situation nun genießen sollte oder nicht. Ich habe es zwar versucht, da mir trotz allem etwas daran gelegen war, aber wenn ich ehrlich sein soll, dann ist es doch immer bei diesem Versuch geblieben.

Da haben wir also diesen Film; von jeder seiner ausgebreiteten Hände hängt eine der langen Hälften herab, während ich mit einer Bewegung, die mir nur durch langjährige unermüdliche Übung möglich ist, die leere Filmspule vom Boden aufhebe und heimlich, aber vielleicht nicht unbemerkt in meine Tasche stecke.

Mit dem Gedanken, daß ich mir die ganze Vorstellung sowieso nicht leisten kann, springe ich auf. Im letzten Augenblick bemerke ich noch, wie auf seinem Gesicht oder in dem spärlichen Ausdruck seiner Gestik ein Hinweis auf Erleichterung entsteht, falls es nicht überhaupt nur der Faltenwurf seines Umhangs ist. Aber wenn auch die Herkunft dieses Eindrucks unklar bleibt, so besteht an seiner Erleichterung selber kein Zweifel, denn schließlich kann auch er nicht unbeschränkt seine übrigen Schauplätze vernachlässigen, nur weil ich mich mit seinen Möglichkeiten vertraut machen möchte.

Eine eindrucksvolle Nummer, denke ich nachträglich. Damit gehört er auf ein Schützenfest. Bin ich enttäuscht?

Und was ich da höre, von oben, das ist wieder dieses Rufen. Es klingt wie ein Kuckuck, der nicht anders kann. Ich kehre trotzdem nicht um. Dann wird es leiser.

Nein, es will mir nicht in den Kopf, daß sich in diesem ganzen Palast hier nichts Genießbares finden läßt, und darum gehe ich auch dann noch weiter, wenn die Treppen über die Maßen steil werden.

Für einen Augenblick habe ich ein überraschendes heftiges Bedürfnis, mich sofort an jemanden anzulehnen, damit der ganze Rest von mir abfallen soll, und es ist mir auch ganz gleich, an welchen der anwesenden Herren, wenn ich es nur nicht dadurch wiedergutmachen muß, daß ich für immer seine Taschentücher einsammle. Aber daraus kann nichts werden. Die Betreffenden sind oben, hüten die Schätze in der dunklen Halle und machen sich unsichtbar, wenn es die Umstände erfordern. Vielleicht sind sie inzwischen dahintergekommen, daß noch niemand an die Hausmusik gedacht hat. Das kommt später. Erst brauchen wir Zutaten, denn was sind zwei kleine Fische?

Unten angekommen, nicht zu ebener Erde, sondern ein paar Stockwerke tiefer, geht es einen Gang entlang, dann durch eine Tür und noch eine, allerdings hölzerne Tür und danach kommt wieder ein Gang, in einer andern Richtung. Im Boden mußte ich mehrere Löcher entdecken, in unregelmäßigen unerklärlichen Abständen, alle von Armesdicke und so tief, daß kein Ende abzusehen war. Sogar ein flüsterndes kleines Echo besaßen sie, wodurch sie für mich nicht weniger rätselhaft wurden, eher im Gegenteil. Und unter dem Keller, wenn man immer weiterbohren würde, würde man das flüssige Erdinnere zu Gesicht bekommen? Oder nur den sanft geschwungenen Betonmantel eines Teilchenbeschleunigers? Wer weiß denn, wo die durchlaufen. Wie ich höre, können die Pächter über die Erde unter ihren Grundstücken ebensowenig verfügen wie über die Luft zu unseren Häupten. Es ist jedenfalls gefährlich, einfach drauflos zu bohren. Man kann nie wissen, worauf man stößt.

In der einen Hand habe ich mein kleines Küchenmesser, in der andern den Löffel aus Chromnickelstahl. Ich stecke sie, so wie sie sind, wieder in die Tasche. Was hat es für einen Sinn, von innen an der Wand zu kratzen?

Hier waren die Wände dunkel aus Stein und der Boden auch. Und eine Prozession von Schnecken bewegte sich darüber hin, über diese ehrwürdigen und mehr als zweitausend Jahre alten Steine, Fundamente von Gebäuden, die längst eingegangen sind, abgetragen und überholt von der Kulturgeschichte.
Die Gewohnheit der Schnecken, bei bestimmten Gelegenheiten Prozessionen zu veranstalten, ist noch viel älter als der Boden, über den sie gehen, und stammt aus einer Zeit, wo Tiere, die heute bereits ausgestorben sind, noch gar nicht konzipiert waren. Diese Schnecken sind anders als die, die ich kenne. Sie tragen blaugefärbte Häuser, blaumeliert, Blau in Streifen und Nadelstreifen, Fischgrät und Streublumen, von Aqua und Kobalt über Indigo bis Ultramarin, Blau in allen Schattierungen. So ziehen sie übers abgeschliffene Gestein, jeder auf der schimmernden Spur seines Vorreiters. Sie müssen das schon eine Weile machen, denn der Anfang der Prozession ist nirgends mehr zu sehen, hat sich verloren, verloren für meine Nachforschungen, irgendwo jenseits von einem der zahllosen bröckelnden Durchbrüche im Mauerwerk, über die ein ausgewachsener Mensch nicht hinauskommt, jedenfalls nicht in Lebensgröße. Man weiß nur, daß die Welt dahinter naturgemäß noch weitergeht, und das ist alles.
Hier zu meinen Füßen ziehen sie dahin. Es ist nicht nötig, daß sie dabei das Hinterteil des Vorgängers fassen oder auch nur berühren, im Gegenteil, wenn das von ungefähr geschieht, weil die eine oder andere Abweichung von der Durchschnittsgeschwindigkeit stattgefunden hat, dann ziehen sie in unüberwindlicher Verstörung die Fühler tief in den Kopf, als hätten sie etwas Verbotenes getan. Und anscheinend ist das noch nicht genug, denn gleichzeitig kontrahieren sie den Hauptmuskel, wodurch sich ihre Länge erst einmal um die Hälfte verkürzt. Als Zuschauer hat man den Eindruck, daß sie sich in Verzweiflung aufbäumen, um zu verhindern, daß das Tabu, einmal angetastet, dann von seiten der Hintermänner nochmals gebrochen wird. Und wirklich, wenn das geschieht, und das Tier trotz diesen in

größter Eile getroffenen Vorsichtsmaßnahmen sich hinten von den Fühlern des Nachfolgers berührt fühlt, zieht es sich, ohne daß man sieht wie, ganz in sein blaues Haus zurück und bleibt darin, so daß die Prozession gewissermaßen abreißt, was aber wegen der Langsamkeit des Ereignisses zu keinen größeren Störungen führt. Ich zögere deshalb, ein Wort wie Panik zu benutzen. Der Nachfolger reagiert wie von selbst auf die gleiche Art. Und so kann es geschehen, daß man anstelle einer schleichenden Prozession, ehe man es sich versieht, nur einzelne blaue Schneckenhäuser in gleichmäßigen Abständen daliegen sieht auf dem kalten Stein. Dabei hätte ich, nach allem, was ich gehört habe, vermutet, daß hier unten der Stein, so schlecht er auch leitet, bereits wärmer sein müßte. Vielleicht kommt das noch. Nicht einmal habe ich gesehen, wie sie sich wieder in Bewegung setzen, denn ich bin ja in Eile wegen eines Versprechens, das ich gegeben habe, und muß infolgedessen unverzüglich weiter. Ich glaube aber nicht, daß es für die Beteiligten schwierig ist, die Spur wiederzufinden, auch wenn sich die Vorreiter schon ganz weit verloren haben sollten.

Ich habe auch ganze Halden von blauen Schneckenhäusern daliegen sehen, zusammengeschoben von Reisigbesen. Dafür möchte ich allerdings nicht die Hand ins Feuer legen, denn Reisigbesen sind keine zu sehen. Die habe ich erfunden. Vielleicht war es anders. Ich kann mir vorstellen, daß es einen Ort gibt, wo die Schnecken sich hinschleppen, wenn es ans Sterben geht. Und wenn es wirklich so ist, dann ist das hier der Ort. Man weiß so wenig über Schnecken.

Ich meine gar nicht all die Fragen, die mit dem Problem zusammenhängen, ob sie eine Seele haben oder nicht. Ich setze voraus, daß sie Schmerzen und Freude empfinden können, aber bei allen Überlegungen, die darüber hinausgehen, gerät mein Vorstellungsvermögen in Konflikt mit meiner Unkenntnis, und ich gebe es auf. Ich habe keine Zeit für ausführliche Forschungsarbeiten oder Bibliotheksbesuche, an deren Ende dann auch nicht mit Sicherheit zufriedenstellende Ergebnisse stehen würden.

Oder soll ich mein Leben in den Dienst der häusertragenden Schneckenforschung stellen? Das wäre eine Möglichkeit, zu einem Lebenswerk zu kommen. Vielleicht ist es doch noch nicht zu spät dafür.
Ich weiß nicht einmal, ob Schnecken Schlaf brauchen.
Wann formieren sie sich zu Prozessionen? Essen sie während dieser Zeit oder nicht? Können sie körperliche Erschöpfung fühlen? Ist das ein Grund, glücklich zu sein? Und was steht am Ende?
Wenn man genau hinhört und sonst keine Geräusche in der Luft sind, meine ich ein leises Rauschen zu hören, das darauf hindeutet, daß sie unterwegs sind.
Vielleicht hat die Prozession etwas mit einem endokrinen Kult der Luftfeuchtigkeit zu tun.
Vielleicht stehen im Hintergrund auch Existenzfragen, die mit der Fortpflanzung zu tun haben, einem Phänomen, das mir bei den häusertragenden Schnecken immer besonders unbegreiflich vorgekommen ist. Nicht uneinfühlbar, aber unbegreiflich.
Geht es um einen Platz, wo sie ihre Eier ablegen können, Mann für Mann? Wo es dunkel, warm und feucht genug ist, damit ein möglichst hoher Prozentsatz der Nachkommenschaft überlebt? Und mit einer ausreichenden Konzentration von Kaliumpermanganat im Boden, damit wenigstens ein leichtes Himmelblau garantiert ist und die Anstrengungen von Generationen sich nicht als hinfällig erweisen?
Das möchte ich wissen. Und noch etwas. Warum kann man nicht hören, wie sie atmen? Atmen sie nicht? Ich stelle mir nach allem, was ich weiß, vor, daß sie ihr Quantum Sauerstoff brauchen, solange sie die Absicht haben, noch weiterzukriechen.
Was danach ist, weiß ich nicht.
Ich bin jetzt aber ganz sicher, daß sie wissen, wo sie hinwollen. Zwar versuchen sie mich zu täuschen, indem sie nicht den kürzesten Weg wählen, aber darauf falle ich nicht herein. Im übrigen bewundere ich ihre Fähigkeit, den Löchern im Boden auszuweichen, indem sie ihnen einfach keine Beachtung schenken.

Für mich gibt es jetzt zwei Möglichkeiten. Entweder ich kehre unverrichteter Dinge um oder ich setze meinen Gästen Schnekken vor. Ich würde gern das zweite tun, wenn ich nicht aus meinen Akten wüßte, daß das so schnell nicht zu machen ist. Es dauert sogar länger als unsere Sonne braucht, um einmal um die Erde herumzukommen. Ich bin froh, das noch zu wissen, denn wenn es hart auf hart ginge, würde ich es doch nicht übers Herz bringen, den Tieren etwas anzutun.

Der Macht der Tatsachen dergestalt nachgebend, kehrte ich also um. Mein Kopf war schwer und fühlte sich an, als wäre er bis an den Rand voll von ungeeigneten Antworten und ich hätte die richtigen Fragen immer noch nicht gefunden.

Als ich bei meinem abgebrochenen grünen Zweig ankam und mir, eingedenk der Theorie des Brechens, seine Bruchstelle ansah, war sie schon hart geworden und tränte nicht mehr. Aber da er noch grün war, nahm ich ihn mit mir. Und wenn ich ehrlich bin, hatte es auch von Anfang an keinen Sinn, ihn hier in diesem Waffenarsenal aufzustellen, wo es nicht gerade nach einem Museum der Revolution aussieht. Beim Eingang haben sie Tafeln aufgehängt mit den wichtigsten Zahlen, die man auf die Dauer im Kopf behalten sollte. Aber wohin würde ich kommen, wenn mein Kopf voll wäre von so viel Siegen? Die Ortsnamen kann ich mir viel besser merken, weil sie auch sonst im Leben immer wieder vorkommen. Anscheinend ist das so bei den Menschen, daß sie den Monumenten ihres Schaffensdrangs einen Namen geben müssen, ob es sich nun um Vergnügungspaläste oder um Straßen handelt. Und dann fallen ihnen ihre Siege ein.

Von oben drang übrigens ein lebhaftes Stimmengewirr durchs Treppenhaus zu mir herunter. Was ich da hörte, klang nach gehobener Mittellage mit einem durchaus freudigen Timbre. Ich meine dann jeweils wie von selber, es wäre gut, dabeizusein. Ich bin froh, wenn sie da sind.

Ich ging also gegen meine ursprüngliche Absicht ganz nach oben, wo das Gespräch stattfand. Ich hörte eine Weile zu, bis ich begriffen hatte, wovon die Rede war.

Was? habe ich dann geschrien. Die Geburt wollt ihr abschaffen? Seid ihr denn wahnsinnig?
Ein unerwartetes Echo trug meine Worte davon in die entfernteren Ausläufer der Anlage bis hin zu den Archiven, wo man sich die Gipsabgüsse vorstellen muß.
Für einen Augenblick hatte ich den Eindruck gehabt, sie wollten jetzt dafür sorgen, daß niemand mehr geboren würde, worin ich noch einen gewissen Sinn gesehen hätte. Dann wären doch wenigstens alle diejenigen, die sich beklagen, daß man sie nicht vorher gefragt hat, jetzt zufrieden.
Aber das war es nicht.
Ich konnte auf ihren Stirnen die steilen Falten der Mißbilligung sehen, die sie dann einsetzen, wenn jemand eine Wohltat nicht zu schätzen weiß.
Aber sicher wollen wir das, sagten sie unter strenger Einhaltung einer höflichen Lautstärke. Damit würden wir der Lösung so manches Problems schon viel näher kommen.
Welches Problem mochten sie meinen? Ich war noch keinem begegnet, auf das die Beschreibung gepaßt hätte.
Dann begann eine lange optimistische Kundgebung über das Thema, wie durch die Abschaffung der Geburt und ähnliche Dinge das Leben immer leichter würde. Ich mußte lange auf eine Pause warten, in der ich ihnen hätte erklären können, wie unsinnig das ist und wohin das führt.
Aber ich sagte nur: Seid ihr denn wahnsinnig, was überflüssig war, weil ich es schon einmal gesagt hatte.
Vielleicht hätte ich wenigstens vorbringen sollen, daß die Geburt selber noch das beste ist, was uns passieren kann. Schließlich glaube ich nicht, daß so etwas zahllose Kapitel einer ausgedehnten Evolutionsgeschichte überdauert, ohne seine guten Seiten zu haben.
Sie ließen meine Wiederholungen nicht gelten und steckten ungerührt die Köpfe zusammen. Als das Ergebnis ihrer Beratungen gaben sie bekannt, daß es uns allen zugute kommen würde, während ich meine, daß niemand etwas davon hat. Und das gilt

auch für die meisten andern Erfindungen, die heute noch in der Luft liegen.
Ich wußte auf einmal nicht mehr, was ich mit meinem Palmzweig machen sollte. Vorher beim Reden war mir das nicht so aufgefallen, erst jetzt in der Stille fiel er mir wieder ein.
Die Herren blickten erst mit einem Lächeln auf meine dicken Schürzentaschen, weil sie nicht wußten, daß Vogelfutter darin war, und dann ernst, aber nachsichtig auf den grünen Zweig, den ich nachdenklich zwischen Daumen und Mittelfinger kreisen ließ, ohne daß mir deswegen eingefallen wäre, wem ich ihn hätte überreichen sollen. Nach dem zu urteilen, was ich von ihrer Diskussion gehört hatte, war keiner unter ihnen, der ihn verdiente.
Auf den hungrigen Kuckuck, der von unten sein ungestilltes Krächzen heraufrief, so schrill er nur konnte, hörte keiner von ihnen. Sie begannen, geheimnisvolle Blicke in die Runde zu schicken, so daß ich mich fragte, wie sie so wortlos das Thema hatten wechseln können, bis ihr Wortführer mir meine Frage beantwortete. Er widmete meinem Blatt eine höfliche Handbewegung, wobei er einen Knick in seinem sonst ganz vorgewölbten Bauch zuließ.
Ein prächtiges Gemüse, sagte er. Lange Zeit unterschätzt, aber ganz zu Unrecht, wie wir heute wissen.
Ich überlegte, ob er es ernst meinte, wohl wissend, daß solche Fragen nicht mehr zeitgemäß sind, und dann, wo ich für den Fall, daß es so war, noch mehr Palmen für den zweiten Gang finden könnte. Bevor ich damit fertig war, sagte er:
Ja, die neue Küche.
Seine Beisitzer nickten ihm zu.
Sie hatten recht. Die ganze Zeit herumstehen mit einem Palmwedel in der Hand, das tut man nicht.
Wenn ich jetzt nach unten gehe, denken sie, daß ich meine Arbeit tue, weil sie nicht alles wissen, was ich weiß. Das ist übrigens nicht so unzumutbar, wie es aussieht, da ich umgekehrt fast nichts von dem weiß, was sie wissen. Alle wie wir hier

stehen, denke ich, sind wir ein Haufen von unfreiwilligen Geheimnisträgern.
Wenn ich jetzt gehe, darf es nicht aussehen wie ein Fluchtversuch. Ich höre also auf, meinen Palmwedel zu zwirbeln, und nehme ihn vorsichtig auf den Arm, damit ihm nicht zu guter Letzt doch noch etwas zustößt.
Nachsichtig folgen sie mir mit den Augen.
Hinter mir die Blicke der Wartenden, die ich mit einzelnen Abschnitten meiner Wirbelsäule auffange, und vor mir die Treppenflucht, so stehen die Dinge. Ich weiß mittlerweile, wie weit es hier nach unten geht, weil es nicht zum erstenmal ist. Ich brauche gar nicht mehr hinzusehen.
Immer Schritt für Schritt, sage ich mir, dann höre ich die Stille nicht so. Statt dessen höre ich das Knarren in meinen Gelenken. Müssen Gelenke so knarren? Es scheint auch etwas mit der Muskulatur nicht zu stimmen. Ich kann sie nicht fühlen. Von links unten, wo sonst das Fußgelenk ist, kommt ein Quietschen herauf bis in das zuständige Ohr. Mir ist, als hörte ich diese Geräusche nicht zum erstenmal, und ich würde nun am liebsten gleich erschrocken die Schultern hochziehen, wenn ich nicht mit den Schulterblättern noch diese Blicke fühlen würde, die da hinter mir herkommen. Gut, sage ich, das kann ich auch später noch tun. Wenn nur das Klappern nicht wäre, oder diese Geistesabwesenheit in dem besagten Klappern, als ginge jemand eine Steintreppe hinunter mit eisernen Schuhspitzen. Dabei bin ich sicher, daß ich überhaupt keine Schuhe anhabe. Vielleicht sind es doch meine Finger, die nach dem Geländer greifen.
Wenn ich bei der Schnecke angekommen bin, habe ich eine Gelegenheit, mich unauffällig umzusehen. Ich werfe einen Blick nach oben. Mein Kopf sitzt jetzt etwas zu fest, aber es ist gar nicht nötig, daß ich ihn bewege. Mein Blick sagt mir auch so, daß die Leute da oben wieder angefangen haben, miteinander zu reden. Ich höre zwar nichts, aber sie machen den Mund auf und zu und verschieben ihre Unterarme. Das genügt mir. Ich gehe einfach weiter, gestützt auf eine zuverlässige Mechanik, beglei-

tet von all diesen Geräuschen, die Augen nach unten gerichtet. Die Unterschenkel sitzen zu locker, dafür ist der Nacken stark angezogen. Jedenfalls kann ich noch gehen.
Meinem Zweig geht es gut. Er scheint nichts zu vermissen. Diese Schnecke jedoch, der ich eben noch mit dem kleinen Finger ihre zerbrechlichen steinernen Fühler gestreichelt habe, sieht mir entgeistert nach. Sie ist überhaupt nicht mehr die lächelnde Kreatur mit den gesenkten Augenlidern, als die sie sich gern gibt, wenn man von oben her auf sie zukommt.
Von oben höre ich die Stimme des Ansagers. Er verteilt Kaugummi, damit den andern die Zeit nicht lang wird bis zu ihrem Auftritt.
Die Vorbesitzer haben keine Kosten gescheut. Schluchten, Wälder, Packeis, Schiffsuntergänge und Picknicks, die ganze Natur im Treppenhaus. Was für eine Erbschaft.
Ein sommerlicher Duft von gedörrten Korinthen und Thymianblüten ist jetzt in der Luft. Er weht vorbei, gefolgt von einem feinen Knoblauch- und Cognacaroma, das mich an die angenehmen Seiten meiner Projekte erinnert. Aber auf der Treppe findet sich nichts, wie oben, nur diese verlassenen Fachzeitschriften auf Mauervorsprüngen oder in den Nischen, wo es hineingeht in die Korridore. Ich lasse die Treppe, wo sie ist, um mich in der Halle umzusehen. Dort werde ich empfangen von einem einladenden kühlen Halbdunkel, einem Gurren oben im Gestänge und allerlei friedlichen Geräuschen da und dort, so daß ich gern dableibe. Ich wandere übers Parkett wie der Ackermann in meiner Erinnerung und streue Körner aus. Ich möchte gern, daß die Tauben zu mir herunterkommen.
Schon habe ich das Vogelfutter und die Streu ausgeteilt. Meine Taschen hängen leer herunter, aber das macht nichts. Bald werde ich etwas Besseres finden für meine Gäste.
Ich habe bei alldem gar nicht gemerkt, woher er gekommen ist, der Mann mit dem silbernen Kugelschreiber, der dort drüben steht, umrahmt vom sanften Glanz des Gegenlichts. Auf seiner Schulter erkenne ich eine Taube, die ich noch nicht kenne. Auf

seinem Gesicht dieses Lächeln, das hervorspringt und dann wieder eingefangen wird und auch bei mangelhafter Beleuchtung aussieht wie eine Aufforderung, ihm gleich entgegenzulaufen und alles andere zu vergessen.

Aber das ging nicht so leicht, denn der Boden war voll von Körnern, die einen bei jeder unüberlegten Bewegung sofort zu Fall gebracht hätten. Ich stand also und winkte, während seine Taube sich klappernd in Bewegung setzte, aber nicht auf das Futter zu, das ich für sie ausgestreut hatte, sondern gegen den Himmel, wo sie sich erst einmal in den Eisen der Dachkonstruktion niederließ. Nachdem er sein Lächeln ein paarmal hatte springen lassen, lehnte er sich an den nächsten Pilaster, um Betrübnis auszudrücken.

Er zog ein beschriebenes Löschblatt aus seiner Hemdbrust, um es mir in seiner ganzen Größe zu zeigen. Kleine und kleinste Buchstaben in Kugelschreiberschrift waren darauf, bis auf den letzten Zentimeter. Das mußte man von nahem sehen.

Shakespeare und Söhne, sagte er aufatmend. Dann lächelte er und aß das Löschblatt auf.

Erschrocken begann ich, nun doch noch hinüberzugehen, als würde er sogleich krank werden und meine Hilfe brauchen.

Er dagegen wirkte so unerschrocken wie nie zuvor und voller Bereitschaft, mich bei jedem weiteren Schritt auszulachen.

He, warum so mißtrauisch, sagte er leichthin. Seine Zauberutensilien waren verschwunden in seinem Zauberkoffer und der war es auch. Seine Stimme hatte einen eigentümlichen Klang, als wäre daran herumgebastelt worden, möglicherweise Fis-Dur, aber das ist nur eine grobe Schätzung. Ich war nicht sicher, ob ich die damit angegebene Akkordsituation gleich beim erstenmal richtig erfaßt hatte, habe mich aber unverzüglich nach einer Antwort umgesehen und sie auch gefunden, bevor die übermütige Stimmung, die er an mir so liebte, wieder umschlagen konnte.

Morgen ist auch noch ein Tag, sagte ich, mit einem Lächeln auf den Lippen, das gewiß nicht in allzu krassem Widerspruch stand zu seinen angefressenen Fis-Dur-Klängen. Ich wollte ihn ja nicht mit meiner Verwirrung anstecken.

Er winkte in dem Augenblick, als ich die Diagonale durch die Halle geschafft hatte, und ging weiter. Seine Taube ließ er zurück. Allein wartete sie im Dachgewölbe. Er nahm die Treppe nach oben, ich die andere. Die zwei Kastanien, die ich eigentlich mit ihm teilen wollte, sind nun noch da.

Beim nächsten Treppenabsatz, wo neuerdings ein unerklärliches Wintergartenlicht hereinfällt, sind inzwischen ein paar Kübel mit Grünpflanzen aufgestellt worden, einer davon ein richtiger Gummibaum mit vielen Ästen und vernarbten Wunden in seiner Rinde, als wäre er übers Meer gekommen. In seinem Schatten blieb ich stehen und hörte zu, wie es in dem ledrigen Blattwerk rauschte. Wer war das? Das Hähnchen, welches ich suchte, konnte es nicht sein, denn das war tot. Gestorben und gerupft, aber noch nicht gegessen, wenn mir nicht meine Zuversicht wieder einen Streich spielte. Das Rauschen von Tauben klingt anders, und ich gebe zu, daß ich nicht weiß, woher es kommt. Wenn nicht von unten dumpfe Geräusche heraufgeklungen wären, hätte ich meinen Weg fortgesetzt, aber so blieb ich noch und setzte mich sogar auf die Stufen zu Füßen des einladenden Baums.

Seine Blätter, denke ich, könnten eine Delikatesse sein, mit Meerrettich bestrichen und herumgewickelt um zarte junge Fischleiber, bevor sie auf den Grill kommen.

Am Fuß der Treppe stand in einem windigen Überwurf, ohne Kopfbedeckung und gebeugten Herzens ein Mann, der soeben innegehalten haben mußte. Er trug einen Sack bei sich, wie ich ihn schon bei den andern Männern gesehen hatte, die man hier ohne Krücken und vermutlich ohne stützendes Korsett vorüberschlurfen sah, wenn es von ihnen so verlangt wurde. Alle diese Säcke sahen leer aus, schlugen aber andererseits geheimnisvolle Falten, hinter denen sich etwas hätte verbergen können. Aus der Art, wie die Männer jeweils am Fuße der Treppe verweilten, um dann einen offensichtlich begonnenen Weg doch noch fortzuset-

zen, so gut es eben ging, schließe ich, daß es nicht darum gehen konnte, diese Säcke in der unmittelbar bevorstehenden, wenn nicht sogar drohenden Zukunft zu füllen. Die bloße Hypothese erscheint mir bereits qualvoll genug, um sie gleich wieder fallenzulassen, denn das möchte ich keinem Menschen zumuten. Wer sollte sie dann wohl weiterschleppen oder aufladen und auf irgendeine unausdenkliche Art abtransportieren, als müßte etwas verscharrt werden? Und wenn ich mir jetzt von hier aus diesen Mann ansehe, kommt mir der Gedanke, daß bereits so viel verscharrt ist und ich ihm die Wiederholung von solchen Vorgängen gern erlassen würde, wenn es nach mir ginge.
Der Sack selbst scheint schwer zu sein, als wäre einmal etwas Gewichtiges darin gewesen und auch nach seiner Entleerung nicht die gebotene Erleichterung eingetreten. Man kennt ja diese Säcke, wie man sie auf Dachböden findet oder in den Kellerräumen, wo sie zwischen ausgelaugten Brettern die Bombenangriffe und weiß der Himmel was sonst noch alles überstanden haben und jetzt, aufgeschwemmt von Staub, gerade noch vor dem Vermodern zu retten sind, wenn man Glück hat. Jedesmal, wenn ich bei meinen Expeditionen auf so ein Ding gestoßen bin, habe ich es mit jenem tiefen Respekt angesehen, den ich mir bei passenderen Gelegenheiten versage, unter Aufbietung von allerlei vernünftigen Regungen, nehme ich an.
Meistens tragen sie alte Aufdrucke mit verschlüsselten Hinweisen auf ihre Vorgeschichte. Nie kann ich mir einen Reim darauf machen. Das muß ein Spezialgebiet sein. Jedenfalls setzt es mehr voraus als die üblichen Fähigkeiten, Schrifttypen zu erkennen. Dabei kenne ich mich gar nicht schlecht aus mit Schrifttypen, und so sind es wohl wirklich die Vorkenntnisse, die mir fehlen, all diese verzweigten Praktiken der Lagerungstechnologie und der Transportwege, und es ist ganz natürlich, wenn ich die Rätsel der Inhaltsangaben als vorläufig unlösbar hinnehme.
Aber wenn man dann so einen Sack erst einmal herausgezogen, auseinandergefaltet und auf seine Reparaturbedürftigkeit hin

untersucht hat, ist der Eindruck doch jedesmal überwältigend. Ich falte ihn also liebevoll wieder zusammen, wie es am besten für ihn ist, und suche ihm einen würdigeren Platz, wo er von jetzt ab unvergessen und sozusagen zugänglich warten kann, bis der Augenblick gekommen ist und er wieder eine nützliche Verbindung mit den laufenden Ereignissen eingehen kann.
13 AZ Einl XP. Das versuche ich mir zu merken bis zum nächsten Mal. Eine vergangenheitsträchtige Nachbildung seiner staubigen Essenzen haftet jetzt an meinen Händen, als handle es sich um dekompensiertes Fett. Respektvoll hebe ich die Hände, die verdreckten Handflächen nach oben, denn ohne weiteres abwaschen kann man das zweifellos nicht. Und schon versuche ich mir einen Reim zu machen auf die Tatsache, daß so viel Hartnäckigkeit an den Tag gelegt wird. Soll man diesem übermächtigen Appell der Reparaturbedürftigkeit nun nachgeben oder nicht? Ich vertrage einfach den Gedanken schlecht, daß ein vermoderter Sack keine Zukunft mehr haben soll außer derjenigen, die in der Fortsetzung dieses Prozesses liegt.
Ich sitze, wie gesagt, auf der Marmortreppe neben einem ausladenden Gummibaum und versuche die Inschriften zu erkennen oder die Nachrichten zu dechiffrieren, so weit sie in den Vorsprüngen des Faltenwurfs sichtbar werden. XP III heißt es da und Troc 520, aber da wird es schon zu schwierig. Der Mann hat sich ja auch inzwischen wieder in Bewegung gesetzt mit seinem Wettermantel und seinen Schuhen. Nicht einmal braune Schnürbänder hat er sich leisten können, soviel ist deutlich.
Der einladende Gummibaum ist auch nicht stark genug, daß man sich im Ernstfall an ihn lehnen könnte.
Ja, denke ich, ich weiß genau, wie so ein Sack sich anfühlt. Ich kenne dieses Gefühl an den Händen. Und ich weiß noch etwas. Denn was immer man sagen mag, seine besten Zeiten sind doch die gewesen, wo die Menschen mit seinen Inschriften noch etwas anzufangen wußten, weil es gar nicht anders ging. Als das vorbei war, wurde er erst recht gebraucht, und zwar auf dem uferlosen Gebiet der Zweckentfremdung, wo jedem lebens-

wichtigen Gegenstand eine rettende Funktion zukommt. Das kann man sich heute gar nicht mehr vorstellen.
Wie kommt es dazu, daß man am Fuß der Treppe immer noch Leute mit solchen Utensilien innehalten und sich dann wieder auf den Weg machen sieht? Das weiß ich nicht. Ich weiß auch nicht, warum ich den Eindruck erweckt habe, es seien immer die Männer in ihren wehenden Mänteln, die diesen Anblick bieten. Das ist ihnen durchaus nicht vorbehalten. Vielleicht fallen sie mehr auf. Das würde mich nicht wundern angesichts der Frauen in ihren steinalten Wirkwaren. Sie gehen in die Knie, um Atem zu holen. Ohne daß man darauf gefaßt wäre, breiten sie dann vor sich das bedruckte Sackleinen aus und darauf diverse pflanzliche Produkte, die man unter andern Umständen wohl die Früchte des Landes nennen würde. Aber so wie die Dinge einmal liegen, ist man schon froh, wenn man sie überhaupt essen kann. Weiß der Himmel, woher sie das haben. Anscheinend sind sie bereit, alles zu verkaufen, wofür ihnen jemand einen angemessenen Gegenwert anbietet. Jede hat ihre eigene Art, ihre Produkte auszulegen, die meinen Vorstellungen von Kartoffeln, Steckrüben oder Sellerie ziemlich nahekommen. Manche ordnen das Zeug in kleinen und kleinsten Häufchen an, weil es so nach mehr aussieht. Anderen liegt mehr an einem Eindruck von Zuverlässigkeit und Ordnung, den sie dadurch erwecken, daß sie die Gegenstände nach der Größe und, soweit man das erkennen kann, nach der Farbe in langen Reihen auslegen. Noch anderen geht es mehr um die Sauberkeit, und so legen sie jedes einzelne Stück für sich, damit man es von allen Seiten betrachten und sein Mißtrauen überwinden kann.
Warum machen sie das hier? Sie wollen gar nichts verkaufen. Mit allen Anzeichen verborgener Hast raffen sie ihre Sachen wieder zusammen, hängen sich den Sack über die Schultern und verschwinden mit ihren Schritten in den hallenden Flügeln des Korridors.
Und jedesmal bin ich dann sicher, daß ihre Säcke ganz und gar leer aussehen. Zwar jede Falte voll von Erinnerungen, das muß

ich zugeben, aber sonst? Und wo werden sie hingegangen sein? Muß nicht irgendwo in der unbekannten Szenerie jenseits eines Seitenausgangs ein Lastwagen stehen, in dessen Innerem auch ich mir das Notwendigste beschaffen könnte, wenn es niemand sieht?

Ich versuche es gar nicht erst, denn ich weiß schon, wie diese Korridore am Ende alle mit einem soliden Mauerwerk abgeschlossen sind, ohne in einen Dienstbotenausgang einzumünden. Unten gibt es den Haupteingang. Dort klingeln die Telegrammboten. Aber auch, wenn es nicht so weit weg wäre, würde ich nicht den Versuch machen, aus dieser Tür zu treten, um draußen nach einem Lastwagen zu suchen. Warum nicht? Weil keine da sind? Und weil die übermannshohe Tür unweigerlich ins Schloß fallen und ich dann ohne Schlüssel jenseits der schmiedeeisernen Beschläge und angesichts eines prächtig geschmückten Klingelknopfes stehen würde, der mir nichts nützt. Außer mir ist niemand da, der die Tür aufmacht. Denn die Mannschaft in den oberen Stockwerken besteht auf der Einhaltung der Kompetenzen, da könnte ich klingeln, so lange ich wollte. Und man kann es ihnen nicht einmal übelnehmen, wenn man bedenkt, wie viele Energien sie allein schon für die Erhaltung ihres guten Rufs einsetzen müssen. Denn wenn einer auch nur eine Woche lang die Zeitung nicht liest, hat er bei den täglichen Ausscheidungskämpfen keine Chance mehr. Man kann das für eine Weile überspielen, vorausgesetzt, daß man die eine oder andere Informationsquelle hat, an die die andern nicht herankönnen, aber auch das kostet Kraft.

Ich liege also auf meiner unsanften Treppe unter diesem Gummibaum, vor meinem inneren Auge jetzt einen Güterzug voller Steckrüben, und mache mich wieder auf den Weg, wie es sich gehört.

Ein phantastisches Haus, das muß man wirklich sagen, die großartige Bilanz ganzer Epochen. So etwas habe ich noch nie bewohnt. Kunstschätze aus fünf Jahrhunderten sind hier versammelt. Und weißer Marmor, der vermutlich unter Aufbietung

von allerlei Vermögen über die Alpenpässe hierher transportiert und dann von schätzungsweise drei Generationen geschickter Facharbeiter in das verwandelt worden ist, was man jetzt sieht. Und zu allem Überfluß noch vergoldete Schnecken an den Treppengeländern. Ich habe den Verdacht, daß sich hier alle Begriffe aus der Kunstgeschichte wiederfinden ließen, die wir sonst aus unserem Alltag heraushalten, weil es zu teuer wäre oder einfach nicht mehr zeitgemäß. Ich sehe kaum einen Quadratzentimeter Oberfläche, der nicht Zeugnis ablegte von den verschiedensten Zweigen des Bearbeitungswesens und vom Lauf der Geschichte, der hier ertragen oder überdauert wurde. Ich mag das alles jetzt nicht sehen, und schon gar nicht im Gewande eines Kulturdenkmals, wie es sich hier zeigt, und kehre diesem Museum der Anschaffungen den Rücken, auch wenn ich so vorerst noch nicht zu meinem Hähnchen komme.
Nur nicht aufgeben.
Zwei Etagen höher zieht ein Mensch einen kleinen Leiterwagen vorbei mit Philodendren, noch mehr Chrysanthemen und noch mehr Kübelpalmen. Wo will er damit hin? Wenn ich ganz sicher wäre, daß er zu einem Begräbnis unterwegs ist, würde ich ihm meinen Palmwedel mitgeben. Er sieht schweigsam aus, wie das bei diesen Menschen üblich ist. Aber er würde mir trotzdem einen Rat geben, wenn ich ihn fragen sollte. Gärtner wissen mehr vom Leben. Und ich werde ihn fragen, wenn mir gar nichts anderes mehr einfällt. Nicht jetzt.
Vielleicht hat er sogar Kochrezepte, sage ich mir zum Trost und um das Problem zu verschieben, aber ohne den gewünschten Erfolg, fühle mich also nicht getröstet, wahrscheinlich deshalb nicht, weil ich selber schon genug Kochrezepte habe, in drei Schubladen und ungezählten Plastikordnern, abgesehen von der Tatsache, daß ich sie alle im Kopf zu haben glaube. Ja, mein Kopf ist schon ziemlich voll. Das hat er mit dem Haus um mich herum gemeinsam, wenn man für den Augenblick einmal davon absieht, daß die Dinge, die ich wirklich brauche, nicht da sind.
Nun kommt in einem kräftigen Luftzug eine Wirtschaftsbeilage

geflogen und läßt sich zu meinen Füßen nieder. Verführerisch oder geistesabwesend rauscht sie mit ihren Blättern, und ich nehme die Gelegenheit wahr, mir die Börsennotizen aufzuheben und ganz klein zusammengefaltet in die Tasche zu stecken. Wer weiß, wozu das gut ist.
Kaum bin ich oben im Speisesaal angekommen, da hat mich das Team auch schon entdeckt. Sie kommen mir vor wie ein einziger Haufen von Taschenspielern. Ich stecke die Hände in die Taschen, damit sie nicht so leer aussehen.
Sie haben mich alle angesehen. Wenn ich nicht wüßte, daß ich mich darüber freuen soll, hätte ich es wohl gar nicht gemerkt. Dabei habe ich gelernt, daß ich dankbar sein sollte für so etwas, und das kommt auch immer wieder vor. Ich bin nicht blind und hänge an schönen Gefühlen wie Dankbarkeit, Zuversicht, Genügsamkeit. Wenn ich nur endlich die Hoffnung aufgeben könnte, daß meine unerfüllbaren Wünsche doch noch Gestalt annehmen, auch gegen die Vernunft.
Warum ist der Mensch ein Faß ohne Boden?
Aus den Augenwinkeln sehen sie mich an, während sie ihr Ohr noch einer unsichtbaren Stimme leihen, die ihnen Einzelheiten mitteilt über den Verlauf von allerlei Kampfspielen, die in eben diesem Augenblick überall abgehalten werden, selbst an den entlegensten Orten. Was soll man davon halten, daß das die Dinge sind, mit denen sie unsern Luftraum elektronisch blockieren, ganz zu schweigen vom Meer der Aufmerksamkeit? Es ist kein Wunder, daß die Menschen einen Trost brauchen angesichts dessen, was sich in der Realität jeweils gerade abspielt. Aber was sie sich zu diesem Zweck anbieten lassen, macht mich mißtrauisch.
Nachdem sie nun ihre Meinung über mich auf den neusten Stand gebracht haben, lassen sie ihre Blicke wieder in den eigenen Reihen zirkulieren. Dabei gehorcht all das lautlose Hin und Her unerbittlichen Gesetzen. Auf die Blickrichtungen der Leute muß man achten, wenn man wissen will, auf welche Art sie ihren Aufstieg vorbereiten und wie sie ihren Vorsprung halten,

wenn sie es erst einmal zu etwas gebracht haben. Sie haben ein ganzes System von energiesparenden Ritualen, aufgebaut aus bloßen Bewegungen der Augen und der Gesichtsmuskulatur, als wollten sie den Mitbewerbern den tatsächlichen Stand ihres Kräftereservoirs verschleiern, in der Hoffnung, daß so noch der eine oder andere unverdiente Vorteil herausspringt, und haben es darin zu verblüffender Meisterschaft gebracht. Natürlich haben sie auch Rituale, bei denen gewisse Teile der Körpermuskulatur betroffen sind, aber auch dabei hat man den Eindruck, als ginge es die ganze Zeit darum, die Kräfte für den eigentlichen Ernstfall zu schonen. Dabei wollen sie den Ernstfall nicht, sagen sie, und rechnen es sich auch immer wieder als Verdienst an, wenn er nicht eintritt, vielleicht zu Recht.

Als die Stimme verstummt ist, kommt Bewegung in die Gruppe. Die Schübe von Spannung kehren nicht wieder. Die Bereitschaft zu Leid und Triumph erlischt.

Dann tritt einer der wartenden Herren, weil er eine Unterhaltung anfangen möchte, auf mich zu und fragt, ob er mir behilflich sein könne.

So fragt er das.

Was soll ich sagen? Soll ich ihn einfach auslachen?

Wahrscheinlich stellt er sich vor, daß ich seine Formulierung als solche zur Kenntnis nehme, ohne jeden Zusammenhang mit den sonstigen Erfahrungen, die er mir zuteil werden läßt. Ich lache ihn nur aus dem Grunde nicht aus, weil mir nicht nach Lachen zumute ist.

Ich muß etwas sagen, und es dauert nicht lange, bis ich weiß, was.

Es ist alles voll Sägemehl, sagte ich.

Das hätte ich lieber nicht tun sollen. Nie hätte ich gedacht, daß sich mit einem so einfachen Satz ein solcher Aufruhr auslösen lassen würde. Vergebens hat er noch versucht, sich hinter den sonst so hilfreichen Kategorien von Zuständigkeit und Kompetenz zu verschanzen, was mir in diesem Fall gar nichts ausgemacht hätte. Aber meine Mitteilung löste in ihm den unwider-

stehlichen Reflex aus, schnell durchzugreifen. Er nahm deshalb ohne weiteres an, daß es sich um etwas Gravierendes handelte, und für Notstände aller Art fühlte er sich unweigerlich zuständig wie ich mich für Reparaturen, ganz gleich, in welchem Sektor sie sich ereigneten. Das war ein Reflex, dem er sich nicht entziehen konnte. Und so gelang es ihm in Bruchteilen einer einzigen Minute, die ganze Mannschaft so zu organisieren, daß sie sich in Marsch setzten. Das ist eine unvorstellbare Geschwindigkeit, wenn man bedenkt, auf welche Art Minuten sonst hingebracht werden.
Sägemehl? sagten sie. Ihre Mienen drückten den nackten Schrecken aus, denn so etwas hatten sie noch nie gehört, in unseren Breiten. Da es aber um etwas ging, das ein schnelles Eingreifen erforderte, woran sie wegen der allgemeinen Überraschung nicht zweifelten, zweifelten sie auch nicht an ihrer Zuständigkeit und ersetzten den Ausdruck von Verblüffung und Hilflosigkeit, bevor er auf ihren Mienen überhaupt sichtbar werden konnte, sogleich durch eine auf alles gefaßte Entschlossenheit.
Schon zogen sie davon, um den Kampf mit dem Sägemehl aufzunehmen. Sie schienen es für eine neuartige Form von Tabuverletzung zu halten.
Ich hatte den Eindruck, daß sie glücklich waren. Gerade konnte ich noch einen finsteren Blick auf ihren optimistischen Knochenbau werfen, da waren sie auch schon die Treppe hinunter und im ersten Seitengang verschwunden auf der Suche nach dem Ort der Katastrophe.
Ich hatte längst zu bereuen aufgehört, daß ich das mit dem Sägemehl gesagt hatte. Ich konnte mir nichts anderes vorstellen, womit ich sie auch nur annähernd so glücklich hätte machen können.
Sie durchkämmen nun das ganze Anwesen, vom Boudoir bis zum Souterrain, denke ich mir, ein halbes Dutzend Mannsbilder. Ob sie wirklich alle so durchtrainiert sind, wie sie aussehen?

Unbeobachtet gehe ich quer durch den Saal hinüber zu einem Tisch mit geschnitzten Füßen und einem gewebten Tischtuch, um mir das Telegramm noch einmal anzusehen. Es lehnt, wo ich es hingestellt habe, an einer Silberschmiedearbeit. Der Name ist in Ordnung, eine Anschrift dagegen nicht vorhanden. Das scheint hier nicht nötig zu sein. Wir befinden uns schließlich nicht in einer Laube. Auch die Chrysanthemen sind in Ordnung, von Gärtnern gezüchtet und weder aus Stoff noch aus Erdölderivaten, obwohl sie so riechen. Sonst ist das Tischtuch leer. Es ist nicht mehr sauber, riecht aber noch nach Waschküche und Heißmangelaroma. Und an den Wänden die Vitrinen sind voll von Kunstschätzen, oder was ich dafür halte. Nicht ein einziges Tellerchen oder Becherchen gibt es darin, das ich auf den Tisch stellen könnte, damit sich die Herren, wenn sie aus ihren Erzgruben zurückkehren, stärken könnten.
Aber in den Vitrinen stehen liebenswürdige kleine Dreimaster, frisch gefirnißt, schwer auf dem Wasser liegend mit all ihren Vorräten für die langen Monate auf den Weltmeeren und so liebevoll aufgetakelt in ihrer Flasche, daß ich Mühe habe, mir den Gedanken an die wunderbare Brise, die in Wahrheit nicht da ist, aus dem Kopf zu schlagen. Und Flaggen sehe ich, als Ausdruck des Stolzes oder der Freude, ob diese Gefühle nun berechtigt sind oder nicht. Und starke Schiffstaue zum Festmachen, jetzt aufgerollt zu unvorstellbar kleinen Schnecken. Eine eindrucksvolle Erfindung, das Vollschiff, womit aber nichts gegen seine Vorgänger gesagt sein soll. Wenn der Mensch den nötigen Eroberergeist besaß, konnte er schon damit Weltreiche errichten, vorausgesetzt, die Umstände waren günstig.
Die Luft hier im Saal ist anders, wenn er so leer ist. Eben noch gekräuselt von den Zuckungen psychomagnetischer Wellen und jetzt ganz stumpf und flach und wehrlos gegen Modergerüche, die zu den Ritzen der Belüftungsschächte hereinkommen.
Jetzt, wo sie gegangen sind, tut es mir leid, daß ich meinen kleinen Hahn so schnell aufgegeben habe. Wer sagt mir denn, daß er beim nächsten Mal noch da ist? Vielleicht hat ihn jemand

genommen. Ich weiß noch genau, wie es dort aussieht: ein ausgedehnter Gang mit Türen zur Linken und Regalen zur Rechten. Die Beleuchtung nicht so, wie sie sein sollte. Am Ende die naturgetreue Nachahmung eines Herrn in vollem Ornat, aber so weit weg, daß er kaum die Größe einer Postkarte erreicht, was dem Betroffenen wohl nicht recht wäre, wenn er es wüßte. Zu meinen Füßen ein paar gut erhaltene Schwungfedern mit einem glühenden Schimmer in den Farben der Verwesung. Die werde ich einsammeln und einen Kopfschmuck daraus machen für bessere Zeiten. Und dann mein kleiner Freund, der Hahn. So sieht es dort aus. Es fehlt noch ein Ei, ein Stuhl und eine anheimelnde Akustik. Der Stuhl ist da, er steht vor dem Bücherregal, den gehämmerten Rücken der Ledereinbände zugewandt, sogar vornübergeneigt und mit seiner Rückenstütze angelehnt an die letzten Bände einer Fortsetzungsgeschichte über die Eroberung Mittelamerikas. Das muß inzwischen alles herbeigeschafft worden sein, denn zu Anfang waren hier keine Bücher. Ein Ei dagegen ist nicht da, das müßte ich erst suchen. Vielleicht ist es unter einen der Bücherschränke gerollt und hat sich dort versteckt. Aber deswegen muß ich nicht gerade jetzt mit dem Suchen anfangen. Und was die anheimelnde Akustik angeht, muß ich sagen, daß es sie dort nicht gibt, trotz Bücherwand, Stuhl und orientalischen Anklängen auf dem Bodenbelag.
Wer hat den Stuhl so traurig angelehnt? Nicht die Prophetin, die ihn zwischendurch zum Hinsetzen benutzt, bei ihren häuslichen Arbeiten beispielsweise, welche sich stehend weniger gut erledigen lassen. Sie würde von ihrem Stuhl einfach aufstehen, ohne noch etwas mit ihm zu machen, und man würde dann wissen, was die Konstellation bedeutet. Aber so?
Bevor ich mich auf den Weg machen konnte, kehrte einer von den Abgesandten zurück, weil ihm etwas fehlte. In der rechten Brusttasche steckte ein Prospekt, in der linken ein Gerät, das klopfende Geräusche hervorbringen konnte, von einem so beängstigenden Rhythmus, daß ich mehrmals meinte, mein Herz festhalten zu müssen. Man weiß ja, wie Wellen, die sonst gemä-

ßigt in ihrem Bett dahinfließen, auf Grund von Rückkopplungseffekten aus den Fugen geraten und sich überschlagen. Suchend ließ er seine Blicke umherschweifen, nicht auf der Ebene, wo meine Augen waren, sondern weiter unten, als wäre der Raum bis zu der Höhe, wo sich unser Zwerchfell befindet, mit Rauchschwaden angefüllt und darin etwas verborgen, das ihm nun fehlte. Er schien es wirklich zu vermissen.
Plötzlich klang ein perlendes Ticken herüber. Der Mann blieb stehen, bewegte sich nicht mehr und horchte. Aber es hörte von selbst wieder auf, und er begann von neuem zu suchen.
Was suchen Sie, fragte ich ihn.
Er antwortete aber nicht. Vielleicht wußte er zur Zeit nicht, was es war, da er es ja noch suchte. Ich dachte an all die Dinge, die sich unter den gedrechselten Möbeln verbergen mochten. Die herumwandernden Zeitungen ignorierte er, aber nicht aus Unfähigkeit.
Es klingelte. War das das Telephon oder was sonst? Noch ein Telegramm für den Herrn, der hinter dem Portal etwas durchsetzen wollte? Eigenartig, dachte ich, daß ich in diesem Haus, obwohl das Telephon längst erfunden ist, noch keins gesehen habe. Ich hatte den Eindruck, daß von dem Geräusch der Kristallüster über meinem Kopf zu schwanken anfing. Und meine Beine wurden mit der Zeit unruhig beim Gedanken an das unerlöste Klingeln. Aber ich wollte sie erst in Bewegung setzen, wenn ich mir überlegt hatte, in welche Richtung ich meine Schritte vernünftigerweise lenken sollte. Mit dem unüberlegten Losrennen muß es jetzt ein Ende haben. Es war schwer zu sagen, woher das Klingeln kam. Von unten, meine ich aus alter Gewohnheit. Aber könnte es nicht auch aus den Mansarden kommen?
Der Mann in seinem trostlosen Kittel hatte inzwischen seine Suche fortgesetzt, und zwar unterhalb der Nebelgrenze, so daß man ihn nicht mehr so deutlich sehen konnte wie vorher. Dann hielt er abrupt inne. Er stand nun auf allen vieren vor einem Vertiko mit Löwenfüßen und starrte mit seinem wilden Blick zu mir herüber.

Um Gotteswillen, sagte ich erschrocken. Das war unglücklicherweise die stärkste Formulierung, die mir zur Verfügung stand. Tatsächlich genügte sie ihm nicht, und ich sah, wie er begann, die Luft anzuhalten.
Nein, sagte ich. Ich habe keine Röntgenbilder. Nicht eins.
Glücklicherweise griff er nun nach seiner Brust und stellte dort das Klingeln ab. Er stand auch wieder auf.
Was ist das für ein Gerät, fragte ich ihn und erhielt als Antwort ein Kopfschütteln, aber keins von der gewöhnlichen Art, sondern ein ganz besonderes, bei dem seine Locken in den Nacken geschüttelt wurden.
Ich gebe zu, daß die Frage dumm genug war, um eine solche Antwort zu verdienen.
Er spazierte mit verschränkten Armen auf das Treppenhaus zu, fuhr dabei mit dem Blick über den Boden hin und sah gar nicht glücklich aus.
Ich habe schon genug Fragen gestellt für heute, dachte ich, aber wer weiß, was morgen ist. Und darum fragte ich noch etwas.
Was fehlt Ihnen denn?
Und wie ich es mir hätte denken können, wollte er auch davon nichts wissen. Er schien es für einen weiteren Versuch zu halten, ihn zu übertölpeln. Außerdem wäre jede Antwort untergegangen in dem schrillen Pfeifton, den seine Maschine jetzt hervorbrachte. Zum erstenmal nahm er sie heraus, und ich sah, daß sie die Form eines Maikäfers hatte, nur größer. An einer Stelle gab es ein vergittertes Loch. Dort blies er hinein, und der Pfeifton hörte auf. Schon im Gehen steckte er das Gerät wieder in die Tasche.
Geht er jetzt nach unten und liest in der Symptomatik für Fortgeschrittene? fragte ich mich. Ich benutzte die Gelegenheit, mich auch davonzumachen.
Zwei Stockwerke tiefer sah ich ihn auf einer Stufe sitzen. Ich könnte nicht sagen, ob er nun gefunden hatte, was er suchte, jedenfalls hatte er seinen Prospekt aus der andern Brusttasche genommen und las darin. Ich hatte mich also geirrt. Nicht geirrt

dagegen hatte ich mich in meiner Annahme, daß allerlei Schiffe und Farbaufnahmen vom blauen Meer in dem Prospekt waren. Er hatte alles aufgeblättert und verglich die verschiedenen Kreuzfahrten in die Karibik, aber er wollte es allein tun.
Und warum auch nicht. Ich lasse also unzeitgemäße Gedanken an Schiffsreisen gar nicht erst aufkommen und mache mich auf den Weg dorthin, wo gleich neben einer vergessenen Brille das verstorbene Tier auf mich wartet. Es liegt ausgestreckt auf dem Parkett, die Flügelmuskulatur an den Körper gepreßt und den schwarzen Blick in die Ferne gerichtet. Niemand begreift, warum dieser Blick so viel Erwartung ausdrückt. Es ist immer noch nicht heller geworden dort, das gerupfte Huhn Seite an Seite mit dem Stuhl, der jetzt umgestürzt, aber erhalten auf dem Untergrund liegt, und die Luft gesättigt von Bohnerwachs. Noch einen oder zwei Absätze, und ich bin da.
Als ich ankam, war alles ganz anders. Der Stuhl war gar nicht umgefallen. Er lehnte immer noch an den Büchern, mußte allerdings inzwischen etwas erlebt haben, denn er lehnte jetzt dort, wo Abenteuer aus einer Zeit vor tausend Jahren beschrieben wurden. Die Brille war auch weiter nach vorne gewandert. Und da, wo das Hähnchen gelegen hatte, war nichts mehr. Die verstreuten Schwungfedern waren gebündelt, mit einem Stück Schnur zusammengehalten und hingen an der Wand. Das Tier, das ich suchte, lag dagegen nirgends mehr.
Wie soll ich ihn begraben, wenn er nicht da ist?
Ich konnte nicht mehr bleiben, denn was sollte ich dort? All die unausgesprochenen Aufgaben übernehmen, die die Situation sonst noch angeboten hat? Nein, sagte ich laut, ganz so, wie es der Mensch gelegentlich tun soll, denn mit Aufgaben fühlte ich mich eingedeckt. Ich blieb trotzdem stehen, als fühlte ich in meinen Wurzeln den Impuls, doch noch auf die eine oder andere Art Hand anzulegen, und schon war ich drauf und dran, gleich im nächsten Augenblick damit anzufangen, während ich in diesem noch dastand mit allen Zeichen der Unschlüssigkeit. Mir fiel auch mein Palmenzweig ein, mit dem ich den toten Körper

hätte bedecken sollen, statt mit ganz leeren Händen dazustehen. Wer wird es jetzt tun? Die Leute, die ihn abgeholt haben? Von dem entfernten Scharren und Gackern, das man hier sonst gelegentlich hören konnte, war nichts mehr übrig, so still war es. Darum wollte ich mich auch nach den Eiern, die ich in unzugänglichen Winkeln vermutete, nicht mehr umsehen. Außerdem dauert es ja Wochen, bis sie auch nur ausgebrütet sind. Und was dann? Wer soll für sie sorgen, bis sie das selber übernehmen können?
Unter dem Stuhl stand etwas, das mir gehört, ein Paar Schuhe. Das Versteck, wo ich sie untergebracht hatte, war also doch nicht sicher gewesen. Dem postkartengroßen Kunstwerk beim Ausgang der Perspektive schenkte ich keinen Blick mehr. Ich habe mich einfach umgewandt, weil ich wieder nach oben an meinen Platz wollte, bevor die Suchmannschaft von ihrer Expedition zurückkehrte. Dann blieb ich stehen. Die Stille hatte ein Geräusch zu mir herübergetragen, das von den Schuhen eines müden Einzelgängers herzurühren schien und jeden Augenblick näher kam. Ich wollte aber mit keinem Menschen reden. Darum stieß ich die erste beste Tür auf, um mich dahinter in Sicherheit zu bringen, denn ich war sicher, daß er mich bereits entdeckt hatte. Am liebsten wäre es mir gewesen, wenn er gedacht hätte, daß ich dort etwas zu erledigen hatte.
Die Vorhänge waren zugezogen, aber die Luft roch so, als wären hier vor kurzem noch ultraviolette Luftwellen unterwegs gewesen. Mobiliar konnte ich keines entdecken, aber dafür war der Boden, besonders entlang den Wänden, bestückt mit den ungenießbaren Resten von Gebrauchsgegenständen.
Nein, denke ich in meinem ersten Schrecken, nicht schon wieder Wrackteile.
Und es sind auch keine.
Der Raum schien im übrigen ganz intakt, die Decke hing ein wenig durch, aber keine Risse und keine Einschußlöcher. Nur der Teppich in diesem Zimmer war so durchtränkt von Blut, als wäre hier einmal jemandem der Kopf abgerissen worden, und

mein eigenes Blut, das bei diesem Anblick übergangslos ins Stocken gekommen war, setzte sich danach um so schneller in Bewegung, je tiefer sich dieser Anblick in meinen Kopf bohrte, auch wenn ich schon lange aus dem Zimmer gestürzt und über die Treppen in andere Stockwerke gesprungen war.
Ich hatte die ganze Zeit das Gefühl, als käme jemand hinter mir her, und kaum hatte ich meinen Verschlag wiedergefunden und mich dort mit zusammengerolltem Rücken an die Wand gelehnt, da stand er auch schon vor mir.
Nun hör doch auf zu schreien, sagte er begütigend. Und wenn er es auch nicht wirklich begütigend meinte, dann sollte es doch so klingen, und das tat es auch.
Nein, schrie ich. Alles voll Blut, hörst du nicht, Blut!
Wo? hat er gefragt.
Aber ich wollte es nicht noch einmal sehen. Wenn es nach ihm gegangen wäre, hätte ich ihn jetzt hinführen und ihm die Stelle zeigen müssen. Wahrscheinlich hätte ich das Zimmer gar nicht mehr gefunden, falls aber doch, dann hätte er mir unwiderleglich bewiesen, daß es sich nicht um Blut handeln konnte, weil es das gar nicht gibt, sondern um etwas anderes, das sich mit alltäglicheren Erklärungen behandeln läßt, wenn man es schon nicht aus der Welt schaffen kann. Er weiß, wie Blut aussieht. Nicht so.
Das ist doch kein Blut, würde er sagen mit seinem unverwechselbaren Timbre.
Ich merkte, wie ich tatsächlich begütigt war, weniger durch den Klang seiner Stimme als vielmehr aus eigener Kraft, denn ich war viel zu erschöpft, als daß ich den Mut gehabt hätte, den Schauplatz noch einmal aufzusuchen. Ich weiß, daß ich dergleichen nicht für eine Kraftquelle halten sollte, aber es ist nun einmal so.
Es muß an den Umständen gelegen haben, daß die Katastrophenmeldung diesmal eine andere Wirkung hatte als sonst. Oder an meinem Schrecken.
Als er sah, daß ich wieder bei Sinnen war, verabschiedete er sich höflich.

Ich tat jetzt, was ich gleich zu Anfang hätte tun sollen.
Ich wickle den Fisch aus. So schwer kann das nicht sein. Es haben doch auch andere Leute sich schon mit Fisch befaßt. Gleich werden sie vor mir liegen, Kiemen an Kiemen, ein stummes Paar, großäugige Boten aus einer andern Welt. Ich will jetzt ihre zitternden Rückenflossen fühlen und ihre stummen Mäuler zumachen, um sie endlich in den guten Sud zu betten, den sie verdienen. All die guten Köche dieser Welt, ich brauche nur ihre Gedankengänge zu beherzigen. Daran, daß meinen Tieren die Haut abreißt und dann das Fleisch über den Knochen, wenn ich es nicht über die Maßen geschickt anfange, daran will ich jetzt nicht denken. Vielleicht ist der Moment gekommen, wo es ganz von selber geht.
Sie waren jetzt noch kälter als zu Anfang und brauchten dringend etwas Warmes. Ich war mit meinen Gedanken ganz bei der Sache und machte mir keine Sorgen, obwohl ja im Hinblick auf Gemüsebeilagen, weitere Gänge und Nachspeisen noch gar nichts entschieden war. So gelangte ich bis zur vorletzten Schicht, die aus rosa Pergamentpapier bestand, wie ich aus Erfahrung nun schon wußte. Was ich noch nicht wußte, war, ob die Fische wirklich, wie ich es mir immer vorgestellt habe, ein silbrigglänzendes Schuppenkleid trugen oder etwas anderes. Sie konnten ja auch in auffällige Dekors gehüllt sein. Nun, sagte ich mir, diese Frage wird sich klären lassen. Und wie ist es mit den entscheidenden Fragen? Was werden sie essen? Und wo werden sie schlafen? Die hatten für das schweigsame Paar keine Bedeutung mehr.
Unter dem Pergamentpapier erschienen als innerste Hülle noch einmal Zeitungen mit schwer zu entziffernden Anzeigen, so daß ich erschrocken an die Lebensmittelgesetze dachte und nicht umhin konnte, den Kopf zu schütteln.
Ich stehe da, schüttle den Kopf und benutze die Gelegenheit, mir meine Hände ganz gegen meine Gewohnheit an der Schürze abzutrocknen. In der Zeitung, so alt sie auch sein mag, weitere Beiträge zur Geschichte der Menschheit, dazu Bilder aus Palä-

sten und Arenen, erläutert von lateinamerikanischen Bildunterschriften, sofern man sie versteht.
In dem Augenblick tritt, von seiner Mission zurückgekehrt, einer der Herren herein, baut sich gemäß seinen Vorstellungen von Grazie vor mir auf und sagt: Da haben wir den Salat.
Noch weiß ich nicht, was er meint, aber er wird es mir schon sagen. Am liebsten würde ich den Satz so verstehen, wie er klingt, denn Salat klingt gut.
Ich sah ihn an. Er trug eine einwandfreie Ausstattung. Man konnte meinen, daß er zu Hause jemanden hatte, der das Notwendige für ihn erledigte. Es sah so professionell aus. Mit angespannter Muskulatur stand er vor mir, so daß ich, blind für seine Reize, mir die Frage stellte, ob er, wenn es sich so ergibt, seine Frau verprügelt. Das steht einem Menschen ja nicht im Gesicht geschrieben. Oder sollte man meinen, daß die Bereitschaft, viel Geld auszugeben, einen Menschen davor bewahrt? Sein Lächeln hat noch nicht aufgehört. Er versteht etwas von Pausen, das muß man ihm lassen.
Es sind keine Messerbänkchen da, sagt er dann.
Ich wußte, daß sie es irgendwann merken mußten, und jetzt war wohl der Augenblick gekommen. Das war ein starker Appell an meine Bereitschaft, die Verantwortung auch für diesen Sektor der Einrichtung zu übernehmen, und ich mußte ihm jetzt um jeden Preis widerstehen, weil ich bereits überfordert war und nur durch ein Wunder noch heil aus der ganzen Affäre herauskommen konnte. Ich hatte auch allen Grund zu befürchten, daß noch weitere katastrophale Entdeckungen bevorstanden, zumindest was die Buttermesser und gravierte Serviettenringe anging.
Wenn ich mich wegen alldem schuldig fühlen wollte, dann hätte ich ebensogut gleich aufgeben können. Dabei war mir die ganze Zeit bewußt, daß das in Wahrheit doch zu meinem Kompetenzbereich gehörte. Wenn ich die Aufgabe einmal übernommen hatte, woran es keinen Zweifel gab, dann mußte ich mich auch für diese Dinge zuständig fühlen. Nicht daß ich alles hätte selber machen müssen, aber wenigstens delegieren hätte ich es sollen.

Warum ist mir das nicht früher eingefallen?
Meine Hände sind von der Kälte noch unbeweglicher geworden, während ich langsam die Hülle von steifem Packpapier wieder zusammenfalte. Wenn ich ihn jetzt bitte, daß einer von ihnen die Sache übernehmen soll, dann wird er mich entgeistert ansehen, einige notwendige Sätze über den Charakter seiner Ausbildung verschweigen, sich umdrehen, aller Voraussicht nach wortlos, und seinen Schicksalsgenossen, die entrüstet in diesem Rechteck lehnen, durch welches das Licht hereinfällt, die Sachlage schildern. Es ist nicht das erste Mal, daß ich das versuchen würde. Der Ausgang ist jedesmal der gleiche. Sie vollführen irgendwelche Handlungen, die ihren Vorstellungen entsprechen, ob nun etwas dabei herauskommt oder nicht, und nehmen mir die ganze Sache übel.
Das würde ich an ihrer Stelle auch so machen.
Bloß der Gedanke ans Delegieren wird dadurch unnötig kompliziert.
Seine zweite Pause ist noch länger als die erste. Das muß an mir liegen.
Ja, sage ich mitten in der Pause, das weiß ich schon.
Und nicht nur einmal. Sonst verschweige ich das, denn ich will mich ja nicht unbeliebt machen. Ich habe es auch nicht gern, wenn man so etwas zu mir sagt. Jetzt ist das anders. Ich will nicht gerade sagen, daß es mir Freude macht, aber anscheinend ist der Moment gekommen.
Ihnen kann man wohl nichts Neues mehr mitteilen.
Das sagte er und meinte es auch. Ich habe mich immer gefragt, ob er nicht recht hatte, aber der Ton seiner Stimme enthielt einen so hohen Prozentsatz von enttäuschter Routine, daß ich keine Lust hatte, ihm einfach recht zu geben, und darum bemühte ich mich, der Wahrheit auf die Spur zu kommen. Ich fühlte mich durchaus empfänglich für Mitteilungen, aber nicht auf diesem Sektor und nicht in so allgemeiner Form. In ihrer diagonalen Zusammenfassung sind mir die gängigen Lebensweisheiten wirklich längst bekannt.

Er ließ nicht locker. Es schien ihm Spaß zu machen.
Er erinnerte mich daran, daß ich mehr Begeisterung zeigen sollte für meine Aufgaben. Zeigen oder empfinden, am besten beides, wenn es nach ihm ginge.
Er wußte diese Dinge allein mit seiner Körperhaltung auszudrücken, während er mit seinen Worten nur wiederholte, was er vorher schon gesagt hatte.
Ihnen kann man aber auch gar nichts Neues mehr mitteilen, sagte er also, nicht ohne ein Drittel seiner Oberlippe hochzuziehen.
Und da ich nun schon einmal dabei war, ungerecht zu sein, sagte ich: Doch. Aber Sie wahrscheinlich nicht.
Ich hätte geschworen, daß er einen Kommentar verschluckt hat, als er mich ansah, so daß es für einen Augenblick ganz leise war um uns herum. Dabei knisterte es von überall her, als wäre die Herberge voller Nagetiere. Nun hatte ich also Zeit, mich vom Schrecken über mein unhöfliches Verhalten zu erholen und mich auf die zulässigen Umgangsformen zu besinnen. Aber ich habe sie schlecht genutzt. Die Vorstellung, daß ich mich von nun an mit Messerbänkchen beschäftigen sollte, muß mich dabei behindert haben. Außerdem war ich der Meinung, daß er dringend etwas gegen seine Gewißheiten unternehmen sollte.
Wir leben in einer postheroischen Phase! schrie ich ihn an, weil mir nichts Besseres einfiel.
Fassungslos hat er mich angestarrt.
Sie vielleicht, sagte er dann mitleidig.
Jetzt legte er, um der Diskussion ein Ende zu machen, eine Hand auf die Gedanken in seiner Stirn und begann, auf und ab zu schreiten in meinem ausgestorbenen Gang. Von der Bühnenöffnung hinten fiel künstliches Licht herein, als hätten sie drüben doch noch die Lampe angemacht, und seine langsamen Atemzüge klangen infolgedessen so, als besänne er sich auf seinen großen Monolog.
Scheußlich, denke ich, da mir nicht nach einem großzügigen Nicken zumute ist. Und das soll nun eine Tanzeinlage sein.

Lange geht er so und schweigt. Dann ist das zu Ende.
Wollen Sie eigentlich bis in alle Ewigkeit hier herumsitzen, werde ich gefragt, und es ist nicht gerade ein treuherziger Blick, der mir dabei zuteil wird. Ich muß noch froh sein, daß er auf Adverbien wie untätig und dergleichen verzichtet, und deshalb sage ich:
Die Ewigkeit interessiert mich überhaupt nicht.
Daß er keine Diskussion anfängt über das Thema, ist ganz in meinem Sinn.
Merken Sie nicht, wie die Zeit vergeht? sagt er.
Ja, sage ich, das ist ein interessantes Thema.
Nun lächelt er. Ich weiß nicht, ob er all die Theorien über die Zeit kennt, mit denen die Gelehrten ihre Forschungen vorantreiben. Ich kenne sie nicht. Vielleicht merkt er das, freut sich und lächelt deswegen. Er macht nicht den Eindruck, als wäre er einer von denen, die sich auf philosophische Grundfragen spezialisiert haben. Er weiß gerade genug, um nicht aufzufallen.
All die Forschungen auf den Außenposten der hypothetischen Wissenschaften, es ist schwer, nicht darauf reinzufallen. Wenn man sich erst einmal damit eingelassen hat, ist es kaum möglich, noch zu merken, daß diesen so weit fortentwickelten Gedankengängen gewöhnliche Gefühle zugrunde liegen, wie ich sie in mir selber auch finden muß.
Es ist nicht so, daß ich kein Weltbild hätte. Das habe ich schon gesagt. Und wenn es sich im Lauf der Zeit nicht immer anwenden läßt, so ist das auch kein Unglück, denn der Mensch ist ja nicht ununterbrochen auf ein brauchbares Weltbild angewiesen. Einen großen Teil meiner Erwartungen habe ich darauf gesetzt, daß das so ist.
Früher habe ich alles geglaubt und infolgedessen jedem, der mir etwas als Tatsache verkaufen wollte, einen dankbaren oder mitfühlenden oder empörten Blick dafür gegeben, je nachdem. Heute weiß ich, daß das keine ausreichende Gegenleistung ist. Aber das Unglück will es, daß zugleich mein Vertrauen in diese Mitteilungen nachgelassen hat, so daß ich oft nicht recht weiß,

wie ich meinen Wunsch nach handfesten Gegenleistungen an den Mann bringen soll.
Die Zeit ist vergangen. Ich will nicht behaupten, daß das ohne vorherige Ankündigungen geschehen wäre. Vielleicht war ich zu sehr mit all diesen Rührgeräten und Racletteschmelzöfen beschäftigt, als daß ich sie hätte hören können. Wohin man kommt, stehen ja solche Maschinen herum und machen Lärm. Ich frage mich, woher sie sich das Recht nehmen, meine Aufmerksamkeit zu blockieren, und nicht nur meine.
Du bist ein freier Mensch, hat mal jemand zu mir gesagt. Das war früher, nicht hier. Er ist hereingekommen und hat, da die Ölheizung gerade so laut lief, geschrien:
Du bist ein freier Mensch.
Ich mußte wieder an mein Weltbild denken, wo dieser Gedanke auch vorkam und sogar einen ziemlich großen Platz einnahm. Daß er das so in die Form eines heiseren Geschreis kleiden mußte, war nicht seine Schuld, sondern meine. Schließlich war ich der Meinung, daß ich die Ölheizung brauchte, und so war es ganz natürlich, daß ich sie nicht abstellen oder gar ganz ohne sie leben wollte. Mit den Rührgeräten und Racletteschmelzöfen fällt es mir weniger schwer, aber wenn man an den Punkt kommt, wo man nicht gern frieren möchte, sieht die Sache anders aus. Ich schreie zurück. Die Zeit ist vergangen, schreie ich. Sie ist nicht mehr da. Siehst du nicht die Fliegen auf der Lampe?
Er hatte sie längst gesehen, auch schon versucht, sie totzuschlagen, als ob das etwas nützen würde, ohne Erfolg. Ich war froh, daß die Lampe heil geblieben ist. Heute wundere ich mich darüber.
Inzwischen hatte sich die Ölheizung von selber abgestellt, weil es dank der unermüdlichen Vorsorge des Thermostaten nun warm genug war, und es war ganz leise. Man konnte sogar das Summen der Fliegen hören, die sich überall dort hinsetzten, wo noch nicht alle Spuren häuslichen Lebens verwischt waren. Sogar die Zeitungsausschnitte an der Wand waren für sie von In-

teresse, und ich habe im Geiste meinen Vorsatz erneuert, mich um die wichtigen Mitteilungen zu kümmern, die sie enthalten mußten, wenn sie schon dort hingen.
Die Fliegen hatten inzwischen alle einen Platz gefunden, der ihnen zusagte. Ich weiß nicht, was sie gemacht haben. Ich weiß nicht viel über Fliegen und habe deshalb Mühe, mir außer Essen und Schlafen noch etwas vorzustellen, womit eine einzelne Fliege sich beschäftigen könnte hier bei mir in meiner Küche. Zu mehreren ist das natürlich etwas anderes. Vielleicht sollte ich noch erwähnen, daß sich niemals eine von ihnen auf die Uhr gesetzt hat. Das ist eigenartig.
Die Zeit war also vergangen, und ich habe behauptet, ich hätte es nicht gemerkt, weil die Bügelmaschinen und elektrischen Saftpressen so laut waren und weil ganze Ladungen von Kupfertiefdruckerzeugnissen in meinem Briefkasten den Eingang von wichtigeren Meldungen verhindert hatten. Ist das eine Ausrede? Oder hatte es einen andern Grund, wenn ich mir auf all die Ankündigungen, daß die Zeit vergeht, keinen Reim machen konnte? Natürlich habe ich immer gewußt, daß sie nicht stillsteht, aber das allein reicht nicht aus.
Was willst du, sagte er leise, aber nicht ohne Ungeduld, denn es ist schwer, einem Menschen zuzusehen, der sich in das Unabänderliche nicht fügen will: Es sind wirklich genug Uhren da.
Dabei hat er die ganze Zeit aus dem Fenster gesehen, wo sich ein satter Nebel breitgemacht hatte und die Hoffnung auf visuelle Attraktionen noch unrealistischer machte, als sie es bei der gewöhnlichen Großwetterlage gewesen wäre.
Wenn er sagt, daß ich ein freier Mensch bin, dann meint er, daß ich imstande sein sollte, das beste aus den Dingen zu machen, wie sie nun mal sind. Das habe ich im Lauf der Zeit gelernt, daß er das meint. Natürlich habe ich auch das beste daraus gemacht, das versteht sich von selbst. Es liegt mir und ist nicht weiter schwer gewesen.
Zu der Zeit bin ich oft mit vollen Taschen nach Hause gekommen, mit Sachen, die gebraucht wurden, was man schon von

weitem erkennen konnte, und nicht nur daran, daß es schwer war. Ich weiß noch, wie ich mich dann ans Auspacken gemacht habe, und sehe jede Menge nützlicher Artikel vor mir, wenn ich nur will. Vogelfutter beispielsweise, exotische Körner, Samen von weiß Gott was für Pflanzen, und dann Hirsekolben, prall gefüllt bis in die letzte Kapsel, wie die Vögel sie am liebsten haben. Ich wollte wissen, was passiert, wenn man diese Sämereien als das nimmt, was sie sind. In alle Arten von Kübeln und Näpfen habe ich sie ausgesät, ohne an der Qualität der Erde zu sparen. Sogar Spanholzschachteln mit handgemalten Bauernmotiven habe ich ausprobiert, und es hat nichts genützt. Vielleicht war das Wasser nicht richtig. Oder sie hatten sich einfach zu weit von ihren ursprünglichen Möglichkeiten entfernt und sich ganz und gar auf ihre neue Aufgabe umgestellt, Vogelfutter zu sein und sonst gar nichts. Aber mir will das nicht in den Kopf. Ist es möglich, daß ein Hirsekolben alle Brücken hinter sich abbricht? Das ist lächerlich.
Sie müssen einfach alt gewesen sein, vertrocknet, abgestorben auf ihren langen Reisen über die Weltmeere in unsinkbaren Containerschiffen, und das trotz all der natürlichen Vorsorge für ihre Überlebenschancen auch unter ungünstigen Umständen.
Mein Kritiker hatte längst unsere Bühne verlassen und sich drüben wieder in sein Team eingereiht. Sogar wenn sie sich langweilten, sah jeder einzelne von ihnen so aus, als rechnete er immer noch damit, dereinst ein würdiges Herrscheramt zu übernehmen. So halten sie die Verbindung mit der Welt. Sie haben eine unglaubliche Maschinerie von Hilfsmitteln entwickelt für diesen Zweck, ferner einen Katalog von Grundregeln für die Position der Stärke. Ich stelle mir immer vor, wie die Luft Wellen schlägt vor lauter Berichterstattung und elektronischem Kontaktstreben. Wer möchte nicht immer mehr Menschen immer zuverlässiger erreichen? Wozu? Um ihnen immer weitere Handlungsdramen die Ganglien hinaufzujagen? Jagdgeschichten? Geschichtstragödien? Von Einsamkeit kann unter diesen Umständen nicht die Rede sein, ich meine heutzutage,

wo Tag für Tag neue unsichtbare Naturgewalten entdeckt und in den Dienst unserer anschwellenden Kommunikationswünsche gestellt werden.
Wenn sie ihren jeweiligen Bedarf gesättigt haben, beginnen sie zu wandern. So kommt es, daß dann einer bei mir erscheint, um fragend Anteil zu nehmen am Fortgang meiner Bemühungen.
Möchte er sich erkundigen?
Ich glaube, meine Aufmachung gefällt ihm nicht. Als nächstes wird er mich fragen, ob ich nicht etwas anderes zum Anziehen hätte. Sie sind ja nicht allein auf der Welt, wird er sagen. Und in seinem freundschaftlichsten Baßton wird er hinzufügen: Man muß doch sehen, daß Sie eine Frau sind.
Damit kann er mir keinen Eindruck machen, sage ich mir. Ihre Aufmachung gefällt mir auch nicht, denke ich vorbeugend und arbeite weiter, damit der ganze Dialog gar nicht erst stattfinden kann.
Sie tun jetzt so, als ob ich der Patient wäre und sie die Ärzte. Dabei starren sie wie gebannt auf die Erfahrungen der Vergangenheit, auch die Fortschrittlichen unter ihnen.
Er stand mittlerweile vor mir und sah mich ausdruckslos an, während die glänzenden Teile seiner Smokingjacke bereits bedrohlich schimmerten.
Soll das ein Menü sein? schrie er.
Er begann auf und ab zu schreiten und verschränkte auch die Hände auf dem Rücken, als befände er sich in einer Situation, in der er Konsequenzen ziehen mußte. Ich möchte wetten, daß er mich entlassen hätte, wenn das in seiner Macht stünde. Dabei mußte er, so wie die Dinge eingerichtet waren, froh sein, wenn ich ihn nicht entließ, aber ich hatte nichts davon. Was sollte ich mit einem leeren Smoking? Nicht daß er mich gestört hätte, aber mein Problem hätte sich damit nicht lösen lassen.
Mit seiner spitzen Nase wies er auf das feuchte duftende Zeitungspapier.
Ist das etwa Fisch? sagte er.
Ich saß auf meinem Stuhl und war bereit, zuzuhören.

Mir können Sie nichts vormachen, sagte er.
Ich mache Ihnen nichts vor, sagte ich.
Er holte tief Luft, um zu bemerken: Ich habe in diesem famosen Haushalt noch kein Fischbesteck gesehen.
Ich möchte sein Gesicht sehen, wenn er feststellen muß, daß es auch keine Fingerschalen und kein Buttermesser gibt.
Es ist Fisch, sagte ich, Sie haben ganz recht.
Der in seinen Mundwinkeln wachsende Ausdruck von Besorgnis war so unecht, wie er nur sein konnte. Er hatte auch bereits hinter seinem Rücken angefangen, an den Fingern zu reißen, und das Knacken seiner Gelenke war beträchtlich.
Der ist doch viel zu klein, sagte er dann.
Dieser Gedanke muß ihn belustigt haben, denn ich sah, wie in seinem Zwerchfell ein Geräusch entstand, das sich im Handumdrehen über den ganzen Körper ausbreitete. Unter anderen Umständen hätte das ansteckend wirken und wohl eine ganze Gesellschaft zu solidarischem Gehabe anstiften, Gelächter hervorlocken und dieses dann bis zu Lachsalven steigern können. Wie er so dastand und gluckste, zweifelte ich nicht daran, daß er das Zeug hatte zu derartigen Wirkungen, aber außer mir war niemand da, und ich fühlte einfach nicht genug Einverständnis.
Kein Wunder, daß Enttäuschung in ihm aufstieg, und ich konnte sehen, daß auch er Übung darin hatte, das nicht zu zeigen.
Sie haben ganz recht, sagte ich bereitwillig. Und weil ich mich als Spezialist für die Küche gemeldet hatte, fügte ich noch hinzu: Er ist wohl klein, aber dafür sind es zwei. Und außerdem kann man sie strecken.
Statt sich getröstet zu fühlen, ließ er ein boshaftes Gelächter hören.
Haben Sie schon mal versucht, einen Fisch zu strecken? stieß er hervor.
Nein, sagte ich.
Ich hatte keine Lust mehr, das Gespräch fortzusetzen, weil ich keine Stimme mehr hatte. Von einem Augenblick auf den an-

dern war meine Stimme erdrückt worden von einem Gefühl, das ich auf den ersten Blick für Wut halten wollte, das sich aber bei näherem Hinsehen als Entrüstung erwies. Und auch dann erschien es mir noch sonderbar, daß es möglich sein sollte, einem Gefühl überhaupt einen Namen zu geben. Für mich bedeutete es eine Erleichterung, daß ich diesen Namen gefunden hatte, aber warum? Wenn ich die Gründe nicht angeben kann, brauche ich mir deswegen keine Sorgen zu machen. Die Antworten liegen auf der Straße, wenn man einmal eine Frage gefunden hat. Man braucht sich nur umzusehen, und schon findet man eine beträchtliche Auswahl von vorformulierten Denkmodellen, unter denen man sich für das Passende entscheiden kann.

Wenn ich also ein Wort wie Entrüstung ausspreche, so ist das in Ordnung, vorausgesetzt, daß ich angebe, welchem denkerischen Modell ich ein solches Wort entnehme. Und das fällt mir dann schwer, weil meine Einsichten aus nicht zitierfähigen Quellen stammen. So wie die Dinge bei mir liegen, muß ich schon froh sein, wenn mir überhaupt ein Wort wie Entrüstung einfällt.

Wenn meine Diskussionsrunde hier ein solches Wort hört, dann zeigt sie Freude. Sie haben genug Zeitungen und zeitgenössische Analysen gelesen, daß sie imstande sind, sogleich eine ganze Maschinerie von Bewertungskategorien in Betrieb zu setzen. Und wehe, wenn sie dahinterkommen, daß das bei mir nicht der Fall ist. Dann schalten sie ihren Maschinenpark auf volle Kraft voraus, und mir bleibt nichts anderes übrig, als ihnen zuzustimmen, denn die Voraussetzungen, die man für einen Widerspruch braucht, sind bei mir einfach nicht gegeben.

Mein Gehirn funktioniert nicht mehr, wollte ich sagen. Es ist müde. Es hat alle seine Koordinierungswünsche aufgegeben und möchte nicht mehr benutzt werden. Es hat seine Kräfte verbraucht auf der Suche nach dem richtigen Wort. Es kann den Anblick von Wörtern nicht mehr aushalten, ohne die Verbindungen zu blockieren. Es fängt an zu jammern beim Rückblick auf all die verlorenen Jahre und all die fehlgeleiteten Impulse.

Jetzt warte ich vergeblich auf irgendeinen Ausschlag auf den Skalen, die einen Hinweis geben könnten auf die Zustände in den Reservoirs. Ein Wink mit der Meßlatte bleibt unbemerkt. Die Erinnerung bleibt ohne Folgen. Ich bleibe an die Wand gelehnt, um wenigstens einen aufrechten Anblick zu bieten.
Noch ergehen allerlei Appelle an meine Leistungsfähigkeit. Es ist nicht so, daß ich sie nicht bemerke. Ich erkenne sie noch. Das fühlt sich ganz gleich an, wie wenn jemand einen stehengebliebenen Motor wieder anzuschieben versucht. Ich lasse zu, daß Benzin nachgefüllt wird, obgleich ich weiß, daß der Tank noch halbvoll ist. Ich lege auch den empfohlenen Gang ein und kann beweisen, daß das Ding bei der nächsten Ecke wieder zum Stehen kommt. Und das ist gut so, denn wie soll ich wissen, ob hier nicht eine Situation eintritt, wo die Vorfahrt beachtet werden muß?
Mein Gehirn erkennt die Appelle noch, aber es hat keine Freude mehr daran, sie richtig zu beantworten. Es zuckt zusammen beim Gedanken an all die Betriebsamkeit, die einmal möglich war. Vielleicht ist es auf einer der ungezählten steilen Starts in einer Hochspannungsleitung hängengeblieben und findet jetzt den Weg nicht mehr. Oder es war eine Telephonleitung, und es ist jetzt in der glücklichen Lage, auf das Gewisper der Wellen zu horchen, die man sich in den beweglichen Partikeln eines Kupferdrahts vorstellen muß.
Über uns den blauen Himmel, wenn man Glück hat, wollte ich sagen, und unter uns die Dunkelheit der Erinnerungen. Wie soll man da seinen Platz finden mitten in der bewegten Luft?
Was hier alles durch den Raum fliegt, ganz abgesehen von verschlüsselten Wellen aller Art, das ist nicht zu beschreiben. Und unten, am Boden, wollte ich sagen, da stapeln sich die Relikte aus der Vergangenheit, mit abgestoßenen Ecken und eingeknickten Stützpfeilern, ohne daß man deswegen sagen könnte, sie wären nicht gut erhalten.
Was in meinem Kopf noch gut funktioniert, ist der Reflex, die alten Gewohnheiten jeweils wieder in Betrieb zu setzen, sobald

sich eine Gelegenheit zeigt. Bloß das Vorhandensein dieses Reflexes gewährleistet jetzt nicht mehr seine Umsetzung in die Tat. Ich höre jeweils ein müdes Klicken, der Kopf sinkt tiefer, wollte ich sagen, und es dauert nicht lange, bis die Situation überstanden ist infolge der natürlichen Geschwindigkeit der Zeit.
Das kann noch lange so weitergehen.
Wenn alle Geräusche abgestellt sind, ist es sehr leise.
Dann dringt langsam ein Gemurmel aus verschlossenen Türen herein.
Das Gemurmel ist nicht zu verstehen. Es ist angenehm. Es ist ein Beweis dafür, daß noch jemand da ist. Ja, denke ich mir dann, es muß Überlebende geben, das ist die Hauptsache. Wozu muß ich dann wissen, was sie reden? Natürlich habe ich mein Ohr an die Tür gelegt, aber die Akustik war verzerrt, nachdem sie so viel Holz durchdringen mußte, so daß ich von keiner der Stimmen mehr mit Sicherheit hätte sagen können, ob sie mir wirklich etwas bedeuten. Und die Botschaften aus der optischen Welt hatten sich anscheinend zunächst gestaut und dann beim Durchgang durch das Schlüsselloch derart gekreuzt, daß man sich keinen Reim mehr darauf machen konnte. Zu allem Überfluß hat auch noch der Schlüssel von der andern Seite, also nach der gewöhnlichen Terminologie von innen gesteckt, so daß schon ein ungewöhnliches Maß an Optimismus dazugehörte, überhaupt den Versuch zu wagen. Und wenn es nicht Optimismus war, dann eben etwas anderes. Wenn es auf meiner Seite einen Schlüssel gegeben hätte, dann hätte ich ihn vielleicht herausgezogen.
Aber so wie die Dinge lagen, wollte ich nicht unhöflich sein. Ich war wohl darauf angewiesen, daß niemand den Respekt vor mir verloren hat, anders kann ich mir das nicht erklären. Soweit ich mich erinnern kann, bin ich auch nie eingetreten, ohne anzuklopfen, aus dem gleichen Grunde.
Daran, daß das Gemurmel noch nicht aufgehört hat, wollte ich sagen, habe ich meine Freude. Und dann, wenn ich mich auf

meine Aufgaben besinne, bin ich schon wieder unterwegs und auf dem Weg nach oben.
Aus den Gängen mit ihren Mansarden rauschen die bekannten Klänge herüber. Alles ist voll von Geräuschen, von denen ich nie gedacht hätte, daß ich sie identifizieren könnte, und zwar so mühelos. Ist es ein Zeichen von Wahnsinn, wie viele Geräusche der Mensch erkennt und welche? Oder von Weisheit? Oder Gewohnheit?
Auf den oberen Treppen, die ich noch unter mich bringen muß, wenn ich wieder an meinen Platz will, begegnet mir ein Treck von Würmern, die murmelnd die Treppe herunterkommen. Wollen sie das sinkende Schiff verlassen, oder was ist los? Seit sie meine Kastanien gefressen haben, sind sie viel dicker geworden. Ein schwacher elfenbeinerner Glanz liegt auf ihren Körpersegmenten. Gewissenhaft halten sie sich rechts, auf der Innenseite der Treppe. Warum machen sie das? Aus Hunger?
Hin und wieder stecken zwei von ihnen die Köpfe zusammen, als wollten sie über etwas reden.
Und dann Mansarden in den unteren Stockwerken. Wie kommt das?
Von oben kam mir nun eine langsame Musik entgegen, süß, heiter, ein wenig dumpf, würde ich sagen, und nichts war dem Zufall überlassen. Die Herren, es sind fünf, halten ihre Zylinder jetzt aufgestützt auf den rechten Hüftknochen, mit der rechten Hand, von mir aus gesehen. Ihre Gesichter sind aschgrau und bewegen sich nicht, nur der Farbton spielt, gelegentlich bis hin zu Elfenbein oder Chamois matt, wenn die Beleuchtung wechselt. Jetzt erinnern sie sich.
Einer beginnt zu sprechen, ohne die Vorstellung zu unterbrechen. Er bewegt nicht einmal die Lippen.
Ich möchte wissen, wann Sie aufhören, hier herumzustolpern, sagt er und meint mich. Das ist alles vollkommen unzeitgemäß. Wissen Sie nicht, daß wir andere Sorgen haben?
Selbstverständlich wußte ich es. Es macht mir keine Mühe, dergleichen zuzugeben.

Kein Frack ist wie der andere, hat einmal jemand zu mir gesagt, und ich habe es mir gemerkt, ohne es zu wissen. Vielleicht war es einer von ihnen. Das muß man ihm wohl glauben, wenn es auch schwerfällt. Ich sehe keine großen Unterschiede.
Nun drückten sie sich mit der freien Hand den Hut ans Ohr, um ihn auf- und zuzuklappen. Es sah aus, als ginge es von selber, aus keinem andern Grund als dem, daß Musik da war.
Ein freundlicher Mensch löste sich aus der Gruppe, weil er im Vorbeigehen den Arm um mich legen wollte. Er kam zu mir herüber, hielt sich den Zylinder vors Zwerchfell, sah mich recht liebevoll an, und ohne daß er selber ganz glücklich ausgesehen hätte, sprach er mich an. Er sagte:
Muß das eigentlich alles sein?
Ja, sagte ich.
Du lebst nicht auf der Höhe deiner Möglichkeiten, sagte er.
Ja, sagte ich.
Dann fügte er noch bei: Das Leben ist so kurz.
Das ist es, sagte ich bloß. Schließlich konnte ich ihn, so wie die Dinge lagen, nicht gut verwundet ansehen.
Er drehte sich zu mir herum und sah mich unternehmungslustig an.
Los, Schneewittchen, sagte er freundschaftlich.
Ich habe noch etwas zu erledigen, sagte ich wahrheitsgemäß.
Lächelnd hat er seinen Hut aufgesetzt, bevor er ging.
Wie ich zurückkomme, sitzt er schon mit frisch geschnittenen Haaren am Boden. Sein Kopf ist kleiner als sonst, sein Blick mutloser. Er hält ihn gesenkt, damit es nicht so auffällt. Ich setze mich neben ihn aufs Linoleum, ein bewährtes Mittel gegen die Einsamkeit. Außerdem sieht man mehr von unten.
Ich sehe, daß seine lederne Jacke jetzt zugeknöpft ist bis an den zitternden Halsknorpel. Daß er so schnell atmet, ist nicht neu, das hat er schon lange so gemacht. Er muß eine gute Weile gerannt sein, um seinen Zug nicht zu verpassen, und es dann aufgegeben haben, bevor er richtig angekommen war, und seitdem atmet er so.

Mäuse in unbekannter Zahl huschen durch den Gang. Entweder glauben sie, daß wir gar nicht da sind, oder sie halten uns nicht für gefährlich.
Soll ich ihm jetzt etwas Tröstliches sagen? Und wenn ja, was? Dann fällt mir etwas ein.
Es hat doch keinen Sinn, sage ich. Man kann ebensogut aufgeben.
Ist das meine längst fällige Bankrotterklärung? Durchaus nicht. Denn ich spreche das aus, um herauszufinden, ob ich es wirklich meine, und finde, daß ich vom Sinn meiner Worte noch nicht überzeugt bin. Ich möchte, daß es ihm genauso geht. Und tatsächlich, er nickt.
Wir stehen also auf, halten mit Mühe und ohne uns etwas dabei zu denken unsere Kleider, die nicht nur zu lang, sondern auch zu weit sind, und sind uns in unseren Herzen einig, daß nicht gegangen, sondern auf einem Bein gehüpft werden soll. Es besteht nicht einmal ein Zweifel daran, mit welchem Bein wir anfangen. Wenn wir nicht mehr können, wird es gewechselt. So geht es vorbei an den verblüfften Blicken der übrigen Welt, Hand in Hand, mit frisch gekalkten Gesichtern, und ohne eine Miene zu verziehen. Wir lächeln auch nicht. Das ist überflüssig. Weiter, die Treppenflucht hinunter, das ist ganz leicht. Fliegen ist ja noch nie ein Problem gewesen.
Der Marmor stört überhaupt nicht. Ölgemälde huschen vorbei, als gingen sie uns nichts an. Seitengänge lassen wir rechts und links liegen, einen um den andern. Aus den Fenstern fällt buntes Licht herunter auf uns, aus den Sälen dunkles.
Der Aufprall unten in der Eingangshalle ist hart, als hätten wir ihn nicht kommen sehen.
Jetzt schleppen wir uns weiter, barfuß, denn unsere Pantoffeln sind irgendwo auf der Strecke geblieben. Ich weiß nicht, ob man zurückgehen und sie suchen kann. Ich glaube eher nicht.
Weißt du, was ich möchte? sagte ich atemlos.
Er konnte es nicht erraten.
Ganz viel von allem! sagte ich.

Wie recht du hast, sagte er.
Es ist nicht so, daß ich die Möglichkeiten, mir hier zu schaffen zu machen, nicht sehe. Ich könnte ganz gut einen der parfümierten Lumpen, die in den Ecken zusammengedrückt liegen, an mich nehmen und damit all die Gegenstände abwischen, die auch nur eine entfernte Ähnlichkeit mit einem Möbelstück haben. Damit hätte ich für lange Zeit zu tun, ganz unabhängig von meinen Bedenken, die Zeit lang zu nennen, denn es ist ja nicht damit getan, daß man den Staub abwischt. Jeweils nach einigen liebevollen Strichen nimmt man das Tuch mit der gleichen Sorgfalt zusammen, um es zum nächsten geeigneten Fenster zu tragen und dort auszuschütteln. Das weiß jeder, der einmal mit offenen Augen durch die Straßen gegangen ist und die Gelegenheit benutzt hat, seinen Blick in die Höhe zu heben. Dann sieht man, was geschieht, wenn sich die Fenster öffnen.
Immer dann, wenn mich einer von ihren Seitenblicken mit seinem unausgesprochenen Vorwurf trifft, entsteht in mir der Impuls, genau das zu machen. Ja, denke ich dann voller Vorfreude, gleich springe ich auf und erschrecke mein siebenköpfiges Gremium mit der Tatsache, daß ich den angejahrten Lumpen, der hinter meinem Arbeitsplatz in eine Ritze gestopft ist und vor dieser Zeit eine andere erlebt und in deren Verlauf einen satten Geruch von Motorenölrückständen angenommen hat, herausreiße und damit in den Empfangssaal stürme, um all die Regale in den Spiegelvitrinen abzuwischen, Stück für Stück, nicht ohne jeweils zwischendurch mit dem Lumpen im Treppenhaus und dann in einem Seitenflügel der unteren Stockwerke zu verschwinden, wo es aller Wahrscheinlichkeit nach ein Fenster gibt, um ihn auszuschütteln. Mit allen Zeichen der Atemlosigkeit kehre ich dann zurück und nehme das nächste Regal in Angriff, denn die Zeit eilt.
Allein der Gedanke weckt meine tatkräftigen Komponenten. Es ist auch nicht damit getan, die Vitrinen zu putzen, denn bei ihnen ist das Ganze reine Routine oder, wenn man so will, Pflichtgefühl. Den Charakter bitterer Notwendigkeit nimmt die

Sache erst an, wenn es um die Stühle geht. Es gibt sechs oder sieben lange Reihen von handgeschnitzten Mahagonistühlen, und auf denen liegt in der Tat wesentlich mehr Staub, als man das von den allgemein tolerierten Mittelwerten her gewohnt ist. Ich würde mich unter keinen Umständen daraufsetzen, so wie sie aussehen. Daran kann auch das strahlende Blütenweiß der Damasttischtücher nichts ändern, das mir ohnehin nicht so vertrauenerweckend vorkommt, wie es gemeint ist, denn ich werde den Verdacht nicht los, daß dieser frische Heißmangelgeruch, den es ausstrahlt, eine künstliche Beifügung ist aus den unerschöpflichen Retorten der nostalgischen Industrie.
Vielleicht sind die Stühle gar nicht aus Mahagoni. Ich nehme das nur an. Es ist ein Wort, entsprungen aus den Erwartungen, die eine lange Reihe von Wochenschauen und Spielfilmvorführungen in mir geweckt hat. Darum kann ich Mahagoni noch lange nicht von ähnlichen Hölzern unterscheiden.
Gleich werde ich mich an die Arbeit machen. Es ist eine gute Arbeit. Man wird meinen, daß ich endlich etwas Sinnvolles tue. Während ich versuche, nicht nur den gröbsten Staub, sondern auch all die feinen Rückstände zu beseitigen, wobei sich die ölhaltige Konsistenz des Lumpens als zweckmäßig, ja segensreich erweist, ernte ich eine Überfülle von ernstgemeinten Blicken, die von Respekt und Rührung zeugen. Eine Diskussion über die Frage, ob man es der Tagungsleitung als eine grobe Nachlässigkeit ankreiden soll, daß sie diese Dinge nicht schon früher organisatorisch in den Griff bekommen hat, setzt ein und bricht dann wieder ab. Die Gänge in die unteren Stockwerke sind ermüdend, aber zweckmäßig. Man kann sie sogar notwendig nennen, wenn man die Prämissen einmal akzeptiert hat.
Sobald das erledigt ist, kann ich mich dem nächsten Traktandum zuwenden, also der Bereitstellung und Vorstrukturierung der Rohstoffe, und dann heraus mit der Pommes-frites-Maschine und der Dreigangraspel mit ihren Durchlaufvibratoren, denn die Zeit drängt.
Damit ist es leider nichts, das habe ich schon gesagt.

Von Minute zu Minute verstricke ich mich tiefer in diese Pantomime von häuslicher Geschäftigkeit, will es mir scheinen. Ausgestattet mit nichts als einer Andeutung von schlechten Requisiten und einem reichen Repertoire von Schrittfolgen und Bewegungsabläufen. Müßte es mich nicht nachdenklich stimmen, wenn meine althergebrachte Überzeugung, daß die Sache schon gutgehen wird, immer noch arbeitet? Als zöge ich meine Folgerungen gar nicht aus der Welt der sichtbaren Erscheinungen? Hier ist nichts als eine Flucht von leeren Tischen mit Damastbezügen und silbernen Leuchtern und dann noch eine angeheuerte Mannschaft von Erstklaßkellnern, die eine genaue Vorstellung von ihren Aufgaben haben und voller Argwohn alle meine Unternehmungen verfolgen. Ihr Argwohn ist berechtigt. Ich selbst habe den Verdacht, daß meine Schritte und Handgriffe nach und nach ihren Charakter verändert haben und jetzt wie Täuschungsmanöver aussehen.

Wenn man bedenkt, daß das ein Versuch war, die Dinge endlich in die Hand zu nehmen, dann kann man das dürftige Ergebnis nur bedauern.

Zwar gibt es zwei verfaulte Leckerbissen aus Mexiko, aber ich komme nicht mehr lange darum herum zuzugeben, daß ich den Glauben daran verloren habe. Und sonst? Woher kommt dieser unzeitgemäße Mangel? Diese plötzliche Abwesenheit von Verschleißmaterial, Fertiggerichten und Wegwerfangebinden, die so vollkommen im Widerspruch steht zu jeglicher Lichtreklame? Ein einziger Blick aus dem Fenster, denke ich mir, und schon hätten wir den Blick frei auf die gut ausgeleuchtete Nachbildung einer Absinthflasche, unermüdlich aus- und angeschaltet, und das in der Größe eines mittleren Reaktorkühlturms. Hier aber gibt es entweder keine Fenster oder sie sind nicht durchsichtig oder aber sie gehören zu Räumen, zu denen mir der Eintritt verwehrt ist. Darum kann ich meine Erinnerungen nicht verifizieren. Dabei schreiben wir jetzt das Jahrhundert der Beutelsuppen; es ist längst angebrochen und bald schon vorbei, um einem neuen Jahrhundert Platz zu machen. Und wie wird das heißen?

An der Stelle, wo sie das Fenster zugemauert haben und ich einmal die Fugen und Löcher mit Humus verstopft und dergestalt meinen Beitrag für die Vegetation der Zukunft geleistet habe, ändere ich meinen Sinn. Nein, ich werde nicht warten, bis der Wind ein geflügeltes Samenkorn vorbeiweht. Ich will meine Schürzentaschen nach außen kehren, um die letzten Vogelkörner, die sich in den Ecken versteckt haben, hier einzupflanzen. So weiß man doch wenigstens, daß es kein Unkraut sein wird. Meine beiden Kastanien stecke ich wieder ein. Bäume würden hier nicht passen, wenn man mich fragt.

Die Vorstellung, ein Loch in die Wand zu kratzen, lockt mich überhaupt nicht mehr.

Es ist ein Fehler, daß es hier, wo mein Seitenflügel beginnt, keinen Vorhang gibt, den man zuziehen könnte. Auf diese Weise wird die Atmosphäre im angrenzenden Festsaal nie ganz makellos sein. Und hier auch nicht.

Es ist jetzt nicht der Moment, langfristig eingeübte Haltungsfehler zu korrigieren, und darum lehne ich weiter vornübergebeugt an der Wand, den Kopf leicht nach oben gerichtet, um die an der gegenüberliegenden Seite des Saals aufgehängten Gemälde auf mich wirken zu lassen.

Der Anblick der Historie in ausgewählten Zeugnissen ist so niederschmetternd wie immer.

Dann schon lieber Wrackteile, denke ich.

Daran ändert auch die Tatsache nichts, daß das Auswahlprinzip hier von dem Wunsch geleitet war, das Positive zu betonen. Das macht es nur schlimmer.

Auf den Bildern die Zitronen und Orangen sind schon geschält, aber nur teilweise, und noch nicht vertrocknet, wie wir es mit unsern Zitronen erleben würden. Ich frage mich, wer diese Bilder damals angesehen hat, als sie ganz neu und infolgedessen noch naturgetreuer waren. Nur diejenigen, die sich Zitronen kaufen konnten, oder auch die andern? Und wozu? Schöne Schalenspiralen, wie sie nicht jeder fertigbringt, hängen vom ziselierten Rand des Tabletts, als seien sie eben heruntergefal-

len. Wenn wir so davorstehen, sollten wir meinen, hier sei ein flüchtiger Augenblick eingefangen. Das weiß der Mensch ja schon lange, daß er und seinesgleichen sich wünscht, das Vergängliche festzuhalten. Darum liegt das Damasttischtuch auf dem Bild auch so da, wie es das nur nach einem wüsten Hervorbrechen von Gefühlen gibt. Keine Hausfrau würde ihr Tischtuch lange so liegenlassen. Überhaupt steht alles derart auf dem Tisch, daß man froh sein muß, wenn es noch da ist. Vielleicht ist auch etwas hinuntergefallen. Darüber kann ich nichts sagen, das sieht man nicht. Bloß der tote Fasan scheint sich nicht von der Stelle gerührt zu haben. Die letzten Blutstropfen aus seinem frisch abgeschnittenen Hals sickern noch an die gleiche Stelle wie die ersten.
Das ist schrecklich und will mir nicht in den Kopf.
Ist das hier eine Ausstellung von Vorschlägen für das, was wir uns wünschen sollen? Oder ein Gerichtssaal über die Natur unserer Wünsche? Jedenfalls keine Galerie für die Ausgestoßenen.
Während ich noch dastehe und mir an den Kopf fasse, kommt mir die unbegrabene Kreatur in den Sinn, die nicht mehr an ihrem Platz ist, abgeholt, falls es das gibt, von ihrem rechtmäßigen Besitzer, dem Hühnerzüchter. Daran, daß das Krähen des Hahns für immer verstummt ist, will ich nicht denken. Einmal will ich noch sehen, ob ich etwas für ihn tun kann. Als ich ihm zum letzten Mal begegnet bin, war er in einem so erbarmungswürdigen Zustand. Wenn ich jetzt losgehe, wird kein Mensch auf mich achten, denn die Männer stehen in gestreiften Beinkleidern und abgeschnittenem Frack mit aufgestützten Armen um die Anrichte herum wie vor einer Schießbude. Sie stecken die Köpfe zusammen, als hätte jemand ihnen einen Taschenfernseher geschenkt. Sie achten infolgedessen auf die übrigen Geräusche des Lebens nicht mehr, und man darf wohl davon ausgehen, daß sie auch den Mund nicht aufmachen werden. Bis ins Treppenhaus hört man den blechernen Takt des Lachens, das der Apparat von sich gibt, unterbrochen nur vom Scharren einer menschlichen Stimme.

Was, schreie ich die Treppe hinauf, ohne erst nachzudenken. Waffen haben sie geliefert?
Das war wieder so ein Irrtum von mir zu meinen, die Zeiten wären vorbei. Mein Publikum ist noch so ins Zuhören vertieft, daß keiner auf meine Worte achtet.
Dann gehe ich weiter, in der Hand den Palmwedel, vorbei an Seestücken, prächtigen Meerschnecken auf einer Samtdecke mit Brokatfransen, dem traurigen Blick, den zwei tote Fische zu mir herüberwerfen, als könnte ich ihnen noch helfen, vorbei an einer durchgeschnittenen Zwiebel und dem abgefallenen Blütenblatt einer kostspieligen Blume. Die ganz tote Natur sieht mich an. Irgendetwas ist immer umgestürzt oder zerbrochen, aber nicht so, daß es im Vordergrund auf die Langusten zu liegen käme. Oder in der Mitte eine stumme Nische für das Unvergängliche. Jedes Bild hat sein eigenes Leben, weil es sein eigenes Licht hat. Das ist nicht so selbstverständlich, wie man meint. Auch der Einfall des Lichts mußte erfunden werden wie andere Dinge in den Zeitaltern der Entdeckungen. Ganz ohne Licht geht es ja nicht. Das kann man heute sagen, früher nicht. Und ohne Dunkelheit geht es auch nicht. Dunkelheit braucht man für die unsichtbaren Dinge. Man muß sich nur vorstellen, wie es ist, wenn der Mensch geboren wird, das Licht der Welt erblickt und erschrickt. Die langwierige Mühsal des Umdenkens, der Gewöhnung ans Licht kann man gar nicht überschätzen. Wer verzichtet wohl leichten Herzens auf das Dunkel der Hoffnung, der Geborgenheit und der Fülle? Und woher kommt das Licht auf den Bildern? Nicht immer von oben.
Dann weiter, durch die Hallen mit ihren Illustrationen zur Geschichte des Fortschritts, gemalt von Männern, die schon vor langer Zeit als Greise verstorben sind, über eine unvollendete Radierung gebeugt und dann im letzten Augenblick vornübergesunken. Aus den Stuben der Seitentrakte grüßen mit abwesendem Blick die Gipsabgüsse herüber.
Der Seitenflügel, wo ich das gesuchte Tier vermute, ist ganz leergeräumt, auf dem Boden ein paar unbedachte Halme, Gras

oder Heu, wenn man so will, und auf dem Bücherregal ein Ei, das mir vorher nicht aufgefallen war. Seit wann legen Hähne Eier?
Die Tür ist kaum angelehnt. Man kann hineinsehen. Auf seinem harten Bett sitzt schwach und dünn in seiner gelben Haut ein Mann. Ich glaube nicht, daß ihn die dünne Decke wärmt. Das Dunkel unter seinem Schrank ist voll von raschelndem Geziefer. Ich kann bis hierher hören, wie sie stöhnen. Wem soll er glauben? Dem Engel, der ihm von hinten flehend die gesunde Hand auf eine Schulter legt? Oder dem sprachlosen Gnom, der ihm den dicken Beutel reicht von unten? Er glaubt keinem. Er sieht an der Wand den Schatten eines Pfeils und wartet. Ich sehe ihn auch.
Weiter unten, wo früher jemand Kastanien gesammelt hat, sieht man Fundsachen, vergessene Türen, Anzeichen von Zerstörung und Gewalteinwirkung. Soll ich das als ein Lebenszeichen nehmen? Dann Treibholz von unterschiedlicher Größe. Es sind Holzscheiter, zusammengetragen und dann wieder aufgegeben. Jedes von ihnen hat eine andere Geschichte. Was hat ein solcher Gegenstand erlebt? Ich will alles wissen, nicht nur das, was in der Zeitung steht. Vielleicht habe ich darum aufgehört, Zeitung zu lesen. Ich habe zwar geglaubt, es läge daran, daß ich keine Zeit mehr hatte, aber das ist nur in dem Sinne richtig, daß man in der Tat zu wenig Zeit hat, wenn man alles wissen will.
Daran, daß es unten in einem Winkel dieser Festung noch ein Pfund Kartoffeln, einen Salatkopf, eine nicht ganz leere Milchtüte oder irgendeine andere Substanz gibt, die sich für eine Mahlzeit eignen würde, daran glaube ich nicht mehr. Ich gehe trotzdem weiter, bis ich unten angekommen bin, wo es Doppeltüren gibt aus Zehnmillimeterblech mit schweren Hebeln von der Länge eines Kinderarms, nur viel zu hoch, und jetzt eingedrückt, verbeult von einer Gewalt, wie sie im Widerspruch zu jeder möglichen Vernunft und doch im Rahmen der menschlichen Möglichkeiten liegt. Aber das ist eine Sache für sich. Wenn nicht noch Reste von diesen eigenartigen Inschriften darauf ge-

wesen wären, hätte man sie für irgendein Ausschußprodukt unserer Industriegesellschaft halten können. Davon gibt es ja genug. Eine solche Tür zu öffnen, das braucht man gar nicht erst zu versuchen. Es ist auch nicht nötig, weil sie ganz von selber offenstehen, nach allem, was geschehen ist.
In den Wänden hier sind waagerechte Fächer, sehr viele und alle leer. Vor den Wänden lehnen Steinquader, hochkant, schon behauen oder noch ganz roh, je nachdem, auf einem von ihnen eine kleine Öllampe aus Bronze. Alterslos ist die Luft, das muß man sagen, nicht geschichtslos, denn man kann sich nicht darauf verlassen, daß die Luft, wie sie jetzt ist, noch eine Zukunft hat. Ich atme sie, so gut es geht, und sehe mich um. Da sind sie wieder, diese Schritte, die ich schon kenne, wie sie die Gänge abschreiten, als gingen sie einer Aufgabe nach. Ich denke, es wird der Sprengmeister sein, mit Gummistiefeln und Überlebenschancen, die er sich erworben hat wie andere ihren Erfahrungsschatz. Vielleicht gibt es noch vergessene Sprengkörper zu entschärfen.
Ich sah mich um, in zwei möglichen Richtungen, denn es hätte sein können, daß das Treppenhaus, das hier schon längst nicht mehr aus Marmor bestand, sich an einem andern Ort fortsetzte, so daß ich noch nicht eigentlich unten angekommen war und mich dem Erdmittelpunkt noch weiter hätte nähern können. Ich habe aber keine Treppe mehr gefunden. Nun muß ich zwar zugeben, daß ich meine Suche auf die erwähnten zwei Richtungen beschränkt und die zahllosen Seitengänge, die es hier gab wie überall, beiseite gelassen habe. Ich habe mich auch gar nicht sicher genug gefühlt, um mich in ihnen zu verlieren. Wer möchte schon, wenn er auf seine Wanderungen zurückblickt, das mit dem Gefühl tun, keinen roten Faden gehabt zu haben? Dabei habe ich redlich gesucht, nicht nur nach richtigen Treppenanlagen, auch nach Löchern im Boden, durch die man eine Leiter hätte nach unten schieben sollen. Und nach Ritzen, die auf Falltüren hindeuteten. Oder nach eingeritzten Hinweisen auf amtliche Eintragungen, denen ich im Grundbuchamt hätte

nachgehen können. Benommen bin ich schließlich wieder aufgestanden von all den Katzenköpfen, die in genau den Bögen verlegt sind, wie man sie sonst auch kennt. Und als ich mich so mit durchgedrückten Knien an eine Stelle der Wand lehnte, die von Salpeterpolstern frei war, und nichts gefunden hatte, das meinen Gedanken bestätigt hätte, man könne noch weiter hinuntersteigen, da ist gegenüber in der Wand ohne ein Geräusch eine Tür aufgegangen. Heraus kam ein Mann, der einem mannshohen Dachs zum Verwechseln ähnlich sah. Langsam und mit gesenktem Kopf sah ich ihn durch die Türöffnung und über die Schwelle schreiten. Unter der Erde gräbt der Dachs sich seine Höhle, das habe ich schon vor langer Zeit gelernt und mir offenbar gemerkt, ohne daß es mir bisher aufgefallen wäre. Denn jetzt, wo mir diese Erklärung zustatten kommt, ist sie da. Dankbar sehe ich ihn an. Dabei kann er nichts dafür, daß sein bloßes Auftreten mich von einer dieser fürchterlichen Ungewißheiten befreit hat, die mich in andern Zeiten befallen haben. Es ist einer von jenen, denen man sofort zutrauen würde, daß sie mit gesenkten Augen aus dem Unterholz treten, zu viert, auf ihren herabhängenden Schultern einen fein vernagelten Kupfersarg, denn seine Hände pendeln mit einem Ausdruck endgültiger Hoffnungslosigkeit vor seinem Leib, während er es noch nicht ganz aufgegeben hat, seine zarten Hinterfüße voreinander zu setzen. Was ihm an Konzentrationsfähigkeit geblieben ist, verwendet er auf eine Kombination von Bewegungen, die den Eindruck erzeugen, er bewege sich vorwärts. Auch die andern, die sich an dieser Viererformation gegebenenfalls beteiligen würden, machen das so, zwei nach vorne und zwei nach hinten. Oder darf ich bei einer solchen Kiste nicht von einer vorderen und einer hinteren Seite sprechen? Sie stehen im Schatten, auf den stillen Schultern den grün gewordenen Sarg, ihre kleinen spitzen Köpfe gesenkt oder abgewendet wie von einer Last und den Fuß, auf dem sie gerade nicht stehen, vom Boden schon teilweise aufgehoben, als würden sie gleich den nächsten Schritt tun.

Die Leitfähigkeit der Luft ist anders geworden, seit er die Tür aufgemacht hat. Sie ist jetzt so dicht, daß man meint, die Gefühle wären an allen Orten gleichzeitig, könnten sich aber nicht mehr bewegen.
Ich habe Dachse gern, ich könnte nicht sagen, warum. Sie gefallen mir einfach. Ich habe auch noch nie gesehen, daß einer von ihnen ein Gewehr in die Hand genommen hätte.
Ich gebe ihm mein Palmenblatt, damit er es bei Gelegenheit auf den Sarg legt zu dem kleinen schneeweißen Schädel. Er bedankt sich lächelnd und nimmt es zu sich unter seine Jacke. Ich gebe ihm auch die beiden Kastanien, die ich noch habe, und er ißt sie sogleich auf.
Die Toten leben noch, denke ich, oder es ist ein Lebender, der tot ist. Ich denke beide Gedanken gleichzeitig und ganz ohne die Bereitschaft, sie voneinander zu trennen. Warum sollten sie nicht beieinander bleiben?
Als ich dann, begleitet vom gequälten Blick der Schnecken, meinen Weg über die jetzt ganz und gar eisigen Marmorstufen und den inzwischen in nachmittäglichem Halbdunkel dahindämmernden Speisesaal gefunden hatte, wo im Hintergrund mit einem Ausdruck von uneingestandener Illusionslosigkeit das weiß befrackte Team lehnte, jetzt von vorne und ohne Ton, ging ich ohne Zögern hinüber in mein Seitenschiff. Von der Seite fing ich noch auf, was die Männer sagten.
Ich höre nichts, flüsterte in unvermitteltem Schrecken der eine Mann, der sich bis jetzt an ein Säulenfragment gelehnt hatte.
Ach, sagte ein anderer.
Ich höre nichts mehr, sagte der erste noch einmal, nichts, und auf seinem Gesicht wuchs der Ausdruck von Panik.
Das wundert mich, wenn ich es mir überlege. Irgend etwas hört man doch immer. Das Rauschen der Moleküle. Die Rückkehr des elektromagnetischen Echos.
Unmittelbar vor dem handgeschnitzten Portal lag immer noch der Ratgeber des Drogistenverbands, den ich einmal zusammengeknüllt und dem rechtmäßigen Besitzer an den Kopf geworfen

hatte. Niemand fühlte sich zuständig dafür, ihn aufzuheben, wenn ich es nicht tat. Aber alle rümpften die Nase, angewidert, wenn ihr Blick darauf fiel, und im Geiste dachten sie sich wieder Adjektive aus, mit denen sie das organisatorische Potential der Haushaltsführung kennzeichnen wollten.
Der Einfall des Lichts findet jetzt auf eine ganz elementare Weise statt, ohne all die Modalitäten, mit denen wir uns über die wahren Verhältnisse hinweghelfen, so lange es geht.
Und die unheimliche Beleuchtung in meinem Korridor ist auch kein Wunder. Schließlich gibt es keine Fenster, und die irdischen Umrisse des liegengebliebenen Linoleums schimmern in ihrer Vielfalt, als ginge es darum, hier die Verwesung in aller Natürlichkeit ans Licht kommen zu lassen.
Das Linoleum ist immer noch gebohnert, und die im Laufe so mancher Biographie abgetretenen Muster wirken jetzt eingestanzt und nicht mehr aufgedruckt wie zu Anfang. Soll ich daraus entnehmen, daß das Leben lang ist? Und überhaupt meine Zweifel aufgeben? Denn daß das Leben Spuren hinterläßt, kann als sicher gelten. Dafür haben wir hier einen Beweis, zu meinen Füßen. Ich kann seine Einzelzüge zwar nicht deuten, denn ich bin nicht dabeigewesen, aber es ist ganz unmißverständlich, wie die Verwesung, die sich üblicherweise unter der Oberfläche aufhält, ihren Ausdruck findet im Glanz all dieser irregulären Bruchstellen. Ich sage irregulär, obwohl das falsch ist, nur weil der tatsächliche Anblick zu kompliziert ist, als daß ich ihn beschreiben könnte. Und dabei muß er nach ganz gewöhnlichen Naturgesetzen erzeugt worden sein, denn sonst wäre er jetzt nicht da.
Es muß etwas geschehen. Das sagt man so, weil es einfacher ist, wenn die festgefahrene Außenwelt sich kraft irgendwelcher Naturgesetze von selber in Bewegung setzt. Es ist einfacher, aber nicht immer angenehmer, als wenn man selber die Werkzeugtasche aufmachen und dann, statt vor der eigenen Inkompetenz zurückzuschrecken, das richtige Gerät am richtigen Punkt ansetzen müßte.

Die Summe meiner Erinnerungen sagt mir, daß ich nicht zu erschrecken brauche, wenn es um den Gebrauch von Werkzeugen geht. Jetzt ist das anders. Und schon ist da wieder dieser nie ganz untergegangene Wunsch, daß etwas geschehen soll. Denn was soll ich wohl tun? Etwa diese zwei schillernden Boten aus dem Tierreich an die Wand werfen, wie ich es gern täte, wenn sonst nichts mehr nützt? Ich muß mich erst von meinen Erinnerungen freimachen und von den Hoffnungen, bevor ich so etwas versuche, denn ich muß darauf gefaßt sein, daß sie sich nicht in glänzende Prinzen verwandeln.

Lassen wir das, sagte ich zu mir, um nicht noch länger stumm dazustehen. Denn ob die geschnitzte Flügeltür nun innerhalb der nächsten zwei Minuten oder erst in einer Viertelstunde aufging, darauf kam es nicht an. Ich weiß, daß kein besonderes Maß von Hellsicht dazugehört, bis der Mensch auf solche Einsichten kommt und entschuldige mich dafür.

Ich muß wohl dazu stehen, daß ich für diesmal auf die angemessenen Tischdekorationen verzichtet habe. Wieviel schwerer ist es zuzugeben, daß nicht einmal der Tisch gedeckt ist. Ja, ich hätte jemand ausschicken und Leihgeschirr herbeischaffen lassen sollen. Dann wäre dieses Problem gelöst gewesen. Unter den gegebenen Umständen war ich froh, daß wenigstens das Telegramm noch da war und an einem Leuchter aus veritablem Silber lehnte, wie es sich gehört. Ein Telegramm für mich, hat der Bote gesagt. Und warum? Bloß weil ich die Tür aufgemacht hatte. Es ist gar nicht für mich. Auch das Chrysanthemenarrangement am andern Ende der Tafel machte keinen schlechten Eindruck.

Die Hoffnung, die ich einmal auf die beiden Fische gesetzt habe, muß ich mir aus dem Kopf schlagen. Vielleicht hätte ich irgendwann sagen sollen: Geben wir doch einfach auf. Zwei Fische der untersten Größenordnung, was ist das schon. Die sind die ganze Flugreise nicht wert, und dazu noch kunstwidrig verpackt. Zeitweise habe ich noch an die Kastanien geglaubt, das waren gute Zeiten. Der Gedanke, die beiden Dinge miteinander zu kombinieren, hat seinen Reiz auch jetzt noch nicht verloren, wo er sich von einer Ambition in einen reinen Gedanken verwandelt hat.

Eins möchte ich doch wissen. Meine beiden Geschöpfe hier, denen ich die klebrigen Rinnsale unter meinem Tisch verdanke, werden sie hart sein oder weich? Oder längst abgenützt im Geröll austrocknender Flußbetten? Das geht ja ganz schnell.

All die gedruckten Mitteilungen sind jetzt unlesbar, die Silben verschwommen, im Hintergrund das Rauschen der aufgescheuchten Tageszeitungen verstummt. Jetzt muß ich mich nur noch auf die Suche machen nach meinen Strümpfen und Schuhen, damit ich auf alle Fälle gerüstet bin, der Delegation die Hand zu schütteln.

Worauf warte ich noch? Auf den Augenblick, wo die Fundamente ihren Dienst versagen? Daß der Palast einfach einstürzt? Darauf kann man lange warten. Und wie werden nachher die Hinterbliebenen durch die Trümmerflora wandern und im Schutt wühlen auf der Suche nach Dingen, an denen ihr Herz hängt?

Und die Herren dort drüben, sind sie wirklich zu dem Zweck hier, den man mir genannt hat? Oder haben sie doch einen Grund, den ich nicht kenne? Bald werden sie alle nach Hause gehen, weil ihre Arbeitszeit zu Ende ist.

Wenn ich jetzt die Fische auspacke, um ihnen über ihre toten Muskeln zu streichen, kann ich sie nicht mehr zum Leben erwecken. Die Zeit ist vorbei. Und wenn die gepolsterte Tür aufgeht, dann kann es sein, daß in dem Sitzungszimmer dahinter, in dem sich inzwischen ein gedankenloser Gesang erhoben hat, nichts ist als ein ganz kleiner Apparat, der uns mit trügerischen Warnungen und Evergreens unterhält, mit all den gespeicherten Schätzen aus dem Hauptquartier. Oder soll ich an die geheimen Verhandlungen glauben? Nicht? Soll ich nur noch an das glauben, was ich mit eigenen Augen sehe? Das wäre auch nicht gut. Noch einmal die Ärmel hochschieben? Zum letzten Mal?

Es kann sein, daß mir die Stimme bekannt vorkommt.
Warum sollte ich dann nicht ein paar Schritte hineingehen in diesen Saal, über seinen Intarsienboden auf eine Reihe von Renaissancefenstern zu, welche Licht auf die technische Rückseite des Apparats fallen lassen? Vorne auf der Scheibe ist in diesem Augenblick nichts als ein heftiges Rauschen und Flimmern.
Ist jemand da? flüstere ich, und das Rauschen hört auf. Es ist, als wäre es nie dagewesen.
Und dann? Ein gutrasierter Kopf erschien, blickte suchend zur Seite und bewegte dann die Lippen. Ich habe aber nicht verstanden, was er sagte in seinem gläsernen Sarg.
Lauter, flüsterte ich.
Sie wissen, was Sie zu tun haben, sagte der Mann. Er machte eine kurze Pause, in der er mich eindringlich ansah.
Nein, sagte ich.
Er schien mich nicht zu hören, sah mich zwar weiterhin an, fuhr aber unbeirrt in seiner Rede fort. Dabei hatte ich die Wahrheit gesagt. Ich wünschte, es wäre anders.
Er hob nun Sauerstoffmasken mit hautfarbenen Gummischläuchen in die Höhe und Enten aus Industrieglas, die aber an der Stelle, wo früher ihre Köpfe gewesen waren, jetzt Kronenkorken trugen. Jedesmal sah er mich dazu an, lange und unverwandt und fragend. Aber ich wußte nicht mehr als er.
Es tut mir leid, sagte ich.
Als er trotzdem damit fortfuhr, mir diese Geräte vorzuhalten, und sich so unbeeindruckt zeigte, als hätte er nichts gehört, schrie ich:
Hören Sie doch auf. Ich weiß nichts davon.
Aber ich mußte mir die Augen zuhalten, damit es aufhörte. Dann, nachdem es vorübergehend still geblieben war, erhob sich ein Chor von Stimmen, ein märchenhafter Gesang, eindringlich und flehend, als suchten sie einen neuen Besitzer. Und da sah ich auch ihn wieder, wie er zu mir in den stillen Saal hereinsah und gestikulierte. Oft bewegte er nur stumm die Lippen, aber manchmal konnte ich hören, was er sagte.

Ja, was nun? antwortete ich jedesmal.
Als er mich gar nicht hören wollte, ging ich hinüber und klopfte ans Glas. Aber er wollte auch das nicht bemerken. Oder es war Absicht, wenn er in genau dem Augenblick verschwand und ein sanft geschwungener Waldweg in einem beruhigend dunklen Grünton an seiner Stelle im Bild erschien, größer wurde und sich dann so zu bewegen begann, als ginge es nun weiter, durch den Wald und irgendwohin.

Hanna Johansen
im Carl Hanser Verlag

Die stehende Uhr
Roman. 1978. Leinen. 170 Seiten